LEVIATÃ

OBJETIVA

Boris Akunin

Leviatã

Tradução
Adalgisa Campos da Silva

OBJETIVA

Primeiramente publicado por Zakharov Publishers, Moscou, Rússia e Edizioni Frassinelli, Milão, Itália. Publicado mediante acordo com Linda Michaels Limited, International Literary Agents.

EDITORA OBJETIVA LTDA., rua Cosme Velho, 103
Rio de Janeiro – RJ – CEP 22241-090
Tel.: (21) 2556-7824 – Fax: (21) 2556-3322
www.objetiva.com.br

Capa
Silvana Mattievich

Revisão
Umberto Pinto de Figueiredo
Taís Monteiro

Editoração
FA Editoração Eletrônica

A3151

Akunin, Boris
Leviatã / Boris Akunin; tradução de Adalgisa Campos da Silva. – Rio de Janeiro : Objetiva, 2004.

282 p. : (As aventuras do detetive Fandórin)
ISBN 85-7302-562-X

Tradução da versão francesa : Léviathan

1. Literatura russa – Romance. I. Série II. Título
CDD 891.7

Sumário

Dados provenientes do dossiê secreto do comissário Gauche

Relatório da visita realizada ao local do crime cometido na noite de 15 de março de 1878 no palacete de lorde Littleby, à rue *de Grenelle (7º* arrondissement *de Paris)*

[Fragmento]

... Por motivo não esclarecido, a criadagem se encontrava na cozinha situada no andar térreo do palacete, à esquerda do vestíbulo (ponto 3 do esboço 1). A localização exata dos corpos está indicada no esboço 4, como se segue:

nº 1 — corpo do mordomo, Etienne Delarue, 48 anos;

nº 2 — corpo da governanta, Laura Bernard, 54 anos;

nº 3 — corpo do camareiro do dono da casa, Marcel Prou, 28 anos;

nº 4 — corpo do filho do mordomo, Luc Delarue, 11 anos;

nº 5 — corpo da camareira, Arlette Foch, 19 anos;

nº 6 — corpo da neta da governanta, Anne-Marie Bernard, 6 anos;

nº 7 — corpo do vigia Jean Lesage, 42 anos, falecido no hospital Saint-Lazare na manhã do dia 16 de março, sem ter recobrado a consciência;

nº 8 — corpo do vigia Patrick Trouabra, 29 anos;

nº 9 — corpo do porteiro, Jean Carpentier, 40 anos.

Os corpos nºs 1-6 encontravam-se em posição sentada, em volta da grande mesa da cozinha. Destes, os nºs 1-3 tinham a cabeça caída e os braços cruzados, o nº 4 tinha o rosto apoiado nas mãos postas, o nº 5 estava apoiado no encosto da cadeira, enquanto o nº 6 estava sentado no colo do nº 2. Os semblantes dos nºs 1-6 estavam calmos, sem o menor sinal de medo ou sofrimento. Por outro lado, os nºs 7-9, como se pode ver no desenho, jaziam no chão, ao lado da mesa. O nº 7 tinha na mão um apito, embora nenhum dos vizinhos tivesse ouvido soar qualquer apito na noite da véspera. Os semblantes dos nºs 8 e 9 exprimiam espanto (as fotografias serão apresentadas amanhã pela manhã). Não se observou nenhum sinal de luta. Do mesmo modo, o exame superficial dos corpos não permitiu que se detectasse nenhuma lesão. Sem autópsia, é impossível determinar a causa da morte. De acordo com os índices de rigidez cadavérica, o médico legista, Dr. Bernheim, estabeleceu que a morte ocorreu em momentos distintos, entre dez horas da noite (nº 6) e seis horas da manhã, o nº 7, tendo morrido mais tarde, no hospital, como indicado anteriormente. Sem esperar os resultados da perícia médica, eu arriscaria a hipótese de que todas as vítimas sofreram os efeitos de um veneno violento de rápida ação soporífica. Quanto ao momento da parada cardíaca, ocorreu em função ou da dose de veneno recebida ou da resistência física de cada uma das vítimas.

A porta de entrada do palacete estava fechada, mas não a chave. Todavia, a janela da estufa de cítricos (ponto 8 do esboço 1) apresenta sinais evidentes de arrombamento: a vidraça foi quebrada; embaixo da janela, numa faixa estreita de terra fofa, observou-se uma pegada indistinta de calçado masculino com sola de 26 centímetros, bico fino e salto ferrado (serão apresentadas fotografias). Provavelmente, o criminoso entrou na casa passando pelo jardim depois que os criados, envenenados, perderam os sentidos — do contrário, eles não poderiam deixar de ouvir o barulho de vidro quebrado. Ao mesmo tempo, se os criados já estavam neutralizados, não se compreende por que o criminoso sentiu-se obrigado a entrar na casa pelo jardim, quando podia tranqüilamente fazê-lo pela cozinha. Seja como for, da estufa dos cítricos, o criminoso subiu ao primeiro andar, onde se encontram os aposentos íntimos de lorde Littleby (cf. esboço 2). Como se pode ver no desenho, a parte esquerda do primeiro andar compreende apenas dois aposentos: a sala onde está exposta a coleção de raridades indianas e, contíguo à sala, o quarto de dormir do dono da casa. O corpo de lorde Littleby está indicado sob o nº 10 do esboço 3 (ver também o contorno no chão). Lorde Littleby vestia jaqueta de andar em casa e calça de lã, tinha o tornozelo direito enfaixado com uma atadura larga. Segundo o exame preliminar do corpo, a morte foi causada por um golpe de uma força descomunal na região parietal com um objeto de forma oblonga. O golpe foi desferido de frente. Num raio de vários metros, o tapete estava sujo de sangue e de tecido cerebral. Da mesma forma, foram observados respingos na vitrine quebrada, na qual, a julgar por uma pequena placa, encontrava-se anteriormente a estatueta do deus Shiva (inscrição que se lê na placa: "Bangalore, 2ª metade do s. XVII, ouro"). Servindo de pano de fundo para a estátua desaparecida, havia lenços indianos inteiramente pintados, um dos quais também falta.

Trecho do relatório do doutor Bernheim, referente aos resultados do exame anatomopatológico dos cadáveres trazidos da *rue* de Grenelle

... Todavia, a causa da morte de lorde Littleby (cadáver nº 10) é clara, e só a força do golpe que quebrou a caixa craniana em sete pedaços pode ser considerada excepcional, mas, em contrapartida, para os corpos nºs 1-9, o quadro era menos evidente e necessitou não só de autópsia, mas também de exames

laboratoriais. Em certa medida, esta tarefa foi facilitada pelo fato de J. Lesage (nº 7) ainda estar vivo quando foi feito o exame preliminar e certos sinais característicos (pupilas contraídas, respiração lenta, pele fria e viscosa, rubor dos lábios e dos lobos auriculares) poderem levar à suposição de um envenenamento por morfina. Infelizmente, no primeiro exame no local, partimos da idéia aparentemente óbvia de um veneno ministrado por via oral, razão pela qual só examinamos com cuidado a cavidade bucal e a faringe das vítimas. Não tendo sido observado qualquer sinal patológico, a perícia se viu num impasse. Foi somente no exame realizado no necrotério que se descobriu, em cada uma das nove vítimas, a marca quase imperceptível de uma injeção na dobra do braço esquerdo. Embora isso não seja da minha alçada, eu me permitiria adiantar, não sem boa dose de certeza, que as injeções foram aplicadas por um indivíduo dotado de inegável experiência no assunto. Dois fatos me levaram a esta conclusão: 1) as injeções foram aplicadas com uma precisão excepcional, não apresentando nenhuma das vítimas examinadas o menor sinal visível de hematoma; 2) com morfina, o prazo normal para a perda de consciência é de três minutos, o que significa que as nove injeções foram aplicadas neste curto intervalo de tempo. Ou havia vários operadores (o que é pouco plausível), ou havia um só e, neste caso, trata-se de um indivíduo de uma habilidade verdadeiramente espantosa — mesmo supondo que ele tenha preparado antes uma seringa para cada vítima. De fato, é difícil imaginar uma pessoa em plena posse de suas faculdades mentais esticando o braço para receber uma injeção, quando, diante dela, alguém acaba de perder os sentidos após receber uma injeção semelhante. Meu assistente, o Dr. Joly, acha, é verdade, que todas estas pessoas poderiam estar hipnotizadas. Contudo, durante minha longa carreira, nunca vi nada semelhante. Chamo também a atenção do senhor comissário para o fato de que os nºs 7-9 estavam estirados no chão em posições que traduziam uma perturbação óbvia. Suponho que estas três pessoas foram as últimas a receber a injeção (ou possuíam uma resistência particularmente forte) e que antes de perder os sentidos elas compreenderam que algo suspeito estava acontecendo com seus companheiros. O exame de laboratório mostrou que cada uma das vítimas recebera uma dose de morfina cerca de três vezes superior à dose fatal. A julgar pelo estado do corpo da menina (nº 6), sem dúvida alguma a primeira a falecer, as injeções foram aplicadas no dia 15 de março entre nove e dez horas da noite.

Dez vidas por um ídolo de ouro!

Crime terrível num bairro de classe alta

Hoje, 16 de março, Paris inteira só fala do crime pavoroso que veio perturbar a calma e o sossego da aristocrática rue *de Grenelle. O correspondente de* La Revue parisienne *foi ao local da tragédia, para satisfazer a curiosidade legítima de nossos leitores.*

Hoje pela manhã, por volta das oito horas, como de hábito, o carteiro Jacques Lechien tocou a campainha do elegante palacete de propriedade do célebre colecionador britânico lorde Littleby. Ao constatar que o porteiro Carpentier, encarregado de receber pessoalmente a correspondência para Sua Excelência, não vinha lhe abrir a porta, o Sr. Lechien se espantou e, ao ver que ela se encontrava entreaberta, entrou no vestíbulo. Um minuto depois, esse veterano dos serviços postais de 70 anos saía correndo para a rua dando um uivo selvagem. Chamada ao local, a polícia descobriu na casa um verdadeiro campo de batalha: sete criados e duas crianças (o filho do mordomo, de 11 anos, e a neta da governanta, de seis anos) dormiam o sono eterno. Ao subir ao primeiro andar, os policiais encontraram o dono da casa, lorde Littleby. Ele estava caído numa poça de sangue, assassinado no santuário onde conservava sua célebre coleção de raridades orientais. Com 55 anos, o inglês era uma figura bem conhecida da alta sociedade de nossa capital. Era tido como um homem excêntrico e misantropo, mas os arqueólogos e os orientalistas consideravam lorde Littleby um autêntico conhecedor da história indiana. As reiteradas tentativas da direção do Louvre para comprar de lorde Littleby certas peças de sua coleção extremamente variada sempre se confrontaram com uma recusa indignada. A vítima prezava sobretudo uma estatueta de ouro de Shiva, uma peça única avaliada pelos especialistas em, no mínimo, meio milhão de francos. Homem ansioso e desconfiado, lorde Littleby temia tanto os ladrões que tinha seu santuário guardado dia e noite por dois vigias armados.

Não se compreende a razão que levou os guardas a deixarem seu posto para descer ao térreo. Do mesmo modo, nos perguntamos a que força misteriosa o criminoso recorreu para que todos os ocupantes da casa se submetessem à sua vontade sem a menor resistência (a polícia suspeita que tenha sido utilizado um veneno de efeito rápido). No entanto, é evidente que o malfeitor não esperava encontrar na residência o dono da casa — o que obviamente atrapalhou seu plano diabólico. Isso é que deve explicar a selvageria com a qual o honrado colecionador foi morto. Tudo leva a crer que, tomado pelo pânico, o assassino tenha fugido precipitadamente. Em todo caso, ele só levou a estatueta e um dos lenços pintados expostos na mesma vitrine, o qual deve ter sido usado para envolver o Shiva de ouro — sem o que o brilho da estatueta corria o sério risco de chamar a atenção de algum retardatário que passasse pelo local. Nenhum dos outros objetos de valor (e a coleção possui mais de um) foi tocado. Este seu correspondente pôde estabelecer que lorde Littleby se encontrava em casa por acaso, por uma coincidência fatal. Na verdade, o colecionador teria viajado para uma estância hidromineral ontem à noite, caso uma crise de gota repentina não o tivesse retido em casa, para sua desgraça.

Por sua importância, seu caráter sacrílego e seu cinismo, o assassinato coletivo cometido na *rue* de Grenelle desafia a imaginação. Que desprezo pela vida humana! Que crueldade monstruosa! E por quê? Por uma estatueta de ouro doravante impossível de revender! Uma vez fundido, este mesmo Shiva será transformado num lingote de ouro comum de dois quilos. Duzentos gramas de metal amarelo, este é o preço atribuído pelo assassino a cada um dos dez seres humanos cuja vida ele tomou. *O tempora, o mores!,* exclamaremos como Cícero.

Todavia, temos razões para crer que este crime inqualificável não ficará impune. Gustave Gauche, o agente mais experiente da polícia municipal de Paris, encarregado do inquérito, confiou a este seu correspondente que a polícia dispunha de um indício sério. O comissário está absolutamente convicto de que o castigo não se fará esperar muito tempo. Quando lhe perguntamos se, em sua opinião, o crime era coisa de ladrões profissionais, o Sr. Gauche sorriu maliciosamente através dos bigodes grisalhos e deu esta resposta enigmática: "Não, meu filho, é do lado da alta sociedade que é preciso procurar." Este seu humilde criado não conseguiu arrancar mais nenhuma palavra do velho policial.

Jean Duroy

Pesca milagrosa no Sena!

Encontrado o Shiva de ouro!
O "crime do século" cometido na *rue* de Grenelle será obra de um desequilibrado?

Ontem, 17 de março, por volta de cinco horas da tarde, um garoto de 13 anos, Pierre B., que pescava perto da ponte dos Invalides, ficou com o anzol enganchado. Não conseguindo soltá-lo, viu-se obrigado a mergulhar na água fria. "De qualquer maneira, não sou idiota de querer perder um anzol inglês de verdade", declarou o jovem pescador a nosso repórter. A audácia de Pierre foi recompensada: o anzol não ficara preso num cepo qualquer, mas num objeto pesado meio enterrado na lama. Ao sair da água, o objeto começou a reluzir com um brilho ofuscante aos olhos do jovem pescador pasmo. O pai de Pierre, um sargento aposentado, veterano de Sedan, adivinhando tratar-se do Shiva de ouro pelo qual, na véspera, dez pessoas foram assassinadas, logo comunicou o achado à polícia municipal.

O que significa tudo isso? O criminoso, que não hesitou em matar dez pessoas a sangue-frio e de uma forma especialmente sofisticada, por algum motivo obscuro parece não ter querido aproveitar o butim de seu atentado monstruoso. Os investigadores estão tão perdidos quanto a opinião pública. A população tende a acreditar numa crise de consciência da parte do assassino que, horrorizado com seu ato, teria jogado a estatueta de ouro no rio. Muitos até supõem que o malfeitor tenha se atirado na água e se afogado naquelas imediações. Menos romântica, a polícia vê, no comportamento incoerente do criminoso, sinais evidentes de loucura.

Será que um dia conheceremos todos os detalhes deste caso tenebroso e hediondo?

ÁLBUM DE BELEZAS PARISIENSES

A série de 20 fotografias é enviada contra-entrega pela quantia de 3,99 F, incluindo as despesas de envio. Oferta única! Apresse-se, tiragem limitada, Paris, rue *Coypel, tipografia Patou e filhos.*

Primeira Parte
Port-Said – Aden

Comissário Gauche

Em Port-Said, quando um novo passageiro embarcou no *Leviatã* e instalou-se na cabine nº 18, a última da primeira classe ainda vaga, o humor de Gustave Gauche logo melhorara. O recém-chegado parecia promissor: gestos lentos e atitude reservada, belo rosto de expressão impenetrável. À primeira vista, pareceu muito jovem, mas, ao tirar o chapéu-coco, o homem deixara à mostra têmporas grisalhas totalmente inesperadas. Espécime curioso, concluíra o comissário. Nele, reconhecia-se imediatamente um homem de personalidade, uma pessoa *vivida,* como se diz. Em resumo, um cliente incontestável para o velho Gauche.

O passageiro caminhara pela escada de acesso com uma sacola balançando no braço, enquanto dois carregadores levavam sua volumosa bagagem: valises caras de marroquim, resistentes sacos de viagem de couro de porco, grandes pacotes de livros, sem esquecer a bicicleta dobrável (uma roda grande, duas pequenas e todo um feixe de tubos metálicos cintilantes). Enfim, fechando o cortejo, dois pobres-diabos arrastavam imponentes halteres.

Tomado pelo delírio do caçador, o coração de Gauche, este velho policial (como ele próprio gostava de se qualificar), começou a palpitar quando pareceu que o recém-chegado não estava usando seu distintivo, fosse na lapela de seda do elegante casacão de verão, no paletó ou na corrente do relógio. Está esquentando, Gauche pensou com seus botões, lançando de sob as grossas sobrancelhas olhares inquisidores ao dândi e pitando seu cachimbo de barro preferido. E aliás de onde o velho cretino que ele era tirara que o criminoso necessariamente tomaria o navio em Southampton? O crime fora cometido no dia 15 de março e era 1º de abril. Enquanto o *Leviatã* contornava o sul da Europa, nada era mais fácil do que chegar a Port-Said. E agora, ele só tinha de prender seu homem. Tudo estava de acordo: seu tipo fazia dele um cliente especial, ele possuía uma passagem de primeira classe e, o mais importante de tudo, não tinha a baleia de ouro.

O maldito distintivo com as iniciais da companhia de navegação Jasper-Artaud Partnership, há algum tempo, não saía dos sonhos de Gauche, cada qual mais horrível que o outro. O último, por exemplo.

O comissário estava passeando de barco no lago do *bois* de Boulogne em companhia de sua mulher. Um sol suave brilhava, passarinhos cantavam. De repente, em cima das árvores, surgiu uma gigantesca cabeça dourada de olhos redondos e olhar vazio. Ela abriu uma boca onde cabia até o Arco do Triunfo e começou a sorver a água do lago. Molhado de suor, Gauche começou a remar. Mas aí era como se a ação não se passasse num parque, mas sim no meio do oceano sem limites. Os remos se dobravam como hastes de palha, a Sra. Gauche lhe enfiava a sombrinha nas costas, enquanto o enorme animal cintilante cobria o horizonte todo. Quando este lançou um jato d'água no que restava do céu, o comissário acordou e tateou na mesa-de-cabeceira: onde diabo estavam seu cachimbo e seus fósforos?

Foi na *rue* de Grenelle que Gauche vira a pequena baleia de ouro pela primeira vez, enquanto examinava os restos mortais de lorde Littleby. O inglês estava estendido, a boca aberta num grito mudo. Tinha a dentadura meio deslocada, e em cima da testa um talho aberto ensangüentado. Julgando perceber um brilho dourado entre os dedos do morto, Gauche se agachara e, olhando mais de perto, emitira um grunhido de satisfação. Uma chance rara, absolutamente extraordinária, se oferecia a ele, uma chance como as que só existem nos romances policiais. Esperto, o falecido acabava de trazer um indício importante ao inquérito — se não numa bandeja, pelo menos na mão. Olhe, Gustave, é para você. E não vá deixar escapar quem me arrebentou a cabeça, senão você vai morrer de vergonha, sua besta.

O distintivo de ouro (é verdade que, a princípio, Gauche não sabia que se tratava de um distintivo, pensando antes num berloque ou num alfinete de gravata ornado com o monograma do proprietário) só podia pertencer ao assassino. Por pura formalidade, o comissário naturalmente mostrara a baleia a um jovem lacaio de lorde Littleby (aí está um que teve sorte: no dia 15 de março, o rapaz estava de folga, o que lhe salvou a vida), mas nunca vira esse penduricalho com o patrão. Deus seja louvado.

Depois, todas as engrenagens da enorme máquina policial entraram em ação: o ministro e o chefe de polícia puseram seus melhores elementos no inquérito destinado a esclarecer o "crime do século". Desde a noite seguinte, Gauche sabia que as três letras que figuravam na baleia de ouro não eram as iniciais de um devasso cheio de dívidas, mas designavam o consórcio de navegação franco-britânico recentemente constituído. No fim das contas, a baleia era o emblema do navio perfeito, o *Leviatã*, recém-saído do estaleiro de Bristol e prestes a iniciar sua primeira viagem, com destino à Índia.

Já há alguns meses, os jornais faziam a apologia do vapor gigante. E sabia-se agora que, às vésperas da primeira viagem do *Leviatã,* a Casa da Moeda de Londres cunhara distintivos comemorativos em ouro e em prata: em ouro para os passageiros de primeira classe e os oficiais superiores do navio, em prata para os passageiros de segunda classe e os subalternos. Quanto à terceira classe, neste navio luxuoso que aliava as últimas inovações técnicas a um conforto sem precedentes, ela não fora prevista. A companhia garantia aos passageiros um conjunto de serviços tão completo que não havia a menor necessidade de se fazer acompanhar por criados durante a viagem. "Criados atentos e camareiras cheias de tato o farão sentir-se em casa a bordo do *Leviatã*!", afirmava o anúncio nos jornais de toda a Europa. Os felizes mortais que reservaram uma cabine para a viagem inaugural Southampton-Calcutá receberam, junto com a passagem, uma baleia de ouro ou de prata conforme a classe. E era possível pegar a passagem em qualquer grande porto europeu entre Londres e Constantinopla.

Bem, certo, o emblema do *Leviatã* não é tão bom quanto as iniciais do proprietário do distintivo, mas isso não complica muito a tarefa, julgou o comissário. Os distintivos de ouro eram todos contados. Bastava simplesmente esperar o dia 19 de março — dia previsto da partida com grande pompa —, chegar a Southampton, embarcar no navio e identificar, entre os passageiros da primeira classe, quem não usava a baleia de ouro. Ou (o que era mais provável), entre as pessoas que compraram uma passagem a preço de ouro, quem faltava à partida. Este seria o cliente do velho Gauche. Simples como pão.

Gauche podia detestar viajar, mas, desta vez, não pudera evitar partir. Tinha muita vontade de esclarecer pessoalmente o "crime do século". Enfim, seria nomeado comissário de divisão.* Só lhe faltavam três anos para a aposentadoria. Uma coisa era receber uma pensão de terceiro escalão, outra, embolsar uma de segundo. A diferença representava 1.500 francos por ano, e uma soma dessas não dava sopa por aí.

Em resumo, ninguém o obrigara. Ele dissera a si mesmo que bastaria dar um pulo a Southampton e, na pior das hipóteses, iria até o Havre, que era a primeira escala. Lá, no cais, gendarmes e repórteres o aguardariam. Manchete de *La Revue parisienne*: "O crime do século esclarecido: nossa polícia se destaca." Ou melhor ainda: "Este velho policial Gauche faz jus à sua reputação."

No escritório da companhia de navegação, uma primeira surpresa desagradável esperava o comissário. O raio do navio não tinha menos de 100 cabines de primeira classe e dez oficiais superiores. Todas as passagens haviam sido vendidas. Cento e trinta e duas ao todo. E cada uma acompanhada de um distintivo de ouro. Isso totalizava 142 suspeitos, o que não era pouca coisa. É verdade, no entanto, que só uma pessoa não terá o distintivo, disse Gauche a si mesmo para se tranqüilizar.

Todo encolhido por causa do vento e da umidade, embrulhado numa echarpe quente, o comissário se postava ao pé da escada, ao lado do capitão, *Mr.* Joshua Cliff, e do imediato, Sr. Charles Reynier. Os passageiros estavam sendo recebidos. Uma orquestra de sopros tocava alternadamente marchas inglesas e francesas, no cais, a multidão alvoroçada gritava, enquanto Gauche fumava como uma verdadeira locomotiva, roendo seu pobre cachimbo que, no entanto, não

---

* Na França, comissário de polícia de alto escalão, encarregado particularmente de um serviço regional de polícia judiciária. (N. da T.)

tinha nada com isso. Infelizmente, devido à friagem, os passageiros estavam todos vestidos com casacões, sobretudos, pelerines e outros capotes. Nessas condições, vá lá saber quem tinha ou não tinha distintivo. Era a segunda surpresa.

Todas as pessoas que deveriam entrar em Southampton apresentaram-se no embarque, o que significava que, apesar da perda do distintivo, o criminoso viera. Visivelmente, ele tomava os policiais por idiotas completos. A menos que esperasse se perder na multidão. Ou ainda que não tivesse outra solução.

Em todo caso, uma coisa era óbvia: seria preciso continuar o passeio até o Havre. Foi posta à disposição de Gauche uma cabine reserva, destinada aos convidados importantes da companhia de navegação.

Logo que se fizeram ao mar, no salão de honra das primeiras classes realizou-se um banquete em que o comissário pusera as maiores esperanças no que os convites mencionavam: "Entrada condicionada à apresentação do distintivo de ouro ou da passagem de primeira classe." Quem teria a idéia de se apresentar com uma passagem na mão quando seria muito mais fácil pregar em algum lugar um lindo Leviatãzinho de ouro?

Durante o banquete, Gauche se divertiu à grande, examinando cada um, chegando até a mergulhar sem cerimônia o nariz no decote de certas senhoras. Ali, entre os seios, algo pendia de uma corrente de ouro: a pequena baleia ou simplesmente um pingente? Como não averiguar?

Enquanto todos bebiam champanhe, se regalavam com comidas deliciosas de todo tipo, apresentadas em bandejas de prata, ou dançavam, Gauche trabalhava: riscava da lista aqueles que tinham o distintivo. Com os homens, a tarefa era mais árdua. Muitos — que canalhas! — haviam pendurado a pequena baleia na corrente do relógio e a haviam metido no bolso do colete. Assim, o comissário precisou perguntar as horas não menos de 11 vezes.

Surpresa número três: embora todos os oficiais estivessem usando o distintivo, o mesmo não acontecia com quatro passageiros, dois deles do sexo feminino! O golpe que arrebentara o crânio de lorde Littleby como uma casca de noz fora tão forte que só poderia ter sido desferido por um homem, e não qualquer um, mas sim um indivíduo de força hercúlea. Por outro lado, homem experiente, especialista em casos criminais, o comissário sabia perfeitamente que, sob a influência de uma emoção particular, ou até de uma crise histérica, a mais fraca das mulheres era capaz de realizar verdadeiros prodígios. E não era preciso ir muito longe para encontrar um exemplo. Ano passado, uma costureira de Neuilly, um pedacinho à toa de mulher, atirara pela janela, do quarto andar, seu amante infiel, um capitalista com o dobro do seu peso e uma vez e meia a sua altura. Por conseguinte, as mulheres sem distintivo não deveriam ser excluídas do número de suspeitos. Embora nunca se tenha visto uma mulher, ainda mais uma dama do mundo, aplicar injeções com tanta destreza.

Seja como for, o inquérito a bordo do *Leviatã* prometia prolongar-se, e o comissário demonstrou mais uma vez o seu lendário senso de oportunidade. O capitão Joshua Cliff, único oficial a bordo a estar inteirado do segredo do inquérito, recebera como instrução da parte da direção da companhia dar toda a assistência ao representante francês da lei. Gauche não hesitou em usar este privilégio da forma mais atrevida: exigiu que todas as pessoas que o interessavam fossem colocadas num mesmo e único salão.

Neste ponto, uma explicação se impõe: preocupadas com a privacidade e o conforto (o anúncio do navio precisava: "Você encontrará a atmosfera de uma boa e velha residência inglesa"), as pessoas que viajavam em primeira classe deveriam fazer as refeições não na imensa sala de jantar, ao lado de 600 portadores de baleias muito democráticas de prata, mas sim em confortáveis "salões", cada qual com um nome próprio e todas as características de um salão privado da alta sociedade: lustres de cristal, carvalho escuro, mogno, cadeiras forradas de veludo, prataria reluzente, criados empoados, mordomos apressados. Para seus objetivos, o comissário Gauche havia escolhido o salão "Windsor", situado no convés superior, na proa do navio: janelas salientes em três lados, panorama espetacular, mesmo com o tempo encoberto podia-se dispensar iluminação. Aqui, o veludo era de um belo tom de bronze, e os guardanapos de linho eram ornados com o brasão dos Windsor.

Dispostas ao redor da mesa oval, cujos pés eram presos no chão (para a eventualidade de o navio jogar muito), havia dez cadeiras de espaldar entalhado e decorado com todo tipo de floreios góticos. A idéia de que todos se sentariam à mesma mesa seduzira o comissário, que pedira ao garçom para não colocar aleatoriamente os cartões com o nome dos convidados, mas sim segundo uma ordem estratégica bem estudada: mandou instalar à sua frente os quatro passageiros sem distintivo, com o fito de ficar de olho neles. Ao contrário do que previra, Gauche não conseguiu que o próprio capitão presidisse a mesa. *Mr.* Joshua Cliff recusou-se (segundo seus próprios termos) "a participar desta farsa" e optou pelo prestigioso salão "York", onde haviam sido colocados o novo vice-rei das Índias e sua esposa, assim como dois generais do exército das Índias. O "York" situava-se na popa do vapor, e o mais longe possível do "Windsor" maldito onde, em seu lugar, sentar-se-ia o imediato, Charles Reynier. Este, de saída, desagradou ao comissário: cara curtida, marcada pelos ventos, voz suave, cabelos pretos luzidios de brilhantina, bigodinhos recurvados e pintados. Um verdadeiro bufão, não um marujo.

Os 12 dias decorridos desde a partida deram ao comissário tempo de observar atentamente seus companheiros de mesa, de aprender boas maneiras (a saber, não fumar durante a refeição e não raspar o prato com um pedaço de pão), de assimilar mais ou menos a complexa geografia da ilha flutuante e de acostumar-se ao mar. Em compensação, no que se referia ao seu objetivo, ele continuava igualmente longe dele.

Por ora, a situação era a seguinte.

De início, o comissário havia considerado *Sir* Milford-Stoakes seu principal suspeito. Esguio, ruivo, suíças revoltas. Aparentava 28, 30 anos. Tinha um comportamento estranho: ora fitava o vazio com aqueles olhos verdes arregalados sem responder às perguntas que lhe eram feitas, ora animava-se de repente e, sem mais nem menos, começava a descrever ilhas do Taiti, recifes de coral, lagoas esmeralda ou cabanas de teto de folha de coqueiro. Um psicopata óbvio. O que um baronete, filho de uma família afortunada, ia fazer do outro lado do mundo, na "Oceania", como ele dizia? À pergunta — feita em duas ocasiões — a respeito da ausência de seu distintivo, o maldito aristocrata ficara impassível. Ignorava solenemente o comissário, e se, por acaso, seu olhar recaísse sobre ele, Gauche tinha a impressão de ser uma mosca vulgar. Um esnobe infecto. No Havre, onde haviam feito uma escala de quatro horas, Gauche correra ao telégrafo e enviara um pedido de informação à Scotland Yard: quem era esse Milford-Stoakes? Já fora acusado por agressão? Por acaso não se divertia estudando medicina? A resposta chegara justo antes de tornarem a zarpar. Não tinha nada de interessante. Quanto às excentricidades do personagem, elas se explicavam. Mas, de qualquer maneira, o ruivo não tinha a baleia de ouro e, portanto, ainda era muito cedo para riscá-lo da lista de suspeitos.

O segundo era o Sr. Gintaro Aono, "nobre japonês" (assim ele figurava na lista de passageiros). Um asiático como todos os asiáticos: baixo, seco, idade indefinível, bigode ralo, olhos reduzidos a uma fenda, olhar pérfido. À mesa, passava a maior parte do tempo calado. À pergunta relativa às suas atividades balbuciara com um ar constrangido: "Oficial do exército imperial." Interrogado a respeito do distintivo, perturbara-se ainda mais, fuzilara o comissário com um olhar de ódio, depois, desculpando-se, correra para a porta. Sem nem terminar a sopa. Suspeito? E como! Um verdadeiro selvagem! No salão, passa o tempo se abanando com um leque de papel de uma cor gritante, como um pederasta recém-saído de um bar alegre do bairro Rivoli. Passeia pelo convés encarapitado em cima de chinelos de saltos de madeira, enrolado num roupão de algodão e sem nenhuma calça. Gustave Gauche naturalmente era a favor do princípio de liberdade, igualdade, fraternidade, mas, mesmo assim, um macaco daqueles jamais deveria ter sido aceito na primeira classe.

Agora, as mulheres.

A Sra. Renata Kléber. Uma mocinha. Na casa dos 20, no máximo. Mulher de um banqueiro suíço. Vai encontrar o marido em Calcutá. Não se pode dizer que seja uma beleza. Tem um narizinho pontudo, não pára de se agitar e de falar. Desde as apresentações, participou que estava grávida. Seus pensamentos e seus sentimentos estão inteiramente subordinados a este estado. Bonitinha, espontânea, mas completamente insuportável. Em dez dias, conseguiu exasperar definitivamente o comissário com suas conversas sobre sua preciosa saúde, a confecção de toucas de tricô e outras bobagens do mesmo jaez. Uma verdadeira barriga sobre pés, embora sua gravidez seja recente e a barriga em questão esteja apenas despontando. Naturalmente, aproveitando um momento propício, Gauche lhe perguntara onde estava seu distintivo. A suíça piscara com um olhar sinceramente espantado e se lamentara sobre sua mania de perder tudo. O que, a bem da verdade, parecia perfeitamente plausível. Em relação a Renata Kléber, o comissário tinha um misto de atitude protetora e exasperação; não a considerava uma cliente séria.

Quão mais interessante para o velho policial era a outra senhora, *Miss* Clarice Stamp. Esta tinha alguma coisa duvidosa: cabelos tristes de um louro sujo, idade já avançada, modos reservados e convenientes. No entanto, uma chispa diabólica às vezes brilhava em seus olhos desbotados. Olhos que o comissário conhecia bem e que lhe lembravam que a pior água é a parada. E havia outros detalhes insignificantes que podiam deixar indiferente o comum dos mortais, mas, em contrapartida, não podiam escapar ao olhar agudo do velho mastim. Os vestidos e os outros trajes de *Miss* Stamp eram todos caros, novos, na última moda de Paris, assim como sua bolsa de casco de tartaruga (o comissário vira uma idêntica numa vitrine dos Champs-Elysées por 350 francos). Mas, por outro lado, ela fazia anotações numa velha caderneta barata, como as que se vendem nas papelarias mais comuns. Uma vez, o comissário a vira no convés, deitada numa espreguiçadeira, enrolada num xale (ventava) exatamente igual ao da Sra. Gauche, de pêlo de cachorro. Quente, mas indigno de uma *lady* inglesa. Curiosamente, entre os objetos que Clarice possuía, os novos eram todos, sem exceção, caros, ao passo que os velhos eram mais feios e de qualidade inferior. Incoerente. Uma tarde, antes do *five o'clock*, Gauche lhe perguntara: "Então por que a senhora nunca usa a baleia de ouro? Não gosta dela? Pessoalmente, acho esse berloque chiquérrimo." Como pensam que ela reagiu? Corou mais do que o "nobre japonês" e respondeu que já o tinha usado, e o comissário não a vira. Era mentira. Evidentemente Gauche teria reparado nela. O comissário tinha aquela sua idéia na cabeça, mas devia aguardar o momento psicologicamente adequado. Então ver-se-ia a reação dessa Clarice.

Como havia dez lugares à mesa e só quatro passageiros sem distintivo, Gauche decidiu completar sua coleção com outros espécimes que, embora tendo o broche, eram, cada qual à sua maneira, interessantes. Isto para ampliar seu campo de investigação. E já que havia lugares sobrando, mais valia aproveitar.

Em primeiro lugar, ele pedira ao capitão para colocar no "Windsor" o médico-chefe do navio, o Sr. Truffo. Joshua Cliff resmungara, mas aceitara. A razão pela qual Gauche requeria a presença de Truffo era fácil de compreender: único médico do *Leviatã,* especialista em matéria de injeções, tinha, por seu *status,* direito ao distintivo de ouro. O médico era um pequeno italiano gorducho de tez com uma tonalidade oliva e uma calva coroada de cabelos ralos. Era realmente necessária muita imaginação para visualizar este personagem cômico no papel de matador implacável. Além de colocar o médico, ele concordou em oferecer um lugar à esposa deste. O doutor casara-se duas semanas antes e decidira unir o útil ao agradável, a saber, trabalho e lua-de-mel. A cadeira ocupada pela novíssima Sra. Truffo era, por conseguinte, um lugar perdido. Inglesa de cara compungida e rabugenta, a eleita do coração do Esculápio de bordo aparentava o dobro de seus 25 anos e provocava em Gauche um tédio mortal, como aliás a maioria de suas compatriotas do sexo feminino. Ele imediatamente brindou-a com o apelido de "ovelha", por causa dos cílios brancos e da voz balante. A bem dizer, ela raramente abria a boca, visto que não falava francês e a conversa, no salão Windsor, era essencialmente feita nesse nobre idioma. A Sra. Truffo não tinha distintivo, mas isso era normal, porque ela não fazia parte dos oficiais nem dos passageiros.

No registro, o comissário notara, por outro lado, um certo Anthony F. Sweetchild, arqueólogo e indianista, e dissera a si mesmo que era exatamente o homem que lhe convinha. O falecido Littleby não era alguma coisa daquele tipo? *Mr.* Sweetchild, um homem alto e desengonçado de óculos redondos e cavanhaque, puxara conversa espontaneamente sobre a Índia desde o primeiro jantar. Após a refeição, Gauche chamara o professor de lado e habilmente conduzira a conversa para a coleção de lorde Littleby. O indianista arqueólogo qualificara desdenhosamente o falecido de diletante, e sua coleção de loja de curiosidades, acumuladas graças ao desprezo de qualquer iniciativa científica. Segundo ele, o único verdadeiro objeto de valor era o Shiva de ouro. Foi bom que a estatueta tivesse aparecido sozinha, porque era sabido que a polícia francesa só servia para receber propinas. Ao ouvir este comentário de uma injustiça gritante, Gauche, furioso, teve um acesso de tosse, mas Sweetchild contentara-se em aconselhá-lo a fumar menos. Depois, o estudioso consentira em admitir que, com efeito, Littleby sem dúvida conseguira formar uma coleção bastante boa de lenços e panos pintados, entre os quais figuravam algumas peças interessantes, mas que aí estava-se mais no nível do artesanato local e da arte decorativa. Também não era de se jogar fora a arca de madeira de sândalo do século XVI proveniente de Lahore e cujas esculturas representavam cenas do Mahabharata — e sobre isso começara uma série tão grande de histórias aborrecidas que, logo, logo, o comissário adormecera.

Quanto ao último companheiro de mesa, Gauche o escolhera pela aparência. No sentido literal. O fato é que, pouco antes, o comissário tivera a oportunidade de ler um opúsculo interessante traduzido do italiano. Um certo Cesare Lombroso, professor de medicina legal em Turim, elaborara toda uma teoria segundo a qual os "criminosos natos" não eram responsáveis por seus comportamentos anti-sociais. Segundo a teoria da evolução do Dr. Darwin, escrevera ele, ao longo de seu desenvolvimento, a humanidade passou por diferentes etapas, cada uma das quais a aproxima da perfeição. Já o criminoso é uma anomalia no processo evolutivo, um retrocesso acidental no nível anterior do desenvolvimento. Por esta razão é facílimo identificar um matador e arrombador em potencial: ele é parecido com o macaco, do qual todos nós descendemos. O comissário refletira longamente sobre o que lera. Por um lado, entre o leque heteróclito de assassinos e arrombadores com quem teve contato em 35 anos de carreira na polícia, nem todos se pareciam com gorilas, longe disso. Alguns tinham até umas cabeças de anjo, tanto que, só de vê-los, ficava-se enternecido até as lágrimas. Por outro, também não faltavam caras simiescas. Anticlerical feroz, o velho Gauche não acreditava em Adão e Eva. A teoria darwinista parecia-lhe apesar de tudo mais fundamentada. Ora, entre os passageiros da primeira classe, ele se deparara com um estranho fenômeno — o "tipo característico do criminoso", uma verdadeira imagem de Epinal:* testa baixa, arcadas superciliares proeminentes, olhos minúsculos, nariz achatado, queixo reentrante. O comissário logo pedira que este Etienne Boileau, negociante de chá, fosse designado para o "Windsor". O homem revelara-se dos mais encantadores — jovial, pai de 11 filhos e filantropo convicto.

* Representação exageradamente esquemática (muitas vezes de um otimismo excessivo) de uma realidade complexa, por alusão às célebres imagens do museu da cidade de Epinal ilustrando ingenuamente uma canção ou um acontecimento heróico. (N. da T.)

Em resumo, ficara claro que a viagem do velho Gauche também não se interromperia em Port-Said, próxima escala após o Havre. O inquérito se eternizava. Além do mais, seu faro lendário sugeria ao comissário que ele se agitava à toa, que em todo esse público não figurava um único candidato sério. Desenhava-se a perspectiva atroz de ser obrigado a fazer esta triste viagem até o fim: Port-Said, Aden, Bombaim, Calcutá. E em Calcutá, nada mais lhe restaria senão enforcar-se na primeira palmeira. Apesar de tudo, ele não iria voltar a Paris de cabeça baixa e rabo entre as pernas! Seus colegas iriam ridicularizá-lo, a direção lhe jogaria na cara sua viagenzinha em primeira classe às custas do Estado. E ainda seria muito bom se não o aposentassem antes da hora...

Em Port-Said, já que a viagem iria durar, Gauche, muito a contragosto, arruinou-se em camisas extras. Fez um estoque de fumo egípcio e, para matar o tempo, concedeu-se por dois francos um passeio de caleche ao longo do célebre porto. Nada de extraordinário. Farol enorme, dois molhes compridos que não acabavam mais, bom, e depois? A própria cidade causava uma impressão estranha — nem completamente Ásia nem verdadeiramente Europa. Olhando a residência do governador-geral do canal de Suez, parecia que se estava na Europa. Nas ruas do centro, só se viam caras européias, senhoras flanavam protegendo-se embaixo de sombrinhas brancas, senhores ricos de chapéu panamá ou *canotier* empinavam a pança. Mas desde que a caleche entrou num bairro indígena não houve outra coisa senão odores nauseabundos, moscas, montes de dejetos pútridos, garotos árabes pedindo esmola. Então, para que todos estes ricos desocupados queriam percorrer o mundo? Em toda parte, era a mesma coisa: uns engordavam se cevando, outros morriam de fome.

Castigado ao mesmo tempo por suas observações e pelo calor, o comissário voltou ao navio, o estado de espírito sombrio. Mas aí a sorte lhe sorriu: um novo cliente. E, ao que parecia, um cliente promissor.

O comissário foi ao capitão, com quem pescou algumas informações. Assim o homem se chamava Erast P. Fandórin e era cidadão russo. Por uma razão qualquer, o referido cidadão russo não indicara sua idade. Profissão: diplomata. Chegara de Constantinopla e ia para Calcutá, depois, dali, ao Japão, onde devia assumir suas funções. De Constantinopla? Naturalmente ele deveria ter participado das conversações de paz que puseram fim à recente guerra russo-turca.* Gauche copiou cuidadosamente todas as informações numa folha, que guardou na preciosa pasta de cartolina entelada onde conservava todos os elementos do caso. Jamais se separava de seu dossiê; folheava-o regularmente, relia os relatórios e os recortes de jornais e, em seus momentos de devaneio, desenhava na margem peixes e casas. Desejos secretos que surgiam do fundo de seu coração. Ia tornar-se comissário de divisão, garantir para si mesmo uma pensão confortável, e assim, a Sra. Gauche e ele comprariam uma bela casinha na Normandia. O tira parisiense aposentado iria pescar de linha e fazer sua própria cidra. Nada mau, não? Ah, se ao menos ele pudesse garantir um pequeno capital para a aposentadoria, só uns 20 mil francos...

Como o navio tinha de esperar a vez para entrar no canal de Suez, o comissário foi novamente ao porto e enviou um telegrama à polícia municipal: o diplomata russo E. P. Fandórin era conhecido em Paris? Passara recentemente a fronteira da República francesa?

---

* Cf., do mesmo autor, *A Jogada Turca,* Editora Objetiva, 2003.

A resposta chegou depressa, apenas duas horas e meia depois. Acontecia que esse fulano de fato passara a fronteira, e até por duas vezes. A primeira, no verão de 1876* (bom, de acordo), a segunda, em dezembro de 1877, quer dizer, há três meses. Chegando de Londres, ele fora registrado pelos serviços de polícia e de alfândega do Pas-de-Calais. Não se sabia quanto tempo passara na França. Era perfeitamente possível que ainda lá estivesse no dia 15 de março. E podia muito bem ter dado um pulo até a *rue* de Grenelle, uma seringa na mão — não se devia prejulgar nada.

Conclusão, era absolutamente necessário liberar um lugar à mesa. O melhor, naturalmente, teria sido livrar-se da mulher do médico, mas estava fora de questão atentar contra a instituição sagrada do matrimônio. Ao cabo de uma reflexão curta, Gauche decidiu enviar para outro salão o negociante de chá, que não justificava as esperanças — todas teóricas — colocadas nele e finalmente parecia o menos promissor. Que o garçom se encarregue de fazê-lo mudar de restaurante. Que lhe diga que encontrou um bom lugarzinho para ele em outro salão com senhores mais importantes e senhoras mais atraentes. Afinal, era para resolver esse tipo de problemas que os garçons eram pagos.

O aparecimento de um novo personagem no salão causou sensação. Quando todos haviam tido todo o tempo de se fartar de seus vizinhos, eis que chegava alguém novo e tremendamente imponente, ainda por cima. Quanto ao infeliz Sr. Boileau, representante do grau intermediário da evolução humana, ninguém fez nenhuma pergunta a seu respeito. O comissário reparou que, de todos, a mais animada era *Miss* Clarice Stamp, a solteirona, que começou a perorar

* Cf., do mesmo autor, *Rainha do Inverno*, Editora Objetiva, 2002.

sobre pintores, teatro, literatura. O próprio Gauche gostava então de ficar sentado numa poltrona com um bom livro. De todos os escritores, seu preferido era Victor Hugo: era vivo, elevado, emocionante até as lágrimas. E para adormecer, não havia nada melhor. Mas, evidentemente, ele nunca ouvira falar desses escritores russos de nomes bárbaros, de modo que não pôde participar da discussão. Sendo assim, esta inglesa passada se esforçava à toa, o Sr. Fandórin era muito jovem para ela.

Renata Kléber também não permanecia inativa. Tentou incluir o recém-chegado na categoria de seus *chevaliers servants* que implacavelmente ela mandava buscar ora seu xale, ora sua sombrinha, ora um copo d'água. Cinco minutos depois de começado o jantar, a Sra. Kléber já confiara ao russo todas as vicissitudes de seu estado delicado e, queixando-se de enxaqueca, pediu-lhe para ir chamar o Dr. Truffo que, por ora, parecia retido em algum lugar. Todavia, tendo obviamente percebido logo com quem lidava, o diplomata objetou com educação que não sabia quem era o médico. Foi então o prestativo tenente Reynier, a mais dedicada das babás da mulher de banqueiro grávida, que se apressou em cumprir a missão.

A primeira impressão produzida por Erast Fandórin era a seguinte: taciturno, reservado, educado. Mas muito certinho para o gosto do comissário. Colarinho pequeno engomado, duro como se fosse de alabastro, pérola fina espetada na gravata de seda e, na lapela (veja só), um cravo vermelho. Risca impecável, sem um fio de cabelo fora do lugar, unhas cuidadas, bigodes pretos e finos, como se desenhados a carvão.

Os bigodes diziam muito sobre a personalidade de um homem. Os de Gauche — bigodes de foca, caindo de cada lado da boca — denotavam um homem pousado, consciente de seu valor, que não se deixava impressionar pelo brilho superficial, tudo menos um desmiolado. Bigodes revirados, sobretudo com as pontas finas, traíam um conquistador e um *bon vivant*. Associados a suíças, designavam um homem ambicioso, que sonhava ser general, senador ou banqueiro. Quanto ao Sr. Fandórin, seus bigodes eram os de um homem com uma visão romântica de si mesmo.

O que mais dizer do russo? Seu francês dava para o gasto. Detalhe característico: uma ligeira gagueira. E sempre nenhum sinal do distintivo. O diplomata interessava-se sobretudo pelo japonês; fez-lhe todo tipo de perguntas tediosas sobre seu país, mas o samurai respondia com reserva, como se temesse alguma cilada. É preciso dizer que o recém-chegado não explicara à assembléia aonde ia nem o que ia fazer lá. Limitara-se a dizer seu nome e a precisar que era russo. Só o comissário compreendia sua curiosidade: o homem estava sendo chamado a viver no Japão. Gauche imaginava um país onde todas as pessoas sem exceção pareciam-se com o Sr. Aono, onde todos moravam em casas de boneca de teto recurvado e onde, por qualquer bobagem, cometia-se haraquiri. A bem dizer, o destino desse russo nada tinha de invejável.

Após o jantar, quando Fandórin foi sentar-se afastado para fumar um charuto, o comissário instalou-se na poltrona ao lado e acendeu seu cachimbo. Há pouco, ele se apresentara a seu novo conhecido como um parisiense que vivia de rendas curioso para descobrir o Oriente (era o disfarce que ele inventara para si). Agora, para ele, chegara a hora de conduzir a conversa para o caso, mas, assim, com uma indireta hábil. Levou a mão à lapela e brincou com sua baleia de ouro (a que fora encontrada na *rue* de Grenelle), e disse, como quem não quer nada, para puxar conversa:

— Bonitinho este broche, não acha?

O russo olhou a lapela de canto de olho, mas não disse nada.

— Ouro puro! Chique! — disse Gauche, com admiração.

Novo silêncio circunspecto, mas absolutamente cortês. O homem simplesmente esperava o que vinha pela frente. O diplomata tinha uma pele muito bonita — um verdadeiro pêssego. Com bochechas rosadas como as de uma donzela. No entanto, não se tratava de um efeminado, via-se logo.

O comissário optou por outra tática.

— Viaja muito?

Movimento de ombros indeterminado.

— Se entendi bem, o senhor está na carreira diplomática, não é?

Fandórin inclinou educadamente a cabeça, tirou do bolso um charuto comprido e cortou-lhe a ponta com um canivete de prata.

— E já teve oportunidade de ir à França?

Novo movimento afirmativo de cabeça. Este senhor faz um interlocutor bem medíocre, pensou Gauche, todavia resolvido a não ceder.

— Gosto sobretudo de Paris bem no início da primavera, em março — disse o policial. — É a melhor época do ano!

Lançou um olhar inquisitivo a quem estava à sua frente e pôs-se interiormente em posição de ataque. O que ele ia responder?

Fandórin balançou a cabeça duas vezes. Estava simplesmente acusando o recebimento da informação ou concordando? Não dava para dizer. Começando a se irritar, Gauche franziu o cenho com animosidade.

— Então não gosta deste distintivo?

Seu cachimbo começou a chiar, depois apagou-se.

O russo deu um pequeno suspiro, enfiou dois dedos no bolso do colete, tirou dali uma pequena baleia de ouro e finalmente dignou-se a abrir a boca.

— Vejo que meu distintivo lhe interessa de m-modo especial. Primeiro, não o uso porque não tenho nenhum desejo de parecer um porteiro, mesmo que equipado com uma p-placa de ouro. Segundo, o senhor não tem nada de um homem que vive de rendas, Sr. Gauche, seu olhar é muito curioso para isso. Além do mais, para que um capitalista parisiense precisaria andar sempre com uma pasta oficial? Terceiro, o senhor conhece minha profissão, o que quer dizer que tem acesso aos documentos de bordo. Suponho que é detetive. Agora, quarto, se procura conseguir algum esclarecimento de minha parte, não me venha com rodeios e faça perguntas diretas.

Vá discutir com um sujeito desses!

Era preciso sair dessa encrenca. Falando em voz baixa, Gauche confiou ao muito perspicaz diplomata que era o detetive titular do navio, que tinha como missão velar sobre a segurança dos passageiros, mas que devia agir confidencialmente e com a maior delicadeza, para não ofender este público seleto. Difícil saber se Fandórin acreditou nele. Seja como for, o russo absteve-se de fazer qualquer pergunta.

Há males que vêm para o bem. O comissário acabava de encontrar, se não um cúmplice, pelo menos um interlocutor que, entre outras coisas, distinguia-se por um espantoso senso de observação e por conhecimentos excepcionais em matéria de criminologia.

Muitas vezes os dois ficavam sentados no convés contemplando as ribanceiras suaves do canal, fumando (Gauche cachimbo, o russo charuto) e conversando sobre temas tão diversos quanto apaixonantes. Por exemplo, sobre os mais modernos métodos que permitiam identificar e desmascarar os criminosos.

— A polícia parisiense trabalha com base nas últimas descobertas da ciência — ressaltou um dia Gauche não sem orgulho. — Na polícia municipal, temos um serviço especial de identificação dirigido por um jovem gênio, Alphonse Bertillon. Ele elaborou todo um sistema de classificação das características dos criminosos.

— Estive com Alphonse Bertillon durante minha última visita a P-Paris — disse Fandórin da forma mais inesperada. — Ele me falou longamente sobre seu método antropométrico. A bertillonagem é uma teoria engenhosa, muito engenhosa. Já começou a colocá-la em p-prática? Quais são os resultados?

— Por ora, nulos — respondeu o comissário erguendo os ombros. — É preciso em primeiro lugar submeter o conjunto dos reincidentes à bertillonagem, o que exigiria anos. O serviço de Alphonse é um verdadeiro bazar: para lá são levados detentos algemados, eles são medidos de todos os ângulos como cavalos na feira, os dados são anotados em fichas. Isso posto, o trabalho da polícia em breve vai ser brincadeira de criança. Suponhamos que, no local de um roubo com arrombamento, seja encontrada uma impressão de mão esquerda. Mede-se a mão e vai-se ao fichário. O dedo médio tem um comprimento de 89 milímetros, procura-se na seção nº 3. Lá estão registrados 17 arrombadores cujo dedo médio tem o tamanho correspondente. O resto é só detalhe: entre os 17, verifica-se quem estava onde no dia do roubo e prende-se quem não tiver álibi.

— Em outras palavras, os criminosos são distribuídos em diferentes seções segundo o comprimento do dedo médio, é isso mesmo? — perguntou o russo, interessadíssimo.

Gauche riu disfarçadamente e disse num tom condescendente:

— Ah, mas é todo um sistema, meu jovem amigo. Bertillon divide todos os homens em três grupos, em função do comprimento da cabeça. Cada um dos três grupos subdivide-se em três subgrupos, segundo, desta vez, a largura da cabeça. O que nos dá nove subgrupos. Por sua vez, cada subgrupo divide-se em três seções, em função do comprimento do dedo médio da mão esquerda. Vinte e sete seções ao todo. Mas ainda não é tudo. Em cada seção, distinguem-se três subseções, segundo as dimensões da orelha direita. O que nos dá quantas subseções? Exato, 81. A classificação seguinte leva em conta o tamanho, o comprimento das mãos, a altura em posição sentada, a dimensão do pé, o comprimento do antebraço. Ao todo, 19.683 categorias! O criminoso submetido a uma bertillonagem completa que se encontre em nosso fichário não tem a menor chance de escapar da justiça. Ao passo que, antes, podia fazer o que bem entendesse: inventava um nome falso quando fosse detido e não conseguíamos saber o que havia feito antes.

— É extraordinário — disse pensativamente o diplomata. — Mas a bertillonagem não facilita muito a elucidação de um crime concreto, e-especialmente se o autor do delito nunca tiver sido preso antes.

Gauche abriu as mãos:

— É claro que este problema não é da alçada da ciência. Pode-se fazer tudo o que se quiser; enquanto houver criminosos, a sociedade não pode passar sem nós, os investigadores profissionais.

— Já teve a oportunidade de ouvir falar de impressões digitais? — perguntou Fandórin mostrando ao comissário seus dedos finos, mas todavia fortes, com as unhas polidas, um dos quais estava ornado por um solitário.

Olhando o anel com inveja (um ano de salário do comissário, no mínimo), Gauche sorriu maliciosamente:

— Um truque dos ciganos para ler nas linhas da mão?

— Absolutamente. Sabe-se que, desde a Antiguidade, o relevo das linhas p-papilares que se encontram na polpa dos dedos é único em cada indivíduo. Na China, os *coolies** assinam seu contrato de locação aplicando o polegar impregnado de tinta embaixo do d-documento.

— Evidentemente, se cada assassino tivesse a amabilidade de cuidar de molhar o dedo em tinta da China a fim de deixar sua impressão digital no local do crime... — disse o comissário com uma gargalhada complacente.

Por seu lado, o diplomata não parecia muito a fim de brincar.

— Seu d-detetive do navio, o senhor há de saber que a ciência moderna estabeleceu formalmente que basta encostar de leve o dedo em qualquer superfície seca e dura para deixar uma impressão. Desde que um assassino, mesmo furtivamente, toque numa porta, na arma do crime, numa vidraça, ele deixa uma impressão graças à qual será possível desmascará-lo.

Gauche estava prestes a ironizar explicando que a França possuía 20 mil criminosos que representavam 200 mil dedos e que, se se quisesse examiná-los todos com lupa, corria-se o risco de ficar cego com isso, mas absteve-se. A imagem da vitrine quebrada da *rue* de Grenelle voltara-lhe à cabeça de supetão. Os estilhaços de vidro traziam inúmeras impressões de dedos. No entanto, não ocorrera a ninguém a idéia de recolhê-los, e todos os cacos foram jogados no lixo.

Era uma loucura ver até onde ia o progresso! E quando se pensava nas conseqüências! Todos os crimes eram cometidos com as mãos, não é verdade? Ora, essas mãos podiam trair um culpado tão bem quanto qualquer alcagüete pago! E se tirassem sistematicamente as impressões digitais dos assassinos e arrombadores, nenhum deles se atreveria mais a praticar qualquer delito com suas mãos sujas. Era o fim da criminalidade.

Tais perspectivas simplesmente deixavam a pessoa tonta.

---

* Trabalhadores, carregadores no Extremo Oriente. (N. da T.)

Reginald Milford-Stoakes

2 de abril de 1878
18 horas, 34 minutos e 30 segundos,
hora de Greenwich

Minha querida Emily,

Hoje entramos no canal de Suez. Em minha carta de ontem, falei-lhe detalhadamente da história e da topografia de Port-Said, e agora não posso me impedir de lhe dar algumas informações tão curiosas quanto instrutivas sobre o Grande Canal, uma das mais grandiosas criações humanas, que celebrará no próximo ano seu 10º aniversário. Minha mulherzinha adorada sabe que o atual canal é cronologicamente o quarto e que o primeiro foi escavado no século XIV antes de Cristo, no reino do grande faraó Ramsés? Na época da decadência do Egito, os ventos do deserto encheram de areia o leito do canal, mas sob o rei da Pérsia Dario, em 500 antes de Cristo, escravos construíram um novo canal, que não custou menos de 120 mil vidas humanas. Heródoto disse que a navegação ao longo do canal levava quatro dias e que dois trirremes podiam se cruzar sem que seus remos se tocassem. Muitos navios da frota desfeita de Cleópatra puderam chegar ao mar Vermelho por esta via e assim escapar da ira do temível Otávio.

Após a queda do Império Romano, o tempo e a areia tornaram a separar o Atlântico do oceano Índico por uma parede móvel de 100 milhas de comprimento. Mas foi sobre essas terras áridas que se deve ter constituído o poderoso reino dos sucessores do profeta Maomé, de modo que as pessoas tornaram a pegar nas pás e nas picaretas. Navego ao longo dessas terras salíferas mortas e dessas dunas de areia infinitas, sem parar de me maravilhar com a coragem obstinada e a tenacidade de que a raça humana é capaz, com sua capacidade de travar com o todo-poderoso Cronos uma luta infalivelmente fadada ao fracasso. Durante 200 anos, navios carregados de grãos navegavam ao longo do canal árabe, depois a terra apagou de sua fronte esta miserável ruga, e o deserto mergulhou num sono de mil anos.

A história, infelizmente, não quis que o pai do novo canal de Suez fosse um britânico, mas sim o francês Lesseps, representante desta nação pela qual, querida Emily, tenho um profundo desprezo, de resto totalmente justificado. Este diplomata maquiavélico convenceu o quediva a baixar um decreto autorizando a criação da Companhia Universal do Canal de Suez. A companhia obteve uma concessão de 99 anos para a futura rota marítima, enquanto o governo egípcio se concedia, ao todo, 15% dos benefícios previstos! Quando se pensa que esses infames franceses se atrevem a nos acusar de pilhar os países atrasados! Nós, pelo menos, conquistamos nossos privilégios pela espada e não concluindo transações sórdidas com burocratas locais gananciosos.

Diariamente, 1.600 camelos traziam água potável aos operários que cavavam o Grande Canal, o que não impedia os infelizes de morrerem aos milhares, de sede, de exaustão e de doenças infecciosas. Nosso Leviatã *singra sobre os cadáveres e, sobre a areia, vejo crânios nus de olhar vazio e dentes amarelos. Foram necessários dez anos e 15 milhões de libras esterlinas para realizar esta obra grandiosa. Graças à qual, doravante, a viagem de navio da Inglaterra até a Índia é metade do que era antes. Cerca de 25 dias para chegar a Bombaim. Incrível! E que envergadura! A profundidade do canal ultrapassa os 100 pés, de forma que até nossa arca gigantesca pode navegar com toda a segurança, sem perigo de encalhar num baixio.*

Hoje, no almoço, tive um acesso de riso irreprimível. Engasguei com um pedaço de pão, tive um acesso de tosse, mas nem por isso me acalmei. Quando o miserável daquele Reynier pretensioso (já lhe falei dele, é o primeiro-tenente do Leviatã*) perguntou-me com uma falsa solicitude de que eu estava achando graça, comecei a rir mais ainda. Apesar de tudo, eu não podia lhe confessar o pensamento que me deixava naquele estado. Embora os franceses é que tenham construído este canal, somos nós, os ingleses, que colhemos seus frutos. Há três anos, o governo de Sua Majestade recomprou do quediva o pacote de ações que lhe davam a maioria, tanto que agora, somos nós, os britânicos, que mandamos. Sem contar que a ação do canal, que antes era negociada a 15 libras, hoje vale 3.000. Nada mau, não? Como não achar graça?*

Mas devo estar aborrecendo-a com todos estes detalhes cansativos. Não me leve a mal, minha querida Emily, mas nada mais tenho para fazer senão escrever longas cartas. Quando ouço o barulho da minha pena no papel branco, parece que você está perto de mim e que conversamos tranqüilamente. Sabe, graças ao clima quente, começo a me sentir muito melhor. Esqueço os pesadelos que habitam minhas noites. Porém, eles não desapareceram: de manhã, quando me levanto, minha fronha está molhada de lágrimas e às vezes até acontece de apresentar sinais de mordidas.

Mas isso não é nada. Cada novo dia, cada milha percorrida me aproxima de uma vida nova. Lá, sob o doce sol do equador, esta terrível separação que me deixa a alma de pernas para o ar finalmente terminará. Não vejo a hora de que isso aconteça! Estou tão ansioso para rever seu olhar luminoso e meigo, minha querida amiga.

O que mais dizer para distraí-la? Eu poderia ao menos descrever nosso Leviatã, *pois esse tema merece muito ser evocado. Em minhas cartas anteriores, falei bastante de meus sentimentos e de meus sonhos, ao passo que ainda não lhe descrevi em todo o seu esplendor este triunfo do gênio marítimo britânico.*

O Leviatã *é o maior navio de passageiros de toda a história, sendo a única exceção o colossal* Great Eastern *que, já há 20 anos, singra as águas do Atlântico. Júlio Verne, descrevendo o* Great Eastern *em seu livro* La Ville flottante [A cidade flutuante], *não vira o nosso* Leviatã, *do contrário, teria batizado o velho* G. E. *de "Aldeia flutuante". Se este serve exclusivamente para colocar cabos telegráficos no fundo do oceano, o* Leviatã *pode transportar mil homens, mais dez mil toneladas de frete. Este monstro cuspidor de fogo tem mais de 600 pés de comprimento e tem 80 de largura. Sabe, querida Emily, como se constrói um navio? Primeiro, nós o "achanamos", isto é, desenhamos a planta do navio em tamanho natural diretamente no chão perfeitamente nivelado de um prédio escolhido para este fim. A planta do* Leviatã *era de dimensões tais que foi necessário construir um hangar do tamanho do palácio de Buckingham!*

Este navio de sonho possui duas máquinas a vapor, duas poderosas rodas — uma em cada bordo —, depois uma gigantesca hélice na popa. Os seis mastros, que se lançam contra o céu, são providos de um velame completo, de modo que, a todo pano e de vento em popa, o navio desenvolve uma velocidade de 16 nós! Este vapor usufruiu de todas as mais recentes inovações da indústria naval, entre elas: um casco duplo metálico que protege o navio, inclusive em caso de choque contra um rochedo; quilhas laterais concebidas para reduzir o balanço; uma iluminação inteiramente elétrica; compartimentos estanques; enormes condensadores para o vapor de escape... impossível citar tudo. É todo o saber acumulado ao longo dos séculos pelo incansável espírito de invenção do homem que se acha concentrado neste notável navio rasgando as águas sem medo. Ontem, fiel ao meu velho hábito, abri a Santa Bíblia numa página ao acaso, e qual não foi o meu espanto ao cair nas linhas que falavam do Leviatã, o terrível monstro marinho do livro de Jó. Estremeci compreendendo subitamente que ali não se tratava de uma serpente marinha como pensavam os antigos nem de um cachalote como afirmam os racionalistas de hoje. Não, a Bíblia evoca claramente este Leviatã *encarregado de me tirar das trevas e do medo para me conduzir para a luz e a felicidade. Mas julgue você mesma: "Faz ferver o abismo como uma caldeira, faz do mar um queimador de ungüentos. Deixa atrás de si um sulco brilhante, como se o abismo tivesse cabelos brancos. Não há nada igual a ele na terra, pois foi feito para não ter medo de nada; afronta tudo o que é elevado, é o rei de todos os filhos do orgulho." A caldeira a vapor, o queimador de ungüentos — quer dizer, o óleo —, o sulco brilhante — quer dizer, a esteira do navio. Tudo isso salta aos olhos!*

E fiquei com medo, querida Emily. Estas linhas contêm um alerta ameaçador, sem que eu saiba se é dirigido a mim pessoalmente, aos passageiros do Leviatã *ou à humanidade inteira. Do ponto de vista da Bíblia, com efeito, o orgulho não é repreensível? E se o homem, com seus brinquedos técnicos, "afronta tudo o que é elevado", isto não está impregnado de conseqüências funestas? Não nos orgulhamos demais da vivacidade de nosso espírito e da habilidade de nossas mãos? Aonde nos leva o rei do orgulho? O que nos reserva o futuro?*

Então, abri meu breviário para rezar, pela primeira vez depois de anos. De repente, leio: "Eles pensam que suas casas são eternas, que sua morada se transmite de geração em geração, e dão o próprio nome às suas terras. Mas o homem não viverá uma vida honrada. Será semelhante aos animais que perecem. Esta via é sua loucura, mesmo se os que vierem depois deles os aprovarem."

Mas, quando tomado por um sentimento místico, abri com a mão trêmula o Livro pela terceira vez, meu olhar inflamado caiu nesta enfadonha passagem dos Números, onde, com uma precisão de contador, são enumerados os sacrifícios das diferentes tribos de Israel. Aí, acalmei-me. Toquei a campainha de prata e pedi ao garçom que me trouxesse um chocolate quente.

O conforto que reina nesta parte do navio reservada à gente bem ultrapassa a imaginação. Neste aspecto, o Leviatã *não tem mesmo igual. A época em que os viajantes que iam à China ou à Índia deviam se amontoar uns por cima dos outros em cubículos exíguos e escuros pertence definitivamente ao passado. Você sabe, minha mulherzinha querida, o quanto sou claustrofóbico. Pois bem, no* Leviatã, *sinto-me tão à vontade quanto às margens do Tâmisa. Aqui há todo o necessário para combater o tédio: salão de baile, sala de música para os concertos clássicos, biblioteca mais que conveniente. Por sua arrumação, a cabine de primeira classe não fica nada a dever a um quarto do melhor hotel de Londres. Há 100 destas cabines. A isto, é preciso acrescentar 250 cabines de segunda classe com capacidade para 600 pessoas (não dei sequer uma olhadinha — não suporto a mediocridade) e, segundo o que se diz, também há vastos porões para as mercadorias. Só o pessoal de serviço (afora marujos e oficiais) compreende 200 pessoas: garçons, cozinheiros, lacaios, músicos, camareiras. Imagine que não me arrependo em nenhum momento de não ter trazido Jeremy comigo. Esse malandro vivia metendo o bedelho nas coisas dos outros enquanto aqui, às 11 horas em ponto, a camareira chega, arruma a cabine e cumpre todas as missões que lhe confio. É prático e sensato. Se quisermos, podemos chamar o lacaio para que ele nos ajude a nos vestir, mas acho isso inútil — visto-me e dispo-me sozinho. Em minha ausência, é estritamente proibido aos criados entrar em minha cabine, o que não me impede, ao sair, de colar um fio de cabelo na porta. Tenho medo de espiões. Acredite em mim,*

Emily querida, isto é um navio, mas uma verdadeira ilha com seu lote de patifes de todo tipo.

No essencial, tirei minhas informações sobre o navio das explicações do tenente Reynier, ardente defensor de sua embarcação. Quanto ao resto, o homem não é muito simpático e me inspira a maior desconfiança. Ele se esforça muito para bancar o gentleman, *mas ninguém me engana, tenho faro para identificar a baixa extração. Querendo causar boa impressão, o indivíduo me convidou para ir à sua cabine. Aceitei o convite, menos por curiosidade que por preocupação de medir o grau de ameaça que esse porco poderia representar (sobre seu aspecto externo, ver minha carta de 20 de março). Seu ambiente é feio, e sua falta de gosto salta tanto mais aos olhos quanto ele tem pretensões ao bom-tom (vasos chineses, sofás indianos, marinha horrenda pendurada na parede etc.). Na mesa, em meio a cartas e instrumentos de navegação, há em destaque uma grande fotografia mostrando uma mulher de preto e trazendo esta inscrição em francês: "Bons ventos o levem, meu querido! Françoise B." Perguntei-lhe se se tratava de sua esposa. Na verdade, é sua mãe. É comovente, mas isso não diminui em nada minhas suspeitas. Não desisti de verificar nosso rumo de três em três horas, ainda que isso me obrigue a me levantar duas vezes durante a noite. Naturalmente, enquanto descemos o canal de Suez, isso pode parecer irrelevante, mas não quero perder o hábito de manejar o sextante.*

Tenho tempo de sobra e, quando não escrevo cartas, posso observar à vontade a feira das vaidades que me cerca por todos os lados. Nesta galeria de tipos humanos, encontram-se aqui e ali personagens engraçados. Já lhe falei de alguns deles, mas, ontem, apareceu uma cara nova em nosso salão. Imagine que ele é russo. Seu nome: Erast Fandórin. Você não desconhece, Emily, minha opinião sobre a Rússia, esta monstruosa excrescência que cobre metade da Europa e um terço da Ásia. A Rússia procura disseminar sua paródia de religião cristã e seus costumes bárbaros pelo mundo inteiro, e Albion é o único bastião erguido na rota destes hunos dos tempos modernos. Sem a posição determinada do governo de Sua Majestade na atual crise oriental, o czar Alexandre teria colocado suas grandes patas de urso nos Bálcãs e ao mesmo tempo no...

Mas já lhe falei de tudo isso e não quero me repetir. Sem contar que as considerações políticas têm um efeito deplorável sobre meus nervos. Faltam exatamente quatro minutos para as oito horas. Como lhe escrevi, até Aden, o Leviatã *continuará vivendo na hora britânica, razão pela qual, às oito horas, aqui, já é noite. Vou medir a longitude e a latitude, depois jantarei e continuarei minha carta.*

Dez horas e 16 minutos.

Vejo que não tinha terminado com Mr. *Fandórin. Na verdade, gosto dele, apesar de sua nacionalidade. Boas maneiras, calmo, atento. Sem dúvida pertence àquela categoria da população que, na Rússia, designa-se pela palavra italiana* intelligenzia, *sem dúvida com referência à classe dos europeus cultos. Reconheça, querida Emily, que dificilmente se pode considerar como pertencendo ao mundo civilizado uma sociedade em que as pessoas cultas formam uma camada à parte, ainda por cima designada por uma palavra estrangeira. Imagino o abismo que separa este homem altamente civilizado que é* Mr. *Fandórin desses cossacos barbudos ou desses mujiques que constituem 90% da população do império tártaro-bizantino. Por outro lado, uma tal distância deve elevar e enobrecer singularmente o homem culto e sério. É uma idéia a se pensar.*

Gostei muito da forma elegante com a qual Mr. *Fandórin (a propósito, ele é diplomata, o que explica muitas coisas) deu um fora no grosso daquele Gauche, que afirma viver de rendas ao passo que o olho menos experiente vê logo que esse sujeito trata de tráficos escusos. Não me espantaria que ele estivesse indo ao Oriente para comprar ópio ou dançarinas exóticas para as espeluncas parisienses.* [Última frase riscada.] *Sei, doce Emily, que você é uma verdadeira* lady *e que não tentará ler o que está rasurado. Deixei-me levar um pouco e escrevi palavras indignas de seu casto olhar.*

Mas voltemos ao jantar desta noite. O burguês francês, que nestes últimos tempos ganhou coragem, chegando até a falar demais, começou com arrogância a tecer considerações sobre as vantagens da velhice em relação à juventude. "Vejam, sou mais velho que todo mundo aqui", ele começa a dizer com condescendência, como Sócrates. "Tenho o cabelo grisalho, sou feio e barrigudo, mas não vão pensar que o velho Gauche aceitaria trocar de lugar com vocês. Quando vejo um jovem cheio de empáfia vangloriar-se de sua beleza, de sua força e de sua saúde, não sinto o menor ciúme. Ora, digo com meus botões, isso não tem nada de mais, eu era assim na idade dele. Só que você, meu rapaz, não sabe ainda se um dia vai chegar aos meus 62 anos. Já sou duas vezes mais feliz que você com seus 30 já que tive a sorte de passar o dobro do tempo nesta bela terra." Ao que ele toma um gole de vinho, muito orgulhoso da originalidade de seu pensamento e de sua lógica aparentemente implacável. Aí é que Mr. *Fandórin, que até então não tinha aberto a boca, declarou com o ar mais sério do mundo: "Incontestavelmente é isso mesmo, Sr. Gauche, se se considerar a vida em sua acepção oriental, ou seja, como uma presença num ponto dado e um eterno 'agora'. Mas existe outra concepção que considera a vida do homem como uma obra global e completa, que é impossível julgar enquanto não se terminar sua última página. A obra pode então ser longa como uma tetralogia ou curta como uma novela. Mas quem se atreverá a afirmar que um romance grosso e vulgar, necessariamente, tem mais valor que um poema curto mas sublime?" O mais engraçado é que nosso capitalista, que é efetivamente gordo e vulgar, nem entendeu que se tratava dele. Mesmo quando* Miss *Stamp (uma pessoa nada boba, mas estranha) achou graça e eu morri de rir sem nenhum constrangimento, o francês não percebeu a alusão. Continuou firme em suas posições, com uma obstinação de se tirar o chapéu. É verdade que na seqüência da discussão, enquanto já estávamos na sobremesa, o Sr. Gauche demonstrou um bom senso que me surpreendeu. A falta de educação tem suas vantagens: um espírito não influenciado pelos grandes pensadores às vezes pode ser capaz de comentários justos e interessantes.*

Julgue você mesma. Aquela ameba da Sra. Truffo, mulher do imbecil do nosso médico, recomeçou a dizer asneiras sobre o "queridinho" ou ainda o "anjinho", graças ao qual a Sra. Kléber logo fará a alegria de seu banqueiro. Como a Sra. Truffo não fala francês, foi o infeliz de seu marido que se viu obrigado a traduzir suas pieguices sobre a felicidade familiar, inconcebível "sem o balbucio de um bebezinho". Gauche, que não parava de pitar seu cachimbo, interveio bruscamente: "Não posso estar de acordo com a senhora. Um casal feliz de verdade não precisa de nenhum filho, pois, nesse caso, o marido e a mulher se bastam amplamente um ao outro. Um homem e uma mulher são como duas superfícies desiguais, cada qual com suas reentrâncias e suas saliências. Se as duas superfícies não aderirem perfeitamente, é preciso cola, sem o que a construção, ou seja, a família, não agüentará. E esta cola são precisamente os filhos. Mas se as superfícies se encaixam bem, cada saliência adaptando-se a uma reentrância, a cola é inútil. Considere, por exemplo, minha Blanche e eu. Trinta e três anos de vida conjugal em perfeita comunhão, como um botão em sua casa. Para que teríamos filhos uma vez que, sem eles, tudo é perfeito?" Você imagina, Emily, a onda de indignação ultrajada que se abateu sobre a cabeça do iconoclasta. A mais zelosa foi a Sra. Kléber, em nome do futuro suiçozinho que traz no ventre. Só de olhar para aquela barriga batida que ela tenta de todas as maneiras empinar me deixa crispado. Vejo imediatamente, lá dentro, um minibanqueiro em posição fetal com orelhinhas mirradas e bochechas inchadas. Pode-se apostar que, com o tempo, a prole do casal Kléber será numerosa o bastante para formar um batalhão da guarda suíça.

Devo lhe confessar, minha Emily adorada, que o espetáculo das mulheres grávidas me dá engulhos. Elas são repugnantes! Esse absurdo sorriso animal, esse aspecto imundo, esse jeito de estar constantemente ouvindo suas entranhas! Fico o mais longe possível da Sra. Kléber. Jure-me, minha querida, que nunca teremos filhos. O burguês gordo tem toda a razão! Para que filhos? Não estamos felicíssimos assim? Só precisamos enfrentar esta insuportável separação.

Vejo que já faltam só dois minutos para as 11. Está na hora de eu ir fazer meu levantamento.

Droga! Revirei minha cabine toda. Meu sextante desapareceu. Não sou maluco! Ele estava em cima da arca com meu cronômetro e meu compasso, e agora sumiu! Estou com medo, Emily! Ah, eu pressentia! Minhas piores suspeitas eram justificadas!

Por quê? Com que intuito? Eles estão prontos a todas as baixezas, contanto que impeçam nosso reencontro! Como vou poder agora verificar que o navio esteja no rumo certo? Foi Reynier, eu sei! Vi bem os olhos com que me olhava quando, ontem à noite, me surpreendeu no convés manejando o sextante! O canalha.

É preciso ir ao capitão e exigir um castigo. E se eles estavam combinados? Meu Deus, meu Deus, tende piedade de mim.

Tive de me interromper. Fui tão contrariado que precisei tomar as gotas receitadas pelo doutor Jenkins. E, como ele me aconselhou, pensei em alguma coisa agradável. Imaginei você e eu no futuro. Estávamos sentados numa varanda branca contemplando o horizonte tentando adivinhar onde o mar parava e onde o céu começava. Você sorria e dizia: "Reggie querido, eis-nos finalmente juntos." Depois, subíamos num cabriolé e íamos dar um passeio à beira do...

Meu Deus, o que estou contando? Que cabriolé?

Sou um monstro, e para mim não há perdão.

Renata Kléber

Ela acordou de ótimo humor. Recebeu com um sorriso o raio de sol que subia em sua bochecha redonda, amassada pelo travesseiro, e prestou atenção em sua barriga. O feto estava tranqüilo, mas ela estava morrendo de fome. Faltavam uns bons 50 minutos para o café da manhã, porém Renata tinha paciência para dar e vender e não sabia se entediar. De manhã, o sono a deixava tão bruscamente quanto a derrubava à noite. Bastava-lhe descansar a cabeça sobre as mãos para, em um segundo, estar mergulhada num sonho encantador.

Cantarolando a canção da pobre Georgette apaixonada pelo limpador de chaminés, Renata fez sua toalete matinal, passou água de lavanda no rosto, depois, rapidamente e com habilidade, penteou-se: afofou a franja sobre a testa, prendeu os grossos cabelos castanhos num coque impecável, deixando dois cachinhos caídos nas têmporas. O resultado era exatamente o desejado: dar a impressão de uma jovem encantadora e discreta. Ela olhou pela vigia. O espetáculo era sempre o mesmo: margem uniforme do canal, areia amarela, pequenas aldeias miseráveis com suas casas de pau-a-pique. Ia fazer calor. Ela poria então o vestido de renda branca e o chapéu de palha com fita vermelha. E não podia esquecer a sombrinha pois, após o café da manhã, não deixaria de dar seu passeio saudável. Não, pensando bem, ela não iria carregar a sombrinha. Azar, alguém iria buscá-la.

Com uma satisfação evidente, Renata girou na frente do espelho, parou de perfil e puxou o vestido sobre a barriga. A bem dizer, por ora, não havia nada de especial para se ver.

Considerando que sua qualidade de mulher grávida a autorizava a isso, ela chegou ao café da manhã bem antes da hora: os criados ainda não haviam posto a mesa. Renata imediatamente ordenou que lhe servissem um suco de laranja, *croissants* amanteigados e tudo o mais. Quando apareceu o primeiro de seus companheiros de mesa — o gordo Sr. Gauche, ele também um madrugador —, a futura mamãe acabava de dar cabo de um terceiro *croissant* e atacava a omelete de cogumelos. No *Leviatã,* não era servido um reles café da manhã continental, mas um autêntico *breakfast* inglês, com rosbife, ovos das formas mais elaboradas, pudins, cereais. Só os *croissants* representavam o ramo francês do consórcio. Em compensação, no almoço e no jantar, a cozinha francesa reinava absoluta. De qualquer maneira, não iam servir rins com favas no salão Windsor!

Como sempre, o primeiro-tenente do capitão apareceu às nove horas em ponto. Indagou solícito sobre a saúde da Sra. Kléber. Renata mentiu afirmando que havia dormido mal e sentia-se completamente exausta, tudo isso porque sua vigia não abria direito e fazia um calor sufocante em sua cabine. O tenente Reynier ficou alarmado com isso e prometeu ir pessoalmente ver o que havia e dar um jeito naquela situação deplorável. Não tocou no rosbife nem nos ovos: seguia uma dieta curiosa e alimentava-se essencialmente de legumes. Renata tinha pena dele.

Pouco a pouco, os outros foram chegando. No café da manhã, em geral faltava animação à conversa: os mais velhos se recuperavam penosamente de uma noite maldormida; os mais jovens ainda não estavam completamente despertos. Era engraçado observar a forma como aquela abominável Clarice Stamp se insinuava para o diplomata gago. Renata balançou a cabeça: como alguém podia ser tão boba? Não adianta ele impressionar com as têmporas grisalhas, poderia ser seu filho, minha queridinha. O que um belo jovem assim poderia querer com esta velha namoradeira?

O último a chegar foi o Biruta (era assim que, secretamente, Renata chamava o baronete inglês). Com seus cabelos ruivos arrepiados, seus olhos vermelhos e seu tique no canto da boca, ele era sinistro e assustador. Mas, longe de ter medo dele, a Sra. Kléber não deixava passar uma oportunidade de se divertir às suas custas. Por exemplo, exibindo um sorriso tão amável quanto inocente, ela agora mesmo acabava de oferecer a leiteira ao Biruta. Exatamente como previsto, Milford-Stoakes (eis um nome engraçado) afastou sua xícara com cara de nojo. Renata sabia por experiência própria que doravante ele não tocaria mais na leiteira e tomaria o café preto.

— Por que este movimento de recuo, senhor? — balbuciou ela com um tom inseguro. — Não tenha medo, a gravidez não é contagiosa. — Em seguida, sem mais nenhum tremor na voz, acrescentou: — Para os homens, em todo o caso.

O Biruta brindou-a com um olhar incendiário, que se chocou com o luminoso e sereno de sua interlocutora. O tenente Reynier escondeu um sorriso atrás da mão, o capitalista deu uma risadinha. Até o japonês não conseguiu deixar de sorrir com a saída de Renata. É verdade que este Sr. Aono sorria por tudo e por nada. Talvez, naquela gente, o sorriso não exprimisse alegria, mas outra coisa qualquer. Tristeza ou desgosto, por exemplo.

Tendo abandonado seu ar divertido, o Sr. Aono entregou-se a este ato insensato que a cada vez provocava náuseas em todos os seus vizinhos de mesa: tirou do bolso um guardanapo de papel, assoou-se ruidosamente e transformou-o numa bola úmida que colocou com cuidado na beirada de seu prato sujo. Senhoras e senhores, admirem a esplêndida iquebana! Renata lera alguma coisa a respeito de iquebana num romance de Pierre Loti e se lembrava desta palavra de sonoridade estranha. A idéia era interessante: compor arranjos florais não segundo o humor do momento, mas sim em função de um projeto filosófico. Um dia desses, ela deveria tentar.

— Qual é sua flor preferida? — perguntou ela ao Dr. Truffo.

Este traduziu a pergunta ao bagulho que lhe servia de mulher, depois respondeu:

— Amor-perfeito.

E traduziu também sua resposta: *pansy.*

— Adoro flor! — exclamou *Miss* Stamp (agora ela bancava a ingênua). — Mas só flor viva. Gosto de passear num campo florido! Me corta o coração ver as pobres flores cortadas murcharem e perderem as pétalas! Aliás é por isso que não deixo ninguém me oferecer um buquê.

Olhar langoroso dirigido ao belo russo.

Que pena, do contrário todos teriam imediatamente coberto você de flores, pensou Renata antes de acrescentar em voz alta:

— Para mim, as flores são o coroamento da obra divina, e considero um crime pisotear um campo florido.

— Nos jardins parisienses, isso efetivamente é considerado crime — interveio o Sr. Gauche. — Punição: dez francos. E se as senhoras autorizarem o mal-educado que sou a acender o cachimbo, eu lhes contarei a propósito disso uma historinha muito engraçada.

— Ó senhoras, mostrem indulgência! — exclamou Sweetchild, o indianista quatro-olhos, sacudindo sua barbicha à la Disraeli. — O Sr. Gauche é um contador de histórias tão maravilhoso!

Todos se voltaram para a mulher grávida, de quem dependia a decisão, e esta esfregou a têmpora como quem sente uma dor. Não, Renata não estava sentindo dor de cabeça alguma, simplesmente criava suspense. Aliás, ela também estava curiosa para ouvir a "historinha", razão pela qual aceitou com um ar de sacrifício:

— Muito bem, fume. Mas pelo menos que alguém me abane com um leque para me dar ar.

Como a infame Clarice, que possuía um suntuoso leque de plumas de avestruz, fez-se de desentendida, foi ao japonês que coube a tarefa de abanar a futura mãe. Gintaro Aono veio sentar-se ao lado dela, e começou com tal entusiasmo a agitar seu leque gritante ornado de borboletas diante do nariz da pobre mártir que, um minuto depois, esta estava efetivamente tomada de náusea diante daquele caleidoscópio infernal. O japonês viu uma reprimenda por excesso de zelo lhe ser dirigida.

Já o capitalista pitou com deleite seu cachimbo, soltou uma nuvem de fumaça fragrante e começou seu relato:

— Acreditem se quiserem, mas esta história é a mais pura verdade. Havia um jardineiro no jardim do Luxembourg chamado velho Picard. Havia 40 anos, ele regava e cuidava das flores do jardim, e só faltavam três anos para ele se aposentar. Um belo dia, o velho Picard chega com seu regador, e o que vê? Um senhor muito elegante, vestido com um fraque, refestelado ao doce sol da manhã, estirado no canteiro de tulipas. Nitidamente, tratava-se de um farrista que andara na gandaia até de madrugada e que, sem conseguir voltar para casa, deixara-se cair ali.

Gauche franziu os olhos e correu a platéia com seu olhar malicioso.

— Picard, evidentemente, fica uma fera ao ver suas tulipas amassadas. Diz: "Levante-se, moço, é proibido deitar nos canteiros de flores do jardim!" O farrista entreabre um olho e tira uma moeda de ouro do bolso. "Aqui, meu velho", diz, "pegue isso e me deixe em paz. Há séculos que não descanso tanto." Então, o jardineiro pega a moeda, mas não vai embora. "Muito bem, o senhor pagou a multa, mas não tenho o direito de deixá-lo aqui. Queira levantar-se imediatamente." Aí, o moço de fraque abre o segundo olho, mas não se apressa para se levantar. "Quanto preciso lhe dar para você sair do meu sol? Estou pronto para lhe pagar qualquer quantia se você se mandar e me deixar dormir uma horinha." O velho Picard coça a cabeça, mexe os lábios como se calculasse alguma coisa. "Pois bem, moço, se o senhor quiser conseguir o direito de ficar deitado durante uma hora num canteiro de flores do jardim do Luxembourg, terá que pagar 84 mil francos e nem um tostão a menos."

Visivelmente cheio de admiração pelo jardineiro atrevido, o francês sorriu com um ar zombeteiro através dos bigodes grisalhos e continuou seu relato:

— Aí, devo lhes dizer que o farrista em questão não era um qualquer, mas sim o banqueiro Laffite em pessoa, o homem mais rico de Paris. Laffite não era homem de falar à toa, dissera "qualquer quantia", não ia correr da raia. Seria uma vergonha para ele ir embora de rabo entre as pernas e não honrar sua palavra de banqueiro. Ao mesmo tempo, dar por nada uma soma semelhante ao primeiro insolente que aparecia não era muito do seu gosto. O que fazer? — Gauche ergueu os ombros num movimento que exprimia a extrema complexidade da situação. — E eis que Laffite diz: "Pois bem, malandro velho, você vai ter seus 84 mil francos, mas com uma condição: me prove que uma hora passada no raio do seu canteiro de flores vale mesmo esta quantia. E se não conseguir provar, vou me levantar imediatamente e lhe dar umas boas bengaladas no lombo, um pequeno deslize que me custará no máximo uma multa de 40 francos."

Pirado como sempre, Milford-Stoakes deu uma gargalhada e sacudiu a cabeleira ruiva com um ar de aprovação, enquanto Gauche levantava o dedo amarelado pelo fumo, como quem diz: não riam antes da hora, a história não acabou.

— Pois bem, o que acham, senhoras e senhores? Sem se desconcertar um só instante, o velho Picard começa a expor o resultado de seus cálculos: "Daqui a 30 minutos, às oito horas em ponto, vai chegar o diretor do jardim. Ele vai vê-lo deitado no canteiro de flores e começar a esbravejar mandando que eu o expulse daí. O que não vou poder fazer, já que o senhor vai me ter pagado não por meia hora, mas sim por uma hora completa. Vou então discutir com o diretor, que me mandará embora sem aposentadoria nem indenização. Ora, faltam três anos para eu me aposentar. A aposentadoria a que tenho direito é de 1.200 francos por ano. E como tenho a intenção de gozar essa aposentadoria durante 20 anos, isso perfaz um total de 24 mil francos. Agora, a moradia. Para minha velha e para mim, acabou-se o apartamentozinho funcional. Pergunta: onde morar? Vamos precisar comprar uma casa. Ora, a casinha mais modesta com jardim em qualquer lugar do Loire custa, no mínimo, 20 mil francos. Agora, moço, pense na minha reputação. Posso me gabar de 40 anos de bons e leais serviços neste jardim, e todo mundo lhe dirá que o velho Picard é um homem honesto. Imagine a vergonha que vai se abater sobre minha cabeça grisalha. O que o senhor me propõe é corrupção, suborno! Estimo que mil francos por ano de serviço irreprochável será uma quantia pequena em vista do prejuízo moral. O que, ao todo, nos leva aos 84 mil francos." Laffite cai na gargalhada, se estira bem confortavelmente no canteiro de flores e fecha os olhos. "Volte em uma hora", diz ele, "você vai ter o que lhe é devido, macaco velho." É assim, senhoras e senhores, que termina minha bela historinha.

— Mil francos p-por ano irreprochável? — brincou o diplomata russo. — Olhe que não é caro. Devia ser um p-preço de atacado.

Enquanto os presentes comentavam a história com animação exprimindo opiniões as mais contraditórias, Renata Kléber, intrigada, fitava o Sr. Gauche que, com um ar satisfeito, acabara de abrir a pasta preta e, bebericando o chocolate já frio, pusera-se a folheá-lo. Um fenômeno engraçado, esse velhinho, é preciso reconhecer. Que segredos guardava nessa pasta? E por que se escondia atrás do cotovelo?

Já há um bom tempo, essas perguntas obcecavam Renata. Uma ou duas vezes, usando seu privilégio de futura mãe, ela até tentara dar uma olhada por cima do ombro de Gauche, enquanto ele se atarefava misteriosamente sobre seu querido dossiê, mas o bigodudo pernicioso fechara grosseiramente a pasta na cara da senhora, depois levantara um dedo ameaçador, como para dizer: atenção, proibido.

Mas desta vez passou-se algo espantoso. Quando o Sr. Gauche levantou-se da mesa, como de hábito antes dos outros, uma folha escorregou sem fazer ruído de sua misteriosa pasta e, planando, pousou suavemente no chão. O capitalista nada percebeu e, absorto em alguma idéia sombria, saiu do salão. Tão logo a porta fechou atrás dele, Renata ergueu prontamente da cadeira seu corpo apenas mais pesado no nível da cintura. Mas não era a única a dar mostras de ser tão observadora. Comprovando uma agilidade só comparável à sua boa educação, *Miss* Stamp pulou primeiro em cima da folha.

— Veja só, parece que o Sr. Gauche deixou cair alguma coisa! — exclamou recolhendo às pressas o papel e nele mergulhando seu olhar afiado. — Vou pegar e entregar a ele.

Mas, com seus dedos tenazes, a Sra. Kléber já havia segurado um pedaço da folha e não estava absolutamente decidida a largá-la.

— O que é? — perguntou. — Um recorte de jornal? Que interessante!

Um minuto depois, todos os presentes estavam reunidos em volta das duas senhoras, exceto o grosso daquele japonês, que continuava se abanando com o leque, e a Sra. Truffo, que observava com um ar de reprovação esta escandalosa invasão de *privacy*.

O recorte de jornal apresentava-se assim:

O "CRIME DO SÉCULO": NOVA REVIRAVOLTA?

O assassinato diabólico de dez pessoas, ocorrido na *rue* de Grenelle há três dias, continua deixando os parisienses em polvorosa. Hoje, duas hipóteses prevalecem: a do médico maníaco e a da seita sanguinária de fanáticos hindus, adoradores de Shiva. Todavia, *Le Soir*, que está realizando sua própria investigação, teve conhecimento de um elemento novo, que poderia dar um novo aspecto ao caso. Com efeito, revelou-se que durante as últimas semanas o falecido lorde Littleby foi visto pelo menos duas vezes em companhia de uma aventureira internacional chamada Marie Sanfon, conhecida dos serviços policiais de muitos países. O barão de M., amigo íntimo da vítima, declarou que milorde enrabichara-se por uma certa pessoa e que, na noite do dia 15 de março, teria tido intenção de ir a Spa para um encontro amoroso. Não seria essa Sra. Sanfon que devia encontrar o infeliz colecionador retido na última hora em Paris por uma crise de gota? A redação abstém-se de adiantar sua própria hipótese, mas considera seu dever chamar a atenção do comissário Gauche para este fato digno de nota. Não deixaremos de manter nossos leitores informados dos últimos desdobramentos deste caso.

EPIDEMIA DE CÓLERA EM VIAS DE REGRESSÃO

Os serviços de saúde municipais informam à população que os focos de cólera, contra o qual está sendo travada uma luta implacável desde o verão, foram definitivamente localizados. As enérgicas medidas profiláticas dos médicos parisienses surtiram efeitos positivos, e pode-se esperar que a epidemia dessa temível doença, surgida em jul-

— O que significa tudo isso? — perguntou Renata franzindo o cenho. — Um crime, o cólera...

— Obviamente, não é o cólera que está em questão aqui — disse o professor Sweetchild. — É simplesmente a página que foi cortada assim. O importante é evidentemente o crime da *rue* de Grenelle. Será possível que não tenha ouvido falar nele? Todos os jornais noticiaram esse caso estrondoso.

— Não leio jornal — respondeu orgulhosamente a Sra. Kléber. — Em meu estado, isso deixa a gente muito tensa.

E, de qualquer maneira, não tenho necessidade alguma de estar a par desses horrores todos.

— Comissário Gauche? — disse o tenente Reynier percorrendo novamente a nota. — Não seria o nosso Sr. Gauche?

— Não é possível! — exclamou *Miss* Stamp.

A mulher do médico resolveu aproximar-se também. Todo o grupo estava em polvorosa e cada um fazia seu comentário:

— A polícia! A polícia francesa metida nessa história?! — exclamou *Sir* Reginald, irritado.

Reynier murmurou:

— Então é por isso que o capitão não pára de me fazer perguntas sobre o salão Windsor...

Enquanto, como de hábito, *Mr.* Truffo traduzia à sua esposa o que acabava de ser dito, o russo pegava o recorte de jornal e o estudava atentamente.

— O que está escrito a propósito dos fanáticos hindus não se sustenta — declarou Sweetchild. — Estou dizendo isso desde o início. Em primeiro lugar, não existe nenhuma seita sanguinária de adoradores de Shiva. E, depois, como todos sabem, a estatueta foi achada. Pode passar pela cabeça de alguém que um fanático religioso a tivesse jogado no Sena?

— É verdade que essa história de Shiva de ouro é um verdadeiro enigma — disse *Miss* Stamp balançando a cabeça. — Segundo o que se escreveu, era a jóia da coleção de lorde Littleby. É verdade, senhor professor?

O indianista ergueu os ombros com um ar condescendente:

— O que lhe responder, minha senhora? A coleção de lorde Littleby era recente, suas primeiras aquisições foram feitas há 20 anos. Em tão pouco tempo, é difícil reunir o que quer que seja de muito extraordinário. Ao que dizem, o falecido deu-se bem, em 1857, quando foi sufocada a revolta dos sipaios. O famoso Shiva, por exemplo, foi "oferecido" ao lorde por um certo marajá ameaçado pelo conselho de guerra por ter conspirado com os sediciosos. É preciso saber que Littleby teve assento durante anos na corte marcial hindu. Incontestavelmente, sua coleção contém algumas peças de valor, mas o conjunto é bastante confuso.

— Afinal, vai me dizer por que esse lorde foi assassinado? — implorou Renata. — Olhe, o Sr. Aono também não sabe nada dessa história, não é, Sr. Aono?

Esperando conseguir um apoio, Renata virou-se para o japonês, que se mantinha ligeiramente afastado. Este sorriu apenas com a boca e inclinou-se, enquanto o russo fazia menção de aplaudir.

— Parabéns, Sra. Kléber. A senhora acaba de f-fazer a pergunta essencial. Acompanhei esse caso através da imprensa. E, para mim, o motivo do crime é p-primordial aqui. Aí está a chave do mistério. "Por quê?", como disse tão bem. Com que fito se matam dez pessoas?

— Nada é mais simples! — interveio *Miss* Stamp erguendo os ombros. — O objetivo era roubar os objetos mais preciosos da coleção, mas o criminoso perdeu o sangue-frio quando de repente deu de cara com o dono da casa. O lorde não devia estar em outro lugar? Uma coisa, sem dúvida, é dar injeções, outra completamente diferente é quebrar a cabeça de um homem. Veja bem, eu não sei nada sobre isso, nunca tentei — acrescentou com um movimento de ombros. — Os nervos do malfeitor não agüentaram, e ele não pôde terminar a tarefa. Quanto à estatueta jogada na água... — *Miss* Stamp refletiu. — Talvez tenha sido com este objeto que quebraram a cabeça do pobre Littleby. É bem possível que o criminoso não seja totalmente desprovido de sentimentos humanos normais e que tenha sentido repugnância, até medo, de ter na mão a arma do crime ensangüentada. Foi até o Sena e lá jogou a estatueta.

— No tocante à arma do crime, o que sugere é muito plausível — aprovou o diplomata. — Sou da mesma opinião.

A solteirona corou de prazer e ficou visivelmente perturbada ao ver o olhar zombeteiro de Renata.

— *You are saying outrageous things* — revoltou-se a mulher do médico após ter ouvido a tradução do que Clarice Stamp acabava de dizer. — *Shouldn't we find a more suitable subject for table talk?* *

Mas o pedido da insignificante pessoa continuou sem efeito.

— Para mim, o mais enigmático em todo esse caso é a morte dos criados! — declarou o desengonçado indianista, querendo dar sua contribuição ao debate. — Como é possível que eles se tenham deixado espetar com aquela porcaria! Não estavam sob a mira de uma pistola, afinal de contas! Não vamos esquecer que havia dois guardas entre eles, cada um com seu revólver num coldre pendurado na cinta. Eis onde está o verdadeiro mistério!

— Tenho minha própria hipótese — anunciou Reynier com um ar importante. — E estou pronto para defendê-la diante de quem quiser. O crime da *rue* de Grenelle é obra de um indivíduo dotado de capacidades mesméricas fora do comum. Os criados estavam em estado de transe mesmérico, é a única explicação possível! O "magnetismo animal" é uma força aterradora. Um manipulador experiente pode fazer da pessoa o que lhe der na cabeça. Sim , sim, minha senhora — acrescentou o tenente para responder à cara de incredulidade da Sra. Truffo. — Tudo, absolutamente tudo.

---

* Você está dizendo coisas horríveis. Não poderíamos encontrar um assunto de conversa mais adequado para a mesa?

— *Not if he is dealing with a lady*[*] — respondeu severamente a mulher do médico.

Cansado de seu papel de intérprete, *Mr.* Truffo passou o lenço na testa brilhosa de suor e engrenou na defesa da concepção científica do mundo.

— Permita-me discordar — disse num francês com um sotaque carregado. — Há muito tempo, a teoria do Sr. Mesmer é considerada como destituída de qualquer fundamento científico. A força do mesmerismo, ou do hipnotismo, como agora é chamado, é muito exagerada. O respeitável *Mr.* James Bride demonstrou de maneira convincente que só os indivíduos psicologicamente sugestionáveis cedem à força do hipnotismo, e ainda é necessário que confiem inteiramente no hipnotizador e concordem em se submeter à sessão de hipnose.

— Vê-se logo, caro doutor, que o senhor nunca viaja para o Oriente! — observou Reynier sorrindo com seus dentes brancos. — Em qualquer bazar indiano, é possível encontrar um faquir capaz de mostrar tais prodígios na prática do mesmerismo que o cético mais recalcitrante fica de olhos arregalados. E esses truques de magia não são nada ao lado do resto. Uma vez, em Kandahar, assisti a uma execução pública. Segundo a lei muçulmana, o roubo é punido pela amputação da mão direita. Essa operação é tão difícil de suportar, que os que a ela são submetidos muitas vezes morrem de dor. Daquela vez, era um rapaz, praticamente uma criança, que havia sido acusado de roubo. Como ele fora pego pela segunda vez, o tribunal não podia fazer outra coisa senão condenar o ladrão ao castigo determinado pela lei canônica islâmica. No entanto, o juiz era um homem

---

* Não se estiver lidando com uma dama.

caridoso. Mandou vir um dervixe conhecido pela capacidade de realizar milagres. O dervixe colocou as mãos nas têmporas do condenado, olhou-o no fundo dos olhos, murmurou alguma coisa. Então, o garoto se acalmou, parou de tremer. Em seu rosto, apareceu um sorriso estranho que permaneceu até quando o machado do carrasco seccionou seu braço na altura do cotovelo! E vi isto com meus próprios olhos, eu lhes juro.

Renata zangou-se:

— Meu Deus, que horror! Ah, você, Charles, com o seu Oriente... Sinto que vou passar mal!

— Me desculpe, Sra. Kléber — alarmou-se o tenente. — Eu só queria provar-lhes que, comparadas com isso, as injeções são uma brincadeira.

— Mais uma vez, eu me permitiria discordar...

O obstinado médico preparava-se para reafirmar seu ponto de vista, quando, no mesmo instante, a porta do salão se abriu e entrou aquele que já não se sabia se era capitalista ou policial — em uma palavra, o Sr. Gauche.

Todos se viraram em sua direção, meio constrangidos, como se acabassem de ser flagrados em alguma atividade inconveniente.

Gauche deixou vagar seu olhar penetrante sobre cada um dos presentes, viu o triste recorte de jornal e fez cara feia.

— Eis então onde ele estava... É o que eu temia.

Renata aproximou-se do velho de bigodes grisalhos. Com o ar incrédulo, mediu de alto a baixo sua silhueta maciça, depois perguntou de chofre:

— Sr. Gauche, será possível que o senhor seja policial?

— Esse mesmo c-comissário Gauche que está dirigindo o inquérito sobre o "crime do século"? — precisou Fandórin (eis como se chama esse diplomata russo, lembrou-se Renata). — Sendo assim, como explicar esta palhaçada e, mais geralmente, sua p-presença a bordo?

Gauche bufou um pouco, franziu as sobrancelhas, procurou o cachimbo. Via-se que dava tratos à bola para saber que atitude tomar.

— Sentem-se minhas senhoras e meus senhores — disse em tom de voz baixo, com uma gravidade inusitada antes de passar a chave na porta. — Já que é assim, vamos botar as cartas na mesa. Sentem-se, sentem-se, nunca se sabe, alguém daqui a pouco poderia não se agüentar em pé.

— O que são essas brincadeiras, Sr. Gauche? — perguntou o tenente, contrariado. — Com que direito o senhor se atreve a dar ordens aqui, sobretudo na presença do imediato do navio?

— Isso, rapaz, é o próprio capitão que vai lhe explicar — respondeu Gauche enfezado. — Ele está a par do caso.

Reynier amarrou a cara e, imitando os outros, retomou seu lugar à mesa.

O capitalista parisiense, que Renata até então considerava um rabugento tagarela e bonachão, estava um tanto diferente. Sua postura adquirira um certo garbo, seu gesto tornara-se imperioso, havia um brilho severo em seu olhar. Só a calma e a segurança com que ele fazia durar a pausa eram muito eloqüentes. Os olhos perscrutadores do estranho capitalista detinham-se sobre os presentes, um a um, e Renata viu alguns se encolherem sob o peso desse olhar. Ela mesma, é preciso reconhecer, sentiu-se pouco à vontade, mas, envergonhada, sacudiu a cabeça: fosse comissário ou não, ele era só um velhinho ofegante e barrigudo.

— Pare de nos intrigar, Sr. Gauche — disse ela com malícia. — O nervosismo não me ajuda em nada.

— Não há nenhuma razão plausível para ficar nervoso, a não ser para um dos presentes — respondeu ele enigmático. — Mas voltaremos a falar nisso. Primeiro, permitam que eu me apresente novamente ao seu respeitável grupo. Sim, meu nome é Gustave Gauche, mas não vivo de rendas, já que, infelizmente, não tenho capital algum que me renda alguma coisa. Sou, minhas senhoras e meus senhores, comissário da polícia judiciária de Paris e trabalho no serviço encarregado dos crimes mais graves e mais difíceis de esclarecer. Minha função é a do "investigador encarregado de casos de especial importância", gabou-se o comissário.

Abateu-se um silêncio sepulcral no salão, quebrado apenas pelo sussurro precipitado do Dr. Truffo.

— *What a scandal!** — piou sua mulher quando ele terminou de traduzir.

— Fui levado a tomar este navio, ainda por cima incógnito, porque — Gauche chupou energicamente as bochechas, reacendendo o cachimbo meio apagado —, porque a polícia parisiense tem sólidas razões para pensar que o homem que cometeu o crime da *rue* de Grenelle encontra-se a bordo do *Leviatã*.

Um murmúrio uníssono atravessou o salão: "Ah!"

— Suponho que tiveram tempo de debater esse caso em muitos aspectos misterioso. — O comissário esticou o queixo duplo na direção do recorte de jornal, sempre nas mãos de Fandórin. — E isso não é tudo, minhas senhoras e meus senhores. Sei com certeza que o assassino viaja na primeira classe — novo murmúrio coletivo —, e, além do mais, que, neste exato momento, ele está neste salão — terminou Gauche animadamente.

Em seguida, foi sentar-se junto à janela, numa poltrona estofada de cetim, e pôs-se em posição de espera, mãos cruzadas justo embaixo da corrente do relógio.

---

* Que escândalo!

— Impossível! — exclamou Renata, pousando automaticamente as mãos na barriga.

O tenente Reynier pôs-se de pé num pulo.

O baronete ruivo caiu na gargalhada e aplaudiu de modo afirmativo.

O professor Sweetchild engoliu convulsivamente em seco e tirou os óculos.

Clarice Stamp ficou paralisada, apertando o broche de ágata que lhe fechava a gola.

Nem um só músculo estremeceu no rosto do japonês, mas seu sorriso educado apagou-se por um breve instante.

O médico agarrou o braço da esposa, deixando de traduzir o essencial, mas a Sra. Truffo, a julgar pelos olhos perplexos, compreendera por si mesma do que se tratava.

Quanto ao diplomata, ele perguntou baixinho:

— Sólidas razões?

— Minha presença — respondeu o comissário, imperturbável — é prova suficiente disso. Há outras considerações, mas não são da sua conta... Pois bem — na voz do policial aparecia uma decepção evidente —, vejo que ninguém está impaciente para desmaiar ou gritar: "Me prenda, sou o assassino!" E, francamente, eu não contava com isso. Neste caso, é o seguinte. — Ergueu um dedo ameaçador. — Eu lhes pedirei que não falem sobre isso com nenhum dos outros passageiros. Aliás, isso não é bom para vocês: o rumor se espalharia na mesma hora e vocês seriam olhados como leprosos. Não tentem trocar de salão, isso só reforçaria as minhas suspeitas. E, de qualquer maneira, não conseguiriam, eu me entendi com o capitão.

Com uma voz trêmula, Renata balbuciou:

— Sr. Gauche, meu caro amigo, não seria possível livrar pelo menos a mim deste pesadelo? Me apavora estar sentada à mesma mesa que um assassino. E se lhe ocorrer botar veneno na minha comida? Agora não vou poder comer mais nada. É muito perigoso para mim me afligir dessa maneira. Eu não vou contar nada a ninguém, palavra de honra!

— Sinto muito, Sra. Kléber — respondeu secamente o policial —, mas não haverá nenhuma exceção. Tenho razões para suspeitar de cada um dos presentes. E a senhora não é a última.

Com um gemido fraco, Renata deixou-se cair para trás na cadeira, e o tenente Reynier, irado, bateu com o pé:

— Com que direito o senhor se atreve, seu... investigador encarregado de casos de especial importância! Vou agora mesmo comunicar isso ao capitão Cliff!

— Então vá — disse Gauche, indiferente. — Mas, já não, espere um pouco. Ainda não terminei meu pequeno discurso. Assim, ainda não sei exatamente quem de vocês é meu homem, embora eu esteja próximo, e muito, do alvo.

Esperando que estas palavras fossem acompanhadas de um olhar eloqüente, Renata inclinou-se à frente, mas o policial olhava para aquele cachimbo idiota. Provavelmente mentia: não tinha ninguém em vista.

— O senhor suspeita de uma mulher, é óbvio! — disse *Miss* Stamp, nervosa, erguendo os braços para o ar. — Do contrário, por que guarda um artigo de jornal falando dessa Marie Sanfon? Quem é essa mulher? E aliás, pouco importa! Que idiotice suspeitar de uma mulher! Como se uma mulher fosse capaz de semelhante selvageria!

Mrs. Truffo levantou-se de um pulo, aparentemente pronta para se colocar atrás da bandeira da solidariedade feminina.

— Voltaremos a falar da Srta. Sanfon outra hora — retorquiu o policial brindando Clarice Stamp com um olhar enigmático. — Quanto a esse gênero de artigos, tenho muitos, e cada um adianta sua própria hipótese. — Abriu a pasta preta e folheou os recortes de jornal. Efetivamente, havia dezenas deles. — E agora, senhoras e senhores, peço que não me interrompam! — recomeçou o comissário com uma voz autoritária. — Sim, entre vocês encontra-se um criminoso perigoso. Talvez um psicopata. — Renata viu o professor afastar-se aos poucos de *Sir* Reginald. — Por isso aconselho-os a tomar cuidado. Se notarem qualquer coisa de anormal, mesmo que seja um detalhe insignificante, venham imediatamente me informar. E seria melhor o assassino se acusar francamente pois, de qualquer maneira, não tem como escapar de mim. Pronto, terminei.

Mrs. Truffo levantou a mão como uma colegial:

— *In fact, I have seen something extraordinary only yesterday! A charcoal-black face, definitely inhuman, looked at me from the outside while I was in our cabin! I was so scared!** —Virou-se para o nobre esposo e cutucou-o. — *I told you, but you paid no attention!***

— Ah — animou-se Renata —, o que me aconteceu foi que eu tenho um espelhinho de tartaruga verdadeira e, ontem, ele sumiu do meu estojo de toalete.

O Sr. Biruta pareceu querer intervir também, mas não teve tempo. O comissário, furioso, fechou ruidosamente a pasta:

— Não pensem que sou idiota! Não se engana um velho policial como Gustave Gauche! Se necessário for, farei desembarcar toda a nobre companhia e hei de me explicar com cada um em particular! Dez pessoas assassinadas é mui-

* Na verdade, ontem mesmo vi uma coisa estranha! Uma cara preta como um tição, positivamente não humana, me olhava do lado de fora, enquanto eu estava na nossa cabine! Fiquei apavorada!

** Eu lhe disse, mas você não fez caso!

ta coisa! Pensem nisso, minhas senhoras e meus senhores, pensem nisso!

Saiu do salão batendo a porta.

— Meus caros amigos, não estou me sentindo bem — disse Renata num fio de voz. — Vou voltar para minha cabine.

— Eu a acompanho, Sra. Kléber — disse Reynier levantando-se de um pulo. — Tudo isso é inédito! Que topete!

Renata repeliu-o:

— Obrigada, não é preciso. Vou sozinha.

Ela atravessou a sala com um andar inseguro e apoiou-se um instante no marco da porta antes de sair. No corredor, onde não havia ninguém, seu passo se acelerou. Renata abriu sua cabine, puxou um saco de viagem de debaixo do divã e enfiou a mão trêmula sob o forro de seda. Seu rosto estava pálido, mas decidido. Num piscar de olhos, seus dedos encontraram a caixinha de metal.

Na caixa, reluzindo com o brilho frio do vidro e do aço, havia uma seringa.

Clarice Stamp

Os desprazeres começaram desde cedo. No espelho, Clarice viu nitidamente duas pequenas rugas novas. Como pequenos raios apenas visíveis, elas partiam do canto do olho e espraiavam-se até a têmpora. Tudo isso era por causa do sol. O sol era tão violento ali que nem a sombrinha nem o chapéu protegiam a pessoa. Clarice examinou-se longamente na superfície de brilho implacável, puxou a pele com os dedos esperando fazer desaparecer o que talvez fossem apenas marcas de sono. Observou-se mais: virando a cabeça, descobriu um cabelo branco atrás da orelha, o que terminou de deixá-la desanimada. Quem sabe também efeito do sol? Não, *Miss* Stamp, não se engane. Como dizia o poeta:

> *Et, la submergeant de tristesse,*
> *Le souffle blanc de novembre argenta ses tresses.**

Ela fez sua toalete com mais cuidado que de hábito. Arrancou sem piedade o fio de cabelo branco. Era bobagem, cla-

---

* E, inundando-a de tristeza, / O ar branco de novembro prateou-lhe as tranças. (N. da T.)

ro. John Donne não dizia que, para uma mulher, o segredo da felicidade está em sua capacidade de atravessar na hora certa as diferentes etapas da vida? Ora, a mulher conhece três fases: primeiro é menina, depois esposa, depois mãe. Mas como passar da segunda para a terceira quando a pessoa nunca se casou?

Não havendo melhor remédio para tais pensamentos do que ar puro, Clarice saiu para uma volta no convés. A despeito de suas dimensões consideráveis, há muito ela medira o *Leviatã* com passos lentos e regulares, ou pelo menos o convés superior, reservado aos passageiros de primeira classe. O perímetro era de 355 passos, ou seja, sete minutos e meio, contanto que a pessoa não se demorasse a contemplar o mar ou a conversar com conhecidos.

Nesta hora matinal, não havia nenhum conhecido, e Clarice percorreu todo o convés de estibordo até a popa. A um ritmo constante, o navio rasgava a superfície marrom do mar Vermelho, e da potente hélice até o horizonte estendia-se preguiçosamente a esteira prateada. Meu Deus, como estava quente!

Clarice observou com inveja os marujos que, um nível abaixo, esfregavam o cobre dando-lhe polimento. Estavam à vontade, vestidos apenas com suas calças de brim — sem combinação nem calções, sem meias seguras por ligas apertadas nem vestido longo. Não se podia deixar de ter inveja do bárbaro daquele *Mr.* Aono, que andava pelo navio vestido com aquela espécie de roupão japonês sem que ninguém se espantasse com aquilo: um asiático, o que você quer?

Ela se imaginou deitada numa espreguiçadeira de lona, sem absolutamente nada em cima da pele. Não, com uma túnica leve, digamos, como uma grega da Antiguidade. E ninguém veria problema algum. Em 100 anos, quando a humanidade finalmente se livrasse dos preconceitos, isso seria normal.

Vindo ao seu encontro, no chiado de pneus de borracha, ela viu *Mr.* Fandórin, montado naquele triciclo americano. Segundo o que se dizia, esse exercício desenvolvia tremendamente a elasticidade dos músculos e fortalecia o coração. O diplomata estava de roupa esporte leve: calças quadriculadas, sapatos de guta-percha com polainas, paletó curto, camisa branca de colarinho aberto. Um sorriso afável iluminava seu rosto dourado de sol. *Mr.* Fandórin levantou cortesmente o capacete de cortiça e passou. Sem parar.

Clarice suspirou. Sua idéia de passeio revelava-se infrutífera: sua roupa de baixo estava empapada de suor, eis tudo o que ela ganhara. E agora, só lhe restava voltar à cabine e se trocar.

O café da manhã de Clarice foi estragado pelas caretas daquela Sra. Kléber. Era mesmo espantoso aquele seu jeito de transformar sua fraqueza num instrumento de exploração! Bem na hora em que o café de Clarice esfriara o bastante na xícara para atingir a temperatura ideal, a insuportável suíça reclamou que estava com muito calor e pediu que lhe afrouxassem os cordões do vestido. Normalmente, Clarice fingia não ouvir os gemidos de Renata Kléber, sabendo que infalivelmente apresentar-se-ia um voluntário. Mas, por enquanto, não era conveniente um homem executar uma tarefa tão delicada, e, como por acaso, *Mrs.* Truffo estava ausente: dava assistência ao marido junto a uma passageira indisposta. Essa pessoa aborrecida, ao que parece, já trabalhara como enfermeira. Agora era a mulher de um médico-chefe e tinha direito à primeira classe: bela ascensão social! Só que ela forçava um pouco a barra no desejo de se fazer passar por uma autêntica *lady* inglesa.

Em resumo, fora preciso cuidar dos cordões do vestido da Sra. Kléber, e, enquanto isso, o café ficara gelado. Era um detalhe, claro, mas somado ao resto...

Após o café da manhã, Clarice foi passear, deu dez voltas no convés, até não poder mais. Num momento dado, aproveitando que não havia ninguém por perto, olhou furtivamente pela vigia da cabine nº 18. *Mr.* Fandórin estava sentado à escrivaninha, de camisa branca e suspensórios vermelhos, azuis e brancos. Um charuto espetado no canto da boca, ele batia ruidosamente com os dedos num engenho curioso — preto, de ferro, com uma espécie de rolo e um monte de pequenos botões. Intrigada e deixando a prudência de lado, Clarice foi pega em flagrante. O diplomata pulou da cadeira, inclinou-se respeitosamente, vestiu o paletó e aproximou-se da vigia aberta.

— É uma máquina de escrever Remington — explicou. — O último tipo, acaba de ser comercializada. É uma engenhoca muito prática, *Miss* Stamp, e muito leve. Dois estivadores a transportam sem dificuldade. É um objeto insubstituível, em viagem. Veja, estou praticando para escrever depressa. Copio uma passagem de Hobbes.

Clarice, cada vez mais vermelha de confusão, fez que sim com um movimento de cabeça imperceptível e se afastou.

Foi sentar-se ali perto, à sombra, embaixo de um toldo de listras largas. Soprava um vento fresco. Ela abriu *A cartuxa de Parma* e mergulhou na narrativa do amor não correspondido da bela mas passada condessa Sanseverina pelo jovem Fabrice del Dongo. Profundamente comovida, sentiu subir-lhe aos olhos uma lágrima que ela secou com seu lenço. Bem nessa hora, como se de propósito, *Mr.* Fandórin apareceu no convés: terno branco, panamá de abas largas, bengala. Mais lindo que nunca.

Clarice chamou-o. Ele aproximou-se, inclinou-se e sentou-se ao lado dela. Olhando a capa do livro, disse:

— A-aposto que pulou a descrição da batalha de Waterloo. E fez mal, é a melhor passagem de toda a obra de Stendhal. Nunca tive a oportunidade de ler uma descrição mais precisa da guerra.

Por incrível que pareça, Clarice lia *A cartuxa de Parma* pela segunda vez, e, das duas vezes, ela realmente pulara a cena da batalha.

— Como sabe? — perguntou espantada. — É adivinho?

— As mulheres pulam sistematicamente as cenas de b-batalha — disse Fandórin erguendo os ombros. — Em todo caso, as mulheres do seu tipo.

— E então qual é o meu tipo, por favor? — perguntou Clarice com uma voz cativante, ao mesmo tempo em que sentia que bancar a sedutora não ficava bem para ela.

— Atitude cética em relação à senhora mesma e romântica em relação ao mundo em volta. — Ele a fitou com a cabeça ligeiramente inclinada. — E também se pode dizer que sua existência acaba de sofrer uma brusca mudança para melhor e que a senhora sofreu um choque.

Clarice estremeceu e olhou seu interlocutor com uma cara visivelmente alarmada.

— Não tenha medo — tranqüilizou-a o surpreendente diplomata. — Não sei rigorosamente nada a seu respeito. Simplesmente desenvolvi em mim um senso de observação e a faculdade de análise, isso mediante exercícios especiais. Em geral, só preciso de um detalhe insignificante para reconstituir um quadro de conjunto. Mostre-me, por exemplo, um objeto como esta coisa redonda que a senhora está usando aí, com dois furinhos — ele mostrou delicadamente o grande botão de rosa que enfeitava a jaqueta de Clarice —, e lhe direi imediatamente a quem ele pertence: a um porco que perdeu o focinho ou a um elefantinho que perdeu a ponta da tromba.

— E o senhor lê os pensamentos de qualquer pessoa?

— Eu não leio pensamentos, mas vejo muita coisa. Por exemplo, o que pode me dizer daquele homem ali?

Fandórin indicou um senhor robusto de bigodes grossos que observava de binóculo a margem desértica.

— É *Mr.* Bubble, ele...

— Não diga mais nada! — interrompeu Fandórin. — Vou tentar adivinhar.

Olhou meio minuto para *Mr.* Bubble, depois disse:

— Ele está indo ao Oriente pela primeira vez. Casou-se recentemente. É industrial. Seus negócios não vão lá muito bem, esse senhor está quase falido. Passa a maior parte do tempo no salão de bilhar, mas joga mal.

Clarice, que se gabava sempre de seu senso de observação, observou com mais atenção *Mr.* Bubble, industrial de Manchester.

Industrial? Sim, podia-se adivinhar. Ele viajava em primeira classe, portanto era rico. Que não era aristocrata estava escrito na sua cara. Também não tinha nada de comerciante — sobrecasaca demasiado larga, falta de vivacidade nos traços. Nisso estamos de acordo.

Casado recentemente? Aí era simples: a aliança em seu anular brilhava tanto que se via imediatamente que era nova em folha.

Vivia jogando bilhar? Como sabia? Ah, sim, seu paletó estava todo sujo de giz.

— De onde deduziu que *Mr.* Bubble estava indo pela primeira vez ao Oriente? — perguntou ela. — Por que está quase falido? E de onde lhe vem a convicção de que ele joga mal bilhar? Viu-o jogar, é isso?

— Não, não ponho os pés na sala de bilhar, pois tenho ojeriza a jogo, e jamais vi esse cavalheiro antes — respondeu Fandórin. — Em primeiro lugar, que está fazendo esta viagem pela primeira vez é óbvio diante da obstinação com que examina a margem uniformemente nua. Do contrário, *Mr.* Bubble saberia que não iria ver absolutamente nada de interessante deste lado até o estreito de Bab el-Mandeb. Em segundo lugar, os negócios desse senhor vão muito mal, do contrário, por nada deste mundo, ele teria feito uma viagem tão longa, ainda por cima com tão pouco tempo de casado. O que é necessário para que um texugo desses deixe a toca? Sentir que o mundo está prestes a acabar, no mínimo.

— Por que não estaria em viagem de núpcias com a mulher? — perguntou Clarice, sabendo muito bem que *Mr.* Bubble viajava só.

— Em terceiro lugar, ele estaria aí mofando no convés ou bobeando no salão de bilhar? E para saber que joga malíssimo, basta ver o paletó branco na frente. Só os jogadores que não valem nada encostam a barriga na borda da mesa.

— Bom, muito bem, e agora o que vai dizer daquela senhora?

Começando a se interessar pela análise, Clarice mostrou *Mrs.* Blackpool, que vinha vindo majestosamente, de braço dado com sua dama de companhia.

Fandórin passeou sobre a respeitável dama um olhar desprovido de interesse.

— Tudo está escrito no rosto dela. De volta da Inglaterra, vai encontrar o marido. Foi visitar os netos. O marido é militar. Coronel.

Mr. Blackpool era efetivamente coronel e comandava a guarnição de uma cidade do norte da Índia. Era demais.

— Explique-se! — exigiu Clarice.

— Senhoras assim não vão à Índia por prazer, mas exclusivamente para voltar ao posto onde o marido está lotado. Ela já não tem idade de fazer uma viagem c-como essa pela primeira vez, portanto, está voltando. Por que razão poderia ir à Inglaterra? Só para encontrar os filhos. Suponho que os pais dela já não são deste mundo. Pela expressão decidida e autoritária, vê-se que se trata de uma mulher habituada a mandar. É exatamente o aspecto das primeiras-damas de guarnição ou de regimento. Em geral, elas são consideradas chefes ainda mais importantes que os comandantes. Quer saber por que coronel e não outra coisa? Pois bem, porque, se fosse mulher de general, ela viajaria em primeira classe, e, como vê, essa senhora usa um distintivo de prata. Mas não vamos perder mais tempo com essas bobagens. — Fandórin inclinou-se e murmurou: — Olhe, antes vou lhe falar daquele orangotango que está vendo ali. Um sujeito curioso.

Perto de *Mr.* Bubble, parou o simiesco Sr. Boileau, aquele veterano do Windsor que deixara a tempo o funesto salão e, por isso, passara através das malhas da rede do comissário Gauche.

O diplomata cochichou no ouvido de Clarice:

— Esse homem é um criminoso e um malfeitor. Provavelmente, um traficante de ópio. Mora em Hong Kong. É casado com uma chinesa.

Clarice caiu na gargalhada.

— Desta vez, o senhor meteu os pés pelas mãos! É o Sr. Boileau de Lyon, filantropo e pai de 11 filhos do mais francês que há. E não comercia ópio, mas sim chá.

— Ora! — respondeu friamente Fandórin. — Olhe bem, ele tem o punho da camisa rasgado e um aro azul tatuado no pulso. Tive a oportunidade de ver um parecido num livro sobre a China. É o sinal de reconhecimento de uma das tríades de Hong Kong, aquelas sociedades secretas do crime. Para pertencer a uma tríade, um europeu deve ser um traficante de grande envergadura. E, naturalmente, ser casado com uma chinesa. Basta a senhora observar a fisionomia desse "filantropo" e tudo ficará óbvio.

Enquanto Clarice se perguntava se devia ou não acreditar nele, Fandórin acrescentou seriíssimo:

— E isso ainda não é nada, *Miss* Stamp. Mesmo de olhos vendados, sou capaz de dar todo tipo de indicação sobre um indivíduo, em função do ruído que ele faz ou do cheiro que tem. Julgue a senhora mesma.

Imediatamente, tirou a gravata de cetim branco e estendeu-a a Clarice.

Ela apalpou o tecido — denso e opaco — e amarrou-o firmemente sobre os olhos do diplomata. Como por descuido, tocou-lhe a face. Lisa, ardente.

Logo, vindo da popa do navio, apareceu a candidata ideal: a célebre sufragista *lady* Campbell, que ia à Índia para colher assinaturas para a petição em favor do voto para as mulheres casadas. Masculina, corpulenta, usava os cabelos cortados bem curtos e deslocava-se pelo convés com a leveza de um cavalo percherão. Vá adivinhar que se tratava de uma *lady* e não de um mestre de manobra.

— Pois bem, quem é essa pessoa que vem em nossa direção? — perguntou Clarice, rindo por antecipação.

Infelizmente, sua risada não durou muito.

Franzindo a testa, Fandórin anunciou num tom sucinto:

— Um farfalhar de vestido. Uma mulher. Andar pesado. P-personalidade forte. Idade avançada. Cara ingrata. Fuma. Cabelos curtos.

— Por que cabelos curtos? — ganiu Clarice.

Cobrindo os olhos com as mãos, ela prestou atenção nos passos de elefante da sufragista. Diabos, como ele conseguia fazer isso?

— Ela fuma, portanto é uma mulher de vanguarda e usa os cabelos bem curtos — dizia Fandórin com voz neutra. — E esta, além do mais, despreza a moda, está vestida com uma espécie de saco informe de um verde muito vivo com um cinto escarlate.

Clarice estava boquiaberta. Incrível! Invadida por um medo irracional, descobriu o rosto e viu que Fandórin já havia tido tempo de desamarrar a gravata e até de botá-la novamente, fazendo um nó elegante. Os olhos azuis do diplomata lançavam pequenas chispas maliciosas.

Tudo isso teria sido perfeitamente encantador, se a conversa não tivesse acabado por desandar. Depois de ter rido a valer, Clarice conduziu habilmente a conversa para a guerra da Criméia. Uma tragédia, disse ela, tanto para a Europa quanto para a Rússia. Evocou com muito cuidado suas próprias lembranças desta época, tornando algumas delas mais infantis do que na realidade eram. Em troca, esperava confidências, que finalmente lhe permitiriam saber a idade de Fandórin. Seus piores receios se confirmaram:

— Eu ainda não era nascido, na época — confessou ele com candura, acabando com todas as esperanças de Clarice.

Depois disso, tudo só foi de mal a pior. Clarice tentou desviar o assunto para pintura, mas enrascou-se, sem conseguir explicar claramente por que os pré-rafaelitas chamavamse pré-rafaelitas. Sem dúvida, ele a tomara por uma total idiota. De qualquer maneira, agora, que diferença fazia?

Ela voltava taciturna para sua cabine quando aconteceu algo terrível.

Num canto escuro do corredor, ondulava uma gigantesca sombra negra. Clarice deu um guincho inconveniente, levou a mão ao peito e correu a toda para sua porta. Uma vez dentro da cabine, custou a conseguir acalmar o palpitar frenético de seu coração. O que era aquilo? Nem homem nem bicho. Uma espécie de condensado de energia maléfica e destrutiva. Uma consciência impura. O fantasma do pesadelo parisiense.

Imediatamente se censurou: já apagara tudo isso. Nunca acontecera nada. Um delírio, uma alucinação. No entanto, ela jurara a si mesma não se atormentar. Uma nova vida começara, serena e alegre. "E que teu palácio seja iluminado pela luz da bem-aventurança."

Para se acalmar, vestiu o mais caro de seus trajes para o dia, um vestido que ainda não estreara (de seda da China branca, com um laço verde-claro nas costas). No pescoço, pôs um fio de esmeraldas. Admirou o brilho das pedras.

Decerto, ela não era mais menina. Decerto, não era muito bonita. Em compensação, não era burra e tinha muito dinheiro. O que era muito melhor do que ser uma velha feia e idiota sem um tostão furado.

Clarice entrou no salão às duas horas em ponto, quando todo o grupo já estava reunido. Coisa curiosa, o anúncio espantoso feito na véspera pelo comissário, longe de afastar os "windsorianos" uns dos outros, ao contrário, os unira. Esse segredo que eles não deveriam compartilhar com ninguém os ligava de forma mais estreita do que qualquer atividade ou interesse comum. Clarice notara que todos os seus companheiros de mesa agora se encontravam antes da hora prevista, tanto para o café da manhã quanto para o almoço, o *five o'clock* ou o jantar, e que, além do mais, demoravam-se bastante, o que antes quase não acontecia. Mesmo o tenente, que não tinha com o caso senão uma relação indireta, não se apressava em voltar às suas atividades e passava horas no Windsor (mas não estava excluído que fizesse isso por ordens do capitão). Os windsorianos como que se tornaram membros de um clube de elite, fechado a não-iniciados. Mais de uma vez, Clarice surpreendera olhares furtivos sobre ela. Esses olhares podiam significar duas coisas: "Não seria você o assassino?", ou então "Não adivinhou que o assassino sou eu?". Cada vez, do fundo de seu ser, de dentro das suas entranhas, qual um doce espasmo, subia um sentimento agudo, misto de medo e excitação. Diante de seus olhos, com uma nitidez espantosa, surgia a *rue* de Grenelle tal como era à noite: calma, deserta, com suas pequenas árvores negras balançando os galhos despidos. Só faltava o comissário ter, de alguma forma, ouvido falar de alguma coisa a propósito do *Ambassador.* Só de pensar nisso, Clarice estremecia de horror e olhava sub-repticiamente para o policial.

Gauche ocupava um lugar de destaque à mesa, como o sumo sacerdote de uma seita clandestina. Cada qual tinha permanentemente sua presença em mente e observava de canto de olho a expressão de seu rosto. Já Gauche parecia não notar isso. Assumia uma imagem de argumentador bonachão e contava de bom grado suas "historinhas", que todos escutavam com muita atenção.

Por um acordo tácito, só se falava d'Aquilo no salão, e exclusivamente na presença do comissário. Se dois windsorianos viessem a se encontrar em território neutro — no salão de música, no convés, na sala de leitura —, não falavam d'Aquilo em hipótese alguma. E mesmo no salão, não era todas as vezes que se voltava a esse assunto cativante. Em geral, ele surgia naturalmente, depois de um comentário que não tinha nada a ver com o caso.

Naquele dia, no café da manhã, por exemplo, nenhuma conversa coletiva surgira até o momento em que Clarice se instalara em seu lugar. Agora, em compensação, a discussão estava no auge. Com um ar cansado, ela começou a estudar o cardápio como se tivesse esquecido o que havia pedido para o almoço, mas o sentimento familiar de excitação estava muito presente.

— O que não me sai da cabeça — disse o Dr. Truffo — é o absurdo monstruoso deste crime. Afinal de contas, todas essas pessoas morreram por absolutamente nada. O

Shiva de ouro acabou no Sena, e o criminoso acabou de mãos vazias.

Fandórin, que raramente participava dos debates e, essencialmente, ficava em silêncio, desta vez, achou por bem se manifestar:

— Não é bem assim. O criminoso guardou o l-lenço.

— Que lenço? — espantou-se o médico.

— Um lenço indiano, de tecido pintado. No qual, se acreditarmos nos j-jornais, o assassino enrolou o Shiva roubado.

Esta brincadeira foi recebida por uma risada um tanto nervosa. O médico abriu as mãos de maneira expressiva:

— Como se o problema estivesse aí!

De repente, o professor acordou e arrancou os óculos do nariz, gesto que, nele, era a manifestação de uma perturbação profunda.

— Vocês fazem mal em rir! Procurei saber exatamente qual dos lenços havia sido roubado. Pois bem, minhas senhoras e meus senhores, é um pedaço de pano absolutamente excepcional, ao qual está ligada toda uma história. Já ouviram falar no rajá de Esmeralda?

— Sem dúvida um nababo hindu, herói de alguma lenda, não? — perguntou Clarice.

— Não um personagem de lenda, minha senhora, mas alguém bem real. Era assim que era chamado o rajá Bagdassar, soberano do principado de Brahmapur. Esse principado fica num grande vale fértil, cercado de montanhas por todos os lados. A origem dos rajás remonta ao grande Babur, e eles são de confissão islâmica, o que, em 300 anos, nunca os impediu de governar pacificamente aquele pequeno país de maioria hindu. A despeito das diferenças religiosas que separam a casta dirigente do resto da população, o principado jamais conheceu um levante ou uma querela. Os rajás enriqueciam, e, na época de Bagdassar, a família real de

Brahmapur era considerada a mais rica da Índia, depois dos *nizams* de Haidarabad que, como sabem, eclipsavam pela riqueza todos os monarcas, inclusive a rainha Vitória e o imperador russo Alexandre.

— A grandeza de nossa rainha não se mede pelos bens pessoais, mas sim pela riqueza dos súditos — replicou severamente Clarice, um tanto irritada com aquele comentário.

— Sem dúvida alguma — admitiu Sweetchild, tão empolgado que nada podia mais detê-lo. — No entanto, a fortuna dos rajás de Brahmapur era de uma natureza bem característica. Eles não juntavam ouro, não enchiam cofres de prataria, não construíam palácios de mármore rosa. Ah, não. Durante três séculos, esses soberanos só tiveram uma paixão: as pedras preciosas. Sabem o que se entende por "padrão de Brahmapur"?

— Um tipo específico de lapidação do diamante? — sugeriu modestamente o Dr. Truffo.

— "Padrão de Brahmapur" é um termo utilizado em joalheria para designar diamantes, safiras, rubis ou esmeraldas lapidados de uma determinada maneira e do tamanho de uma noz, o que equivale a 160 *tandules,* ou seja, 80 quilates.

— Mas é muito — espantou-se Reynier. — Pedras assim são raríssimas. Se não me falha a memória, o diamante "Régent", a estrela do tesouro nacional francês, é só um pouco maior.

— Errado, tenente, o diamante "Pitt", quer dizer, o "Régent", tem quase o dobro do tamanho — corrigiu o professor. — Isso posto, 80 quilates, sobretudo em se tratando de pedras extraordinárias, é muita coisa. Portanto, minhas senhoras e meus senhores, imaginem que Bagdassar possuía 512 pedras desse tamanho, e da qualidade mais irrepreensível, ainda por cima!

— Incrível! — exclamou *Sir* Reginald.

Por seu lado, Fandórin perguntou:

— P-por que precisamente 512?

— Por causa do número sagrado 8 — respondeu de bom grado Sweetchild. — 512 é 8 x 8 x 8, ou seja, oito ao cubo, número dito "ideal". Aqui, naturalmente, vê-se uma ponta de influência do budismo, que tem pelo número 8 uma consideração toda especial. Na região nordeste da Índia, onde fica Brahmapur, há um sincretismo religioso absolutamente surpreendente. Mas o mais interessante é a forma como era guardado o tesouro.

— Então, como ele era guardado? — perguntou Renata Kléber com curiosidade.

— Numa caixa comum de terracota, sem decoração alguma. Em 1852, como arqueólogo muito jovem, fui a Brahmapur, onde conheci o rajá Bagdassar. No território do principado, em plena selva, haviam sido descobertos vestígios de um templo antigo, e Sua Alteza tinha me convidado para ir avaliar a descoberta. Dirigi pesquisas importantes, e sabem de uma coisa? Verificou-se que esse templo havia sido edificado no tempo do imperador Chandragupta, numa época distante em que...

— *Stop, stop, stop!* — exclamou o comissário interrompendo o sábio. — O senhor vai nos falar de arqueologia outra hora. Voltemos antes ao rajá.

— Ah, sim — disse o professor, piscando como alguém que volta a si. — Realmente, será melhor. Em resumo, o rajá estava satisfeito com meus serviços e, em sinal especial de simpatia, mostrou-me sua lendária caixa. Ah, nunca hei de esquecer aquela visão! — Sweetchild fechou os olhos. — Imaginem um subsolo escuro onde, perto da porta, há uma única tocha acesa colocada num suporte de bronze. Estávamos sozinhos os dois, o rajá e eu, os outros haviam ficado atrás da porta maciça guardada por 12 homens armados. Eu não distinguia bem a configuração do santuário, meus olhos não tinham tido tempo de se habituar ao escuro. Só ouvi Sua Alteza fazendo as fechaduras rangerem. Depois, Bagdassar virou-se para mim, e vi nas mãos dele um cubo cor de terra, aparentemente bastante pesado. O tamanho dele era... — Sweetchild abriu os olhos e olhou em volta. Todos escutavam, como enfeitiçados, e Renata Kléber até o fitava, boca entreaberta, como uma criança. — Enfim, não sei. Digamos do tamanho do chapéu de *Miss* Stamp colocado numa caixa quadrada.

Todos ao mesmo tempo olharam com interesse para o minúsculo chapéu tirolês ornado com uma pena de faisão. Clarice suportou esse *public scrutiny** com um sorriso cheio de dignidade, como lhe ensinaram quando ela era pequena.

— Melhor, este cubo parecia um daqueles tijolos de barro usados naquelas regiões para a construção. Mais tarde, Sua Alteza me explicou que a superfície grosseira e uniforme realçava infinitamente mais o esplendor do brilho e a cor das pedras do que o ouro ou o marfim. E efetivamente pude me convencer disso. Bagdassar levou lentamente a mão coberta de anéis à tampa da caixa, levantou-a de repente e... Fui ofuscado, senhoras e senhores! — A voz do professor começou a vibrar. — É... é impossível descrever com palavras! Imaginem um brilho misterioso, cintilante, multicor, derramando-se do cubo escuro e refletindo-se numa quantidade de arco-íris nas abóbadas lúgubres do subsolo! As pedras redondas estavam dispostas em oito camadas, cada qual composta de 64 gemas facetadas de onde jorrava um brilho insustentável! O efeito, naturalmente, ainda estava amplifi-

* Exame público.

cado pelo clarão trêmulo da única tocha. Ainda vejo a cara do rajá Bagdassar, iluminada de baixo para cima por essa luz mágica...

O sábio tornou a fechar os olhos e se calou.

— E, a título de exemplo, quanto valem esses seixinhos multicoloridos? — ressoou a voz estridente do comissário.

— Sim, efetivamente quanto? — disse a Sra. Kléber toda empolgada. — Digamos, em libras inglesas?

Clarice ouviu a Sra. Truffo sussurrando bem alto para o marido:

— *She's so vulgar!!**

O que não a impediu de botar atrás da orelha seus cachinhos de cabelo sem viço, para não perder um pingo do que ia ser dito.

— Sabe — disse Sweetchild com um sorriso bonachão —, eu mesmo me fiz essa pergunta. Não é fácil responder a ela, dado que o preço das pedras preciosas oscila em função do mercado, mas na situação atual...

— Sim, sim, por favor, o valor de hoje, sem remontar à época do imperador Chandragupta — resmungou Gauche.

— Hum... Não sei exatamente quanto o rajá possuía em brilhantes, safiras e rubis, respectivamente. Mas sei que gostava mais que tudo de esmeraldas, daí a alcunha. Durante o reinado dele, foram adquiridas sete esmeraldas originárias do Brasil e quatro do Ural, e em troca de cada uma delas, Bagdassar deu um diamante mais um complemento em dinheiro. Vejam, cada um de seus ancestrais tinha sua pedra predileta, à qual ele dava preferência sobre as outras e que se esforçava para adquirir em primeiro lugar. O número mágico de 512 foi atingido na época do avô de Bagdassar, tanto é

---

* Como ela é vulgar!

que, a partir daí, o objetivo do soberano passou a ser não mais o aumento do número de peças, mas sim a melhoria da qualidade. As pedras que não atingiam completamente a perfeição ou que, por uma razão ou outra, não tinham os favores do príncipe em exercício eram vendidas, donde a reputação do "padrão de Brahmapur" que, pouco a pouco, se impôs no mundo inteiro. Em troca, as novas peças, ainda mais preciosas, tomavam seu lugar na caixa. Essa obsessão doentia pelo "padrão de Brahmapur" levou os ancestrais de Bagdassar à loucura! Um deles comprou do xá da Pérsia Abbas o Grande uma safira amarela de 300 *tandules*. Pagou dez caravanas de marfim por essa maravilha, mas, como a pedra tinha um tamanho superior ao padrão, os joalheiros do rajá lhe tiraram todo o excesso!

— É terrível, naturalmente — disse o comissário —, mas voltemos assim mesmo ao preço.

Desta vez, todavia, não foi simples trazer de volta o indianista para a direção desejada.

— Mas espere aí com seu preço! — disse ele, descartando o comentário do comissário com um gesto descortês. — Como se isso fosse importante! Quando se trata de uma pedra preciosa desse tamanho e dessa qualidade, não se fala nunca em dinheiro, mas antes em propriedades mágicas atribuídas a ela desde a noite dos tempos. O diamante, por exemplo, é considerado o símbolo da pureza. Nossos ancestrais verificavam a fidelidade da esposa da seguinte maneira: botavam um diamante embaixo do travesseiro da mulher adormecida. Se era fiel, ela logo se virava para o marido e, sem despertar, o beijava. Se, ao contrário, o enganava, agitava-se e tentava jogar o diamante no chão. O diamante é também conhecido como garantia de invencibilidade. Os antigos árabes acreditavam que, numa batalha, o comandante que vencia era o que possuía o maior diamante.

— Os antigos álabes se enganavam — interveio subitamente Gintaro Aono, cortando o embalo do orador.

Todos, perplexos, fitaram o japonês, que só muito raramente participava da conversa e nunca havia interrompido ninguém. O asiático apressou-se em continuar com seu sotaque engraçadíssimo.

— Na academia de Saint-Cyl, nos ensinalam que o duque de Bolonha, Calos o Temelálio, havia especialmente levado com ele o enolme diamante "Sancy" pala i combatê os suíços, mas isso não o livlou da delota.

Clarice teve pena do infeliz. Por uma vez que ele quis brilhar por seus conhecimentos, seu comentário foi totalmente inoportuno.

A réplica do japonês foi recebida com um silêncio sepulcral, e Aono corou terrivelmente.

— Sim, sim, Carlos o Temerário... — concordou o professor, aborrecido, antes de terminar, mas sem a verve anterior. — A safira simboliza a dedicação e a perseverança, a esmeralda desenvolve a acuidade visual e a perspicácia, o rubi protege contra doenças e mau-olhado... Mas querem saber o valor do tesouro de Bagdassar?

— Compreendo que se trata de uma soma fabulosa, mas não poderia nos dizer nem, aproximadamente, quantos zeros ela tem? — disse a Sra. Kléber articulando bem as palavras, como se se dirigisse a um colegial especialmente obtuso, e mostrando, mais uma vez, que mulher de banqueiro era sempre mulher de banqueiro.

Por seu lado, Clarice teria ouvido de bom grado mais um pouco sobre as propriedades das pedras preciosas e teria preferido evitar qualquer discussão sobre dinheiro. Além do mais, isso era vulgar.

— Pois bem, vamos calcular. — Sweetchild sacou um lápis do bolso e se preparou para escrever num guardanapo de papel. — Antes o diamante era considerado a pedra mais cara, mas desde a descoberta das minas da África do Sul, o preço caiu sensivelmente. As safiras grandes são encontradas com mais facilidade que as outras pedras preciosas, razão pela qual custam em média um quarto do preço dos brilhantes, mas isso não diz respeito às safiras amarelas ou estreladas, as mesmas que se encontravam majoritariamente na coleção de Bagdassar. Os rubis e as esmeraldas de tamanho excepcional são muito mais raros e valem mais que os brilhantes de peso equivalente... Bem, para simplificar, consideremos que as 512 pedras são diamantes de valor idêntico. O peso de cada uma delas, como já lhes disse, é de 80 quilates. Segundo a fórmula de Tavernier, usada pelos joalheiros do mundo inteiro, o valor de uma pedra é estimado da seguinte maneira: toma-se o preço de mercado de um diamante de um quilate e multiplica-se pelo quadrado do número de quilates de uma dada pedra. Portanto... Na bolsa de Antuérpia, um diamante de um quilate vale atualmente 15 libras. O quadrado de 80 é 6.400. Multiplicado por 15... Hum... Noventa e seis mil libras esterlinas, eis o preço médio de cada pedra da caixa de Brahmapur... Multiplicado por 512... Cerca de 50 milhões de libras esterlinas. Mas de fato mais, pois, como já lhes expliquei, as pedras de cor desse tamanho valem mais do que os brilhantes — concluiu solenemente Sweetchild.

— Cinqüenta milhões de libras? Tanto assim? — perguntou Reynier com voz rouca. — Mas isso dá um bilhão e meio de francos!

Clarice estava com a respiração em suspenso. Abalada pela soma astronômica, esquecera as propriedades tão românticas das diferentes pedras.

— Cinqüenta milhões! Mas é metade do orçamento anual de todo o Império britânico! — exclamou.

— É três vezes o preço do canal de Suez! — murmurou o ruivo Milford-Stoakes. — Até mais!

Quanto ao comissário, ele também pegara um guardanapo de papel e mergulhara em cálculos.

— É meu salário durante 300 mil anos — anunciou, perdido. — O senhor não está exagerando um pouco, professor? Como se um pequeno potentado local pudesse possuir tesouros como esse...

Sweetchild respondeu orgulhosamente, como se todas as riquezas da Índia lhe pertencessem por direito:

— E isso ainda não é nada! As jóias do *nizam* de Haidarabad estão avaliadas em 300 milhões de libras, mas é verdade que não caberiam numa caixa pequena. Por sua compacidade, o tesouro de Bagdassar efetivamente não tinha igual.

Fandórin tocou delicadamente na manga do indianista:

— No entanto, p-presumo que essa soma tenha uma natureza um tanto abstrata. Parece pouco provável que alguém possa vender de uma vez uma tal quantidade de p-pedras preciosas gigantescas. Isso faria despencar o preço do mercado.

— Não acredite nisso, senhor diplomata — respondeu vivamente o sábio. — O prestígio do "padrão de Brahmapur" é tal que haveria milhares de compradores. Tenho até certeza de que metade das pedras, se não mais, não sairia da Índia. Elas seriam compradas pelos príncipes locais, e, em primeiro lugar, por esse mesmo *nizam*. E pelas pedras restantes os estabelecimentos bancários da Europa e dos Estados Unidos lutariam, sem contar que os monarcas europeus não perderiam essa oportunidade de enriquecer os próprios tesouros com as obras-primas de Brahmapur. Ah, se quisesse, Bagdassar poderia vender todo o conteúdo da caixa dele em poucas semanas.

— O senhor sempre fala desse homem no passado — observou Fandórin. — Ele morreu? Se morreu, o que foi feito da caixa?

— Isso, infelizmente, ninguém sabe. Bagdassar teve um fim trágico. Durante a revolta dos sipaios, ele cometeu a imprudência de entrar secretamente em contato com os sediciosos, e, em conseqüência disso, o vice-rei declarou Brahmapur território inimigo. As más línguas afirmavam que a Grã-Bretanha queria simplesmente pôr a mão no tesouro de Bagdassar, o que, naturalmente, é mentira. Nós, os ingleses, não usamos métodos desse tipo.

— Imagine — concordou Reynier com um sorriso malicioso, trocando um olhar com o comissário.

Clarice observou discretamente Fandórin se perguntando se ele também não estaria contaminado com o bacilo da anglofobia, mas o diplomata russo ficou com uma fisionomia absolutamente impassível.

— Enviaram um esquadrão de dragões ao palácio de Bagdassar. O rajá tentou fugir para o Afeganistão, mas a cavalaria o alcançou na passagem do Ganges. Julgando que estar preso era indigno dele, Bagdassar se envenenou. Não se achou nenhuma caixa com ele, mas apenas uma trouxinha na qual havia um bilhete escrito em inglês. O bilhete estava endereçado às autoridades britânicas. Ele protestava ali sua inocência e pedia que a trouxinha fosse entregue a seu filho único. O rapaz estudava então num internato particular em algum lugar da Europa. O que, para os dignitários hindus da nova geração, era perfeitamente normal. Diga-se de passagem que Bagdassar não era estranho ao ar da civilização. Já havia ido mais de uma vez a Londres e a Paris, e até casou-se com uma francesa.

— Ah, que original! — exclamou Clarice. — Ser mulher de um rajá hindu! E o que é feito dessa mulher?

— Que ela vá para o diabo que a carregue, conte-nos antes da trouxinha — disse o comissário, impaciente. — O que continha?

— Rigorosamente nada de interessante — respondeu o professor erguendo os ombros com um ar desolado. — Um pequeno volume do Corão. A caixa, essa desapareceu completamente, e não foi por falta de a procurarem em toda parte.

— E era um Corão comum? — perguntou Fandórin.

— Tudo o que havia de mais banal, impresso numa tipografia de Bombaim, tendo nas margens pensamentos piedosos escritos de próprio punho pelo falecido. O comandante do esquadrão não viu nenhuma razão para impedir que o Corão fosse enviado ao seu destino, e, como lembrança da expedição, só guardou para ele o lenço em que estava enrolado o livro. Depois, esse lenço foi adquirido por lorde Littleby, que o acrescentou à sua coleção de pinturas sobre seda indianas.

— É mesmo o lenço em que o assassino enrolou o Shiva? — quis precisar o comissário.

— O próprio. É preciso dizer que é fora do comum. É de uma seda extremamente fina e leve. Se seu desenho é bastante banal (representa uma ave do paraíso, "Kalavinka do canto doce"), em compensação apresenta duas características excepcionais, que nunca vi em nenhum outro tecido indiano. Primeiro, no lugar do olho de Kalavinka há um pequeno furo com a borda finamente debruada com fio de ouro. Segundo, a própria forma do lenço é interessante: não é retangular, mas cônico. Parece um triângulo qualquer, com dois lados irregulares e o terceiro perfeitamente reto.

— Esse lenço é muito valioso? — perguntou Fandórin.

— Mas pouco importa o lenço — disse a Sra. Kléber, esticando o lábio inferior num beicinho caprichoso. — Falenos antes das pedras preciosas! Teria sido melhor procurá-las.

Sweetchild deu uma risada:

— Ah, a senhora nem faz idéia do empenho com que o novo rajá as procurou! Ele era um dos *zamindaris* locais, e como nos havia prestado serviços inestimáveis na época da guerra contra os sipaios, havia recebido o trono de Brahmapur. Sua ganância o levou à loucura. Um espertinho lhe havia contado em segredo que Bagdassar escondera a caixa na parede de uma casa. E como, pelo aspecto e pelo tamanho, essa caixa parecia mesmo um tijolo de barro comum, o novo rajá mandou demolir todas as construções erguidas nesse material. As casas foram postas abaixo uma atrás da outra, e cada tijolo foi quebrado sob a supervisão pessoal do soberano. Visto que 90% das construções de Brahmapur eram feitas de tijolo, essa cidade florescente foi em alguns meses reduzida a um monte de ruínas. O rajá louco foi envenenado por seu próprio círculo, que temia uma revolta popular muito mais séria que a dos sipaios.

— Bem feito para esse Judas — declarou Reynier com raiva. — Não há nada mais repugnante que a traição.

Fandórin repetiu pacientemente sua pergunta:

— Mas assim mesmo, p-professor, esse lenço é muito valioso?

— Acho que não. É antes uma raridade, uma curiosidade.

— E por que esse t-tecido enrola sempre alguma coisa, ora o Corão, ora o Shiva? Esse pedaço de seda não teria um significado sagrado?

— Nunca ouvi falar numa coisa dessas. É simplesmente coincidência.

O comissário Gauche levantou-se com um gemido e esticou os ombros dormentes.

— Sim, a história é divertida — disse —, mas, infelizmente, nada traz para nossa investigação. É pouco provável que o assassino seja sentimental o suficiente para guardar esse pano com ele como lembrança. — Depois acrescentou, pensativo: — Reparem, isso até que não seria mau. Um de vocês, caros suspeitos, tira do bolso o lenço de seda com a ave do paraíso, assim, inadvertidamente, e assoa o nariz com ele. Desta vez, o velho Gauche vai saber o que lhe resta fazer.

E o policial caiu na gargalhada, obviamente achando sua brincadeira particularmente espirituosa. Clarice olhou o mal-educado com um ar de censura.

O comissário surpreendeu seu olhar e franziu os olhos:

— Na verdade, Srta. Stamp, para voltar a seu divino chapéu, ele tem estilo, é a última moda parisiense. Faz muito tempo que esteve em Paris?

Clarice reuniu interiormente suas forças e respondeu num tom glacial:

— Este chapéu foi comprado em Londres, comissário. E nunca fui a Paris.

Mas o que *Mr.* Fandórin podia estar fitando com tanta atenção? Clarice seguiu a direção de seu olhar e ficou lívida.

O diplomata estava examinando seu leque de plumas de avestruz, em cuja empunhadura podia-se ler em letras douradas: **Meilleurs souvenirs!** ***Hôtel AMBASSADOR. Rue de Grenelle, Paris.****

Que erro imperdoável!

---

* Em francês no texto.

Gintaro Aono

5º dia do 4º mês
Ao largo da costa de Eritréia

Embaixo, a faixa verde do mar,
No meio, a faixa amarela da areia,
Em cima, a faixa azul do céu.
São estas as cores
Da bandeira africana.

Este quinteto banal é fruto de meus esforços de uma hora e meia para atingir a harmonia espiritual. Mas a maldita harmonia recusou-se obstinadamente a se manifestar.

Sentado na popa do navio, contemplei longamente o triste litoral da África e, de modo mais pungente que nunca, sentia minha solidão infinita. Pelo menos foi bom terem me inculcado, desde menino, o precioso hábito de manter um diário. Há sete anos, partindo para estudar no longínquo país da França, eu nutria secretamente o sonho de que, um dia, meu diário de viagem fosse publicado em livro, trazendo glória para mim e para a família Aono. Mas, infelizmente, tenho o espírito muito imperfeito e os sentimentos muito banais para que estas tristes páginas possam rivalizar com os diários dos grandes escritores do passado.

Não deixa de ser verdade que, sem essas notas diárias, há muito certamente eu já teria enlouquecido.

Mesmo aqui, neste barco que navega rumo à Ásia oriental, só há dois representantes da raça amarela: eu e um eunuco chinês, funcionário de 11º escalão da corte imperial, que foi a Paris comprar as últimas novidades da perfumaria e da cosmética para a imperatriz Ts'eu-hi. Por economia, ele viaja na segunda classe, o que o deixa muito constrangido, e nossa conversa terminou exatamente na hora em que ele percebeu que eu estava na primeira. Que vergonha para a China! No lugar deste funcionário, acho que eu morreria de humilhação. Neste navio europeu, cada um de nós não representa uma grande potência asiática? Compreendo o estado de espírito do funcionário Tchian, mas assim mesmo é uma pena que ele tenha vergonha de sair de sua pequena cabine; poderíamos ter encontrado sobre o que conversar. Enfim, não conversar verdadeiramente, mas sim nos comunicar com a ajuda de papel e pincéis. Apesar de falarmos línguas diferentes, nossos ideogramas são os mesmos.

Eu digo a mim mesmo: não tem importância, agüente. Isso não é nada. Em um mês você vai rever as luzes de Nagasaki e, dali, sua Kagoshima natal está bem acessível. E azar se o regresso me prometer vergonha e humilhação, azar se eu for o motivo de chacota dos amigos! Contanto que eu volte para casa! Afinal de contas, ninguém ousará me desprezar abertamente, pois todos sabem que fiz a vontade de meu pai, e ordem, todo mundo sabe, não se discute. Fiz o que deveria fazer, aquilo a que o dever me obrigava. Minha vida está estragada, mas se isso era necessário para o bem do Japão... E agora chega dessa história!

Mas, assim mesmo, quem poderia imaginar que meu regresso à terra natal, última etapa destes sete anos de provações, seria tão penoso? Na França, pelo menos, eu podia fazer minhas refeições sozinho, podia aproveitar os meus passeios, a comunhão com a natureza. Mas aqui, neste navio, tenho a impressão de ser um grão de arroz que caiu inadvertidamente numa tigela de macarrão. Depois de sete anos passados entre os bárbaros de cabelo ruço, ainda não me acostumei a alguns de seus hábitos repugnantes. Quando vejo a refinadíssima Kléber-san cortar com a faca um bife sangrento e depois passar a ponta da língua cor-de-rosa nos lábios corados, fico logo com vontade de vomitar. E aquelas pias inglesas que é necessário fechar com uma tampa, para depois lavar o rosto com água suja! E essas roupas medonhas, fruto de uma inteligência perversa! Dentro delas, a gente se sente como uma carpa enrolada em papel untado, sendo assada na brasa. O que mais detesto são os colarinhos engomados que provocam espinhas no queixo, e os sapatos de couro — verdadeiros instrumentos de tortura. Na minha qualidade de asiático selvagem, eu me permito passear no convés com um *yukata* leve, enquanto meus infelizes vizinhos de mesa sufocam em suas roupas, de manhã à noite. Minhas narinas delicadas sofrem tremendamente com o cheiro de suor dos europeus, um cheiro forte de carne e sebo. Sem contar esse hábito espantoso que têm os olhos redondos de se assoarem em quadrados de pano, que, em seguida, eles guardam cheios de ranho no bolso e tiram mais tarde para tornar a se assoar! Lá em casa, ninguém poderá acreditar nisso, vão pensar que é invenção minha. Embora sete anos seja muito tempo. É possível que em nosso país também as senhoras usem agora essas modas ridículas e andem com um passo vacilante equilibradas em saltos altos. Seria engraçado ver Kyoko-san nesses trajes. Ela já é grande, tem 13 anos. Mais um ano ou dois, vamos casá-la. E talvez até antes. Não posso esperar para chegar em casa!

Hoje, tive mais dificuldade para atingir a harmonia espiritual porque:

1) Descobri que sumira do meu saco de viagem meu melhor instrumento capaz de seccionar facilmente o músculo mais grosso. O que significa esse roubo estranho?

2) Durante o café da manhã, vi-me de novo numa situação humilhante, bem pior que com Carlos o Temerário (cf. minhas anotações de ontem). Fandórin-san, que continua se interessando muito pelo Japão, começou a me interrogar sobre o *bushido* e os costumes dos samurais. A conversa desviou para minha família, meus ancestrais. Assim que me apresentei como oficial, o russo começou a me fazer perguntas sobre o armamento, os uniformes, as regras de combate do exército imperial. Foi horrível! Ao constatar que eu nunca havia ouvido falar do fuzil Berdane, Fandórin-san me olhou com um ar estranho. Sem dúvida, pensou que o exército japonês era servido por totais ignaros. De vergonha, e desprezando as regras de educação, fugi correndo do salão, o que só aumentou o constrangimento.

Custei muito a me acalmar. Primeiro subi ao convés das embarcações, que fica inteiramente exposto ao sol e, por isso mesmo, deserto. Despi-me até a cintura e, durante uma meia hora, aperfeiçoei minha técnica do golpe *mawashi-giri.* Desde que fiquei em condições e o sol começou a avermelhar, sentei-me na posição do *zazen* e, durante 40 minutos, tentei meditar. Só depois tornei a me vestir e fui para a popa compor um *tanka.*

Todos esses exercícios me ajudaram bastante. Agora sei como salvar a face. Durante o jantar, direi a Fandórin-san que somos proibidos de falar do exército imperial com estrangeiros e que, se saí correndo do salão, é que eu estava com uma diarréia horrível. Acho que isso parecerá convincente e que não passarei, aos olhos de meus companheiros de mesa, por mal-educado e selvagem.

Mesmo dia, à noite.

Você fala de uma harmonia! Aconteceu uma coisa catastrófica. Minhas mãos tremem vergonhosamente, mas devo anotar todos os detalhes imediatamente. Isso me ajudará a me concentrar e a tomar a decisão correta. Primeiro os fatos, depois as deduções.

O jantar no salão Windsor começou como de hábito às oito horas. Quando, no almoço, eu havia pedido uma salada de beterraba (*red beet*), o garçom me trouxe carne malpassada, quase crua. Na verdade, ele entendera *red beef*. Espetei o garfo naquela carne sangrenta de bicho morto olhando com uma inveja secreta o primeiro-tenente do capitão que se regalava com um apetitoso ensopado de legumes e peito de frango.

O que mais?

Nada de especial. Kléber-san, como sempre, queixou-se de enxaqueca, o que não a impediu de comer com voracidade. Ela tem um aspecto ótimo; eis um exemplo perfeito de gravidez bem suportada. Tenho certeza de que, quando chegar a hora, o bebê vai pular de dentro dela como uma rolha de champanhe.

Falou-se do calor, de nossa chegada, amanhã a Aden, de pedras preciosas. Fandórin-san e eu comparamos os méritos respectivos das ginásticas japonesa e inglesa. Pude me permitir uma certa condescendência, pois, nessa área, a superioridade do Oriente sobre o Ocidente é evidente. Isso se deve ao fato de que, para eles, os exercícios físicos pertencem ao *sport*,* ao jogo, enquanto para nós é um meio de aperfeiçoamento espiritual. Digo mesmo espiritual, porque o aperfeiçoamento físico não tem importância, vem naturalmente depois, como os vagões atrás da locomotiva. É pre-

---

* Em francês no original.

ciso dizer que o russo se interessa muito por esporte. Ele até ouviu falar das escolas de combate do Japão e da China. Hoje de manhã, fui meditar no convés das embarcações mais cedo que de hábito e vi Fandórin-san. Só havíamos trocado um aceno, sem puxar conversa, pois cada um estava entretido com seus afazeres: eu purificava meu espírito à luz do novo dia, e ele, vestido com uma malha de ginástica, fazia flexões apoiando-se em uma das mãos de cada vez. Depois, exercitou-se durante muito tempo com halteres, visivelmente muito pesados.

Nosso interesse comum pela ginástica deu um tom descontraído à nossa conversa desta noite. Senti-me mais relaxado que de hábito. Falei sobre o jiu-jítsu com o russo. Ele me ouviu com uma atenção intensa.

Por volta de nove e meia (não anotei a hora exata), Kléber-san, que já terminara seu chá e devorara dois doces, queixou-se de vertigem. Eu lhe expliquei que isso às vezes acontecia com as mulheres grávidas quando elas comiam demais. Não sei por que, ela tomou minhas palavras como ofensa, e eu disse com os meus botões que eu deveria ter ficado calado. Quantas vezes jurei a mim mesmo não abrir a boca? No entanto, meus sábios mestres me ensinaram: se está na companhia de estrangeiros, fique sentado tranqüilamente, ouça, sorria amavelmente balançando a cabeça de vez em quando: você passará por um homem bem-educado e pelo menos não dirá bobagens. Ah, lá vem o "oficial", aborrecendo o mundo com os conselhos médicos dele!

Reynier-san imediatamente pulou da cadeira para acompanhar a senhora à sua cabine. Esse homem é muito delicado de maneira geral, e especialmente com Kléber-san. De todos, ele é o único a quem ela ainda não cansou com seus caprichos incessantes. Ele defende a honra do uniforme, parabéns.

Logo que eles saíram, os homens foram se instalar nas poltronas para fumar. O médico de bordo, um italiano, e a mulher dele, uma inglesa, foram visitar um doente, enquanto eu tentava fazer o criado entender que não era para pôr presunto nem *bacon* em minha omelete do café da manhã. Depois desse tempo todo, ele podia saber.

Passaram-se uns dois minutos quando, de repente, ouvimos um grito estridente de mulher.

No primeiro momento, não compreendi logo que era Kléber-san que gritava. Depois, não entendi que aquele "Osscur! Osscur!" perdido queria dizer "*Au secours! Au secours!*".* Isso, porém, não justifica minha conduta. Eu me cobri de vergonha, sim, de vergonha. Sou indigno do nome de samurai!

Mas vamos começar do início.

O primeiro a correr para a porta foi Fandórin-san, seguido pelo comissário de polícia, depois por Milford-Stoakes-san e Sweetchild-san. Eu fiquei plantado onde estava. Naturalmente, todos concluíram que o exército japonês era servido por pobres covardes! Na verdade, simplesmente não entendi logo o que estava acontecendo.

Quando finalmente compreendi, era tarde demais: corri para o local depois de todo mundo, inclusive Stamp-san.

A cabine de Kléber-san fica perto do salão — a quinta do lado direito no corredor.

Através das costas dos que chegaram na minha frente, vi uma cena incrível. A porta da cabine estava escancarada. Deitada no chão, Kléber-san gemia de desconforto, esmagada sob o peso de

* Em francês no original. *Socorro! Socorro!*

uma coisa enorme, lustrosa, imóvel. Não entendi imediatamente que se tratava de um negro bem avantajado. Ele vestia calças de lona branca. De sua nuca, despontava o cabo de uma faca de marinheiro. Pela posição do corpo, logo compreendi que o negro estava morto. Um golpe daqueles desferido na base do crânio exige muita força e precisão mas, por outro lado, mata de forma instantânea infalivelmente.

Kléber-san se debatia, tentando em vão sair de baixo do corpo pesado que a esmagava. Perto dela, o tenente Reynier fazia o que podia. Seu rosto estava branco como o colarinho de sua camisa. A bainha da faca pendia, vazia, a seu lado. O tenente estava totalmente perdido: ora começava a tentar desvencilhar a mulher grávida de seu desagradável fardo, ora se virava para nós e começava a explicar confusamente ao comissário o que se passara.

De todos, Fandórin-san foi o único a não perder o sangue-frio. Sem esforço aparente, levantou e empurrou o pesado cadáver (lembrei-me logo de seus exercícios com os halteres), depois ajudou Kléber-san a sentar-se numa poltrona e lhe deu água. Foi então que, me acalmando, aproximei-me dela e constatei que ela não tinha nenhum ferimento nem contusão. Teria tido alguma lesão interna? Mais tarde se veria. No tumulto geral, meu exame não espantou ninguém. Os brancos estão convencidos de que todos os asiáticos são mais ou menos xamãs e conhecem a arte de curar. O pulso de Kléber-san estava em 95, o que era totalmente explicável.

Cortando a palavra um do outro, Reynier e ela relataram o seguinte:

O tenente:

Ele acompanhara Kléber-san à sua cabine, lhe dera boa-noite e fora embora. Porém, nem bem dera dois passos, já ouvira seu grito desesperado.

Kléber-san:

Ela entrara, acendera a lâmpada elétrica e vira junto à sua penteadeira um negro gigantesco com seu colar de coral nas mãos (depois, vi efetivamente o fio de contas no chão). O negro se jogara em cima dela sem uma palavra, derrubara-a no chão e agarrara-a pelo pescoço com aquelas patas enormes. Ela então gritara.

O tenente:

Ele irrompera na cabine, vira a terrível ("fantástica", segundo suas palavras) cena e, no primeiro momento, ficara desconcertado. Agarrara o negro pelos ombros, mas não conseguira fazer o gigante sair um centímetro do lugar. Então, dera-lhe uns pontapés na cabeça, de novo, totalmente em vão. Foi só depois que, temendo pela vida da Sra. Kléber e do filho dela, desembainhara a faca e acertara-o com ela.

Então eu disse a mim mesmo que o tenente devia ter passado a fogosa juventude nas tavernas e nos bordéis, onde a aptidão no manejo da faca determina quem estará curado da bebedeira no dia seguinte e quem será levado ao cemitério.

O capitão Cliff e o Dr. Truffo acorreram também. A cabine estava apinhada de gente. Ninguém chegava a compreender o que aquele africano fazia no *Leviatã*. Fandórin-san examinou atentamente a tatuagem que cobria o peito do morto e disse que já vira uma parecida antes. Explicou que, no recente conflito dos Bálcãs, ele passara uma curta temporada como prisioneiro dos turcos, e vira escravos negros exatamente com as mesmas marcas em ziguezague, dispostas em círculos concêntricos a partir dos mamilos. Tratava-se da marca ritual da tribo n'danga, recém-descoberta pelos mercadores de escravos árabes, em pleno coração da África equatorial. Os homens n'danga eram muito procurados em todos os mercados do Oriente.

Pareceu-me que Fandórin-san dizia tudo isso com uma cara meio estranha, como se algo o preocupasse. Mas também posso estar enganado, visto que as mímicas dos europeus são bastante surpreendentes e não correspondem em nada às nossas.

O comissário não prestou muita atenção nas palavras do diplomata. Explicou que, na qualidade de representante da lei, só duas coisas o interessavam: como aquele negro penetrara no navio e como atacara a Sra. Kléber.

Foi então que os presentes se deram conta de que, ultimamente, muitos deles haviam visto desaparecer misteriosamente objetos de sua cabine. Pensei no sumiço que eu mesmo havia notado, mas, naturalmente, abstive-me de falar sobre isso. Depois, foi estabelecido que alguns até viram uma gigantesca sombra negra (*Miss* Stamp) ou ainda uma cara preta olhando pela vigia (*Mrs.* Truffo). Agora é óbvio que não eram alucinações nem fruto da emotividade feminina.

Todos caíram em cima do capitão. Então, durante aquele tempo todo, pairava uma ameaça de morte sobre cada um dos passageiros, e a direção do navio não desconfiava de nada. Cliff-san estava vermelho de vergonha. É preciso reconhecer que seu prestígio acabava de sofrer um golpe. Virei para o outro lado com tato, para que ele sofresse menos por ter perdido a face.

Em seguida o capitão pediu a todas as testemunhas do incidente que voltassem ao salão Windsor. Lá, ele nos fez um discurso cheio de força e dignidade. Primeiro desculpou-se pelo ocorrido. Pediu que não falássemos com ninguém sobre esse "incidente desagradável", do contrário uma psicose generalizada corria o risco de se alastrar pelo navio. Ele prometeu que marujos passariam o pente fino em todos os compartimentos do porão, da entrecoberta, dos depósitos e até da sota de carvão. Garantiu também que nunca mais haveria nenhum arrombador de pele escura em seu navio.

Esse capitão é um bom homem. Um autêntico lobo-do-mar. Exprime-se canhestramente, com frases curtas, mas vê-se que tem uma alma sólida e leva a sério o que faz. Uma vez, ouvi Truffo-sensei dizer ao comissário que o capitão Cliff era viúvo e que tinha verdadeira adoração pela filha única, que estuda num internato. Acho isso muito comovente.

Bem, me parece que aos poucos vou me acalmando. Minhas linhas estão mais regulares, minha mão parou de tremer. Posso passar ao mais desagradável.

Examinando superficialmente a Sra. Kléber, chamou-me atenção a ausência de equimoses. Por outro lado, eu fizera outras reflexões que mereciam ser submetidas ao capitão e ao comissário. Mas, antes de tudo, eu desejava acalmar a mulher grávida que, longe de se refazer do choque, parecia firmemente decidida a chegar até a crise de nervos.

Eu lhe disse no tom mais afetuoso:

— É possível que esse negro não tenha querido matá-la. A senhora voltou de surpresa, acendeu a luz, e ele simplesmente se apavorou. Deve...

Ela não me deixou terminar.

— Ele se apavorou? — explodiu Kléber-san com uma fúria inesperada. — Só se tiver sido o senhor que se apavorou, seu asiático. Talvez ache que não vi sua cabecinha amarela despontando ali atrás de todas as outras, hein?

Ninguém jamais me ofendera tanto. O pior era que eu não podia fingir que se tratava de palavras absurdas ditas por uma desmiolada histérica e me proteger atrás de um sorriso de desdém. Kléber-san tocara em meu ponto mais vulnerável!

Não havia o que responder. Meu sofrimento era atroz, e ela me olhava, um esgar de desprezo na carinha chorosa e furiosa. Se naquele instante fosse possível desaparecer nas profundezas do famoso inferno dos cristãos, eu teria pessoalmente aberto o alçapão. O mais terrível era aquele véu vermelho de raiva que me cobria os olhos, coisa que mais temo. É justamente num estado de fúria desses que o samurai comete os atos mais desastrosos para seu carma. Depois, a vida inteira, precisará tentar pagar pelo seu erro, pagar por ter, por um único e breve instante, se descontrolado. Nessas horas, somos capazes de fazer tais coisas que nem o *seppuku* é suficiente.

Saí do salão, apavorado com a idéia de não poder me conter e de fazer alguma coisa horrível com essa mulher grávida. Não sei se teria conseguido me dominar se fosse um homem que tivesse me dito uma coisa semelhante.

Uma vez trancado em minha cabine, tirei o saco que continha as abóboras compradas no mercado de Port-Said. Elas são pequenas, do tamanho de uma cabeça, e muito duras. Comprei 50.

Para tirar dos meus olhos o véu escarlate, comecei a trabalhar meu golpe direito com o lado da mão. Devido à minha extrema agitação, o resultado foi ruim: em lugar de quebrar em duas metades iguais, as abóboras explodiam em sete ou oito pedaços.

Tudo isso é muito doloroso.

Segunda Parte

Aden – Bombaim

Gintaro Aono

7º dia do 4º mês
Aden

O diplomata russo é um homem de espírito profundo, quase japonês. Fandórin-san possui essa capacidade, que nada tem de européia, de apreender um fenômeno em sua globalidade, sem se perder em elementos secundários e em detalhes técnicos. Os europeus são especialistas inigualáveis em tudo o que toca o **saber fazer**, sabem na perfeição o **como.** Nós, os asiáticos, possuímos a sabedoria, pois conhecemos o **porquê.** Para os cabeludos, o processo em si é mais importante que o objetivo final, enquanto nós nunca despregamos os olhos da estrela que brilha ao longe e nos guia, razão pela qual às vezes não nos demoramos tanto quanto seria conveniente em olhar para os lados. Eis por que, com muita freqüência, em pequenas escaramuças, os brancos levam a melhor, ao passo que a raça amarela conserva uma calma inabalável, sabendo perfeitamente que tudo isso é apenas vaidade e mesquinharia que não merece que se lhe dê atenção. De qualquer forma, a vitória será nossa no que é essencial e fundamental.

Nosso imperador lançou-se num amplo projeto: unir a sabedoria oriental e a inteligência ocidental. Nós, os japoneses, aprendemos humildemente a ciência européia das conquistas diárias, mas, ao mesmo tempo, nunca perdemos de vista o objetivo final da existência humana: a morte e, depois dela, uma forma mais elevada do ser. Os ruços são muito individualistas, o precioso "eu" lhes tolda a visão, altera a imagem do mundo em volta e não lhes permite apreender os problemas sob ângulos diferentes. A alma do europeu está presa ao corpo por pregos fortes, não lhe é dado elevar-se para as alturas.

Se Fandórin-san tem grande perspicácia, ele deve isso à natureza semi-asiática de sua pátria. Em muitos aspectos, a Rússia se parece com o Japão: é o mesmo Oriente que se estende até o Ocidente. No entanto, ao contrário de nós, os russos esquecem a estrela graças à qual o barco mantém o rumo, e olham muito para um lado e para o outro. Pôr o "eu" na frente de tudo ou diluí-lo no poderoso "nós", tal é o fundamento do antagonismo que opõe a Europa e a Ásia. Parece-me que a Rússia tem uma boa chance de deixar a primeira via para tomar a segunda.

Mas já filosofei demais. Está na hora de voltar a Fandórin-san e à clarividência que ele demonstra. Retomarei os fatos na ordem.

Ainda não raiara o dia quando o *Leviatã* chegou a Aden. No tocante ao porto, eis o que diz o meu guia: *O porto de Aden, este Gibraltar do Oriente, serve para a Inglaterra de ponto de ligação com as Índias orientais. É aqui que os navios se abastecem de carvão e enchem o tanque de água doce. A importância de Aden aumentou consideravelmente depois da abertura do canal de Suez. Como cidade, Aden não é grande. Encontram-se aqui vastas docas, estaleiros navais, alguns escritórios de companhias de comércio, agências de banco e hotéis. A cidade se caracteriza por uma construção retilínea. A secura do solo é compensada pela presença de 30 antigos reservatórios, destinados à captação das águas pluviais que descem das montanhas. Aden possui 34 mil habitantes, indianos, na grande maioria, muçulmanos.* Por ora, a gente tem de se contentar com essa descrição magra, dado que a escada ainda não foi abaixada e que ninguém está autorizado a desembarcar. Invoca-se uma pretensa inspeção sanitária, mas nós, os vassalos do principado de Windsor, conhecemos a razão exata do alvoroço reinante: os marujos e a guarda costeira estão vasculhando o navio, para desentocar os eventuais negros.

Após o café da manhã, ficamos no salão para esperar os resultados da batida. Foi então que, entre o comissário de polícia e o diplomata russo, houve uma grande discussão da qual todos os nossos foram testemunhas (veja que para mim eles já são os "nossos").

Após ter começado pela morte do negro, a conversa, como de hábito, foi desviada para os crimes parisienses. Não participei do diálogo sobre esse ponto, mas prestei atenção, embora, de início, parecera-me que mais uma vez ia-se tentar pegar um macaco verde numa floresta de bambus ou ainda um gato preto numa sala escura.

Stamp-san disse: "Portanto, estes são verdadeiros enigmas. Não se compreende como o negro entrou no navio, e muito menos por que quis matar a Sra. Kléber. Exatamente como na *rue* de Grenelle. Mais uma vez, é mistério."

Aí, Fandórin-san declara: "Aqui não tem nenhum mistério. Se, em relação ao negro, nem tudo está esclarecido ainda, em relação aos acontecimentos da *rue* de Grenelle, em contrapartida, o quadro, é, na minha opinião, mais ou menos claro."

Todos o fitaram perplexos, e o comissário deu um sorriso irônico: "É mesmo? Pois bem, pois bem, estou curioso para ouvi-lo."

Fandórin-san: "Acho que as coisas aconteceram da seguinte maneira: à noite, uma pessoa se apresentou à porta do palacete da *rue* de Grenelle..."

O comissário (fingindo admiração): "Meus parabéns! Suposição genial!"

Alguns começaram a rir, mas a maioria continuou ouvindo com muita atenção, visto que o diplomata não era do tipo que falava para não dizer nada.

Fandórin-san (continuando sem se perturbar): "... uma pessoa cuja vinda não despertou a menor suspeita nos criados. Era um médico, talvez de jaleco branco e certamente munido de uma maleta de médico. O convidado inesperado explicou que todas as pessoas que se encontravam na casa deviam imediatamente se reunir num mesmo lugar, pois, por ordem da prefeitura, todos os parisienses deviam ser vacinados."

O comissário (começando a se zangar): "Que história é essa? Vacinados contra o quê? Por que os criados teriam confiado no primeiro que apareceu?"

Fandórin (num tom cortante): "Cuidado para não ser rebaixado do posto de comissário 'encarregado de casos de especial importância' para o de 'encarregado de casos de especial insignificância'. O senhor não estuda com atenção seus próprios documentos, e isso é imperdoável. Então olhe mais uma vez o artigo do *Soir*, onde se trata das relações de lorde Littleby com a aventureira internacional Marie Sanfon."

O velho policial remexeu na pasta preta, encontrou o artigo em questão e nele passou os olhos.

O comissário (erguendo os ombros): "Sim, e daí?"

Fandórin-san (apontando com o dedo): "Aí, embaixo. Vê o início do artigo seguinte: EPIDE-

MIA DE CÓLERA EM VIAS DE REGRESSÃO? E a continuação a propósito das 'enérgicas medidas profiláticas dos médicos parisienses'."

Truffo-sensei: "Realmente, senhores, Paris lutou durante o inverno inteiro contra as ofensivas do cólera. Em Dover, até montaram um controle sanitário para os *ferry-boats* provenientes de Calais."

Fandórin-san: "Eis por que a vinda de um médico não despertou nenhuma suspeita entre os criados. O visitante deve ter demonstrado segurança e sido persuasivo. Talvez tenha dito que já era tarde e que ainda tinha muitas casas a visitar ou alguma coisa desse gênero. Aparentemente, os criados não quiseram incomodar o patrão, sabendo que ele estava com uma crise de gota, mas mandaram muito naturalmente os dois seguranças do primeiro andar descerem, já que a injeção era só questão de um minuto."

Fiquei deslumbrado com a sagacidade do diplomata e com sua facilidade de resolver um enigma complicado. O próprio comissário Gauche ficou pensativo.

"Bom, vamos admitir", disse contrariado. "Mas como explica a estranha conduta do seu médico que, em vez de usar a escada para subir ao primeiro andar após ter envenenado os criados, por alguma razão obscura, escolheu sair na rua, escalar a cerca, atravessar o jardim e quebrar a janela da estufa de cítricos?"

Fandórin-san: "Pensei sobre isso. Não lhe passou pela cabeça que pode ter havido dois criminosos: um que eliminava os criados enquanto o segundo entrava na casa pela janela?"

O comissário (triunfante): "Passou, seu sabe-tudo, e como. É exatamente a essa conclusão que o criminoso tentou nos levar. Ele queria embaralhar as pistas, é evidente! Após ter envenenado os criados, ele saiu da cozinha para subir ao primeiro andar, onde deu de cara com o dono da casa. Ele deve ter simplesmente arrebentado a vitrine, pois achava que não havia ninguém em casa. Alertado pelo barulho, o lorde saiu do quarto e foi morto. Depois desse imprevisto, o assassino quis fugir mais que depressa, mas tendo o cuidado de passar pela janela da estufa de cítricos em vez de pela porta. E para que isso? Para nos enganar, fazendo-nos acreditar que não estava sozinho. E o senhor mordeu a isca. Mas o velho Gauche não se deixa enganar tão facilmente."

As palavras do comissário foram bem recebidas. Reynier-san disse até: "Diabo, comissário, ao menos ninguém o leva pelo cabresto!" (Essa expressão imagética se encontra em diversas línguas européias. Não se deve tomá-la no sentido literal. O tenente queria dizer que Gauche-san era um policial inteligente e experimentado.)

Fandórin-san esperou um instante e prosseguiu: "O que quer dizer que o senhor estudou muito minuciosamente as pegadas encontradas embaixo da janela e que chegou à conclusão de que o homem não havia subido no peitoril, mas sim efetivamente pulado a janela, é isso mesmo?"

O comissário não respondeu à pergunta, contentando-se em brindar o russo com um olhar irado.

Foi então que Stamp-san lançou uma réplica que deu uma orientação nova à discussão, mais azeda ainda.

"Um criminoso, dois criminosos... isso não impede que eu continue não captando o essencial: por que tudo isso?", disse. "Está claro que não é por causa do Shiva. Por que, então? Pelo menos não por causa do lenço, por mais extraordinário e lendário que seja!"

Fandórin-san respondeu com um tom neutro, como se fosse uma coisa óbvia: "É evidente, senhorita, é justamente por causa desse lenço. A estatueta de Shiva só foi roubada para desviar a atenção e, na primeira ponte, foi jogada no Sena porque não servia para nada."

O comissário observou: "Para os *boiardos* [esqueci-me o significado desta palavra, vai ser preciso olhar no dicionário] russos, meio milhão de francos talvez não seja nada, mas essa não é a opinião da maioria das pessoas. Dois quilos de ouro puro, não é tão mau para uma coisa 'que não serve para nada'! O senhor diz qualquer coisa, seu diplomata."

Fandórin-san: "Vejamos, comissário, o que é meio milhão de francos diante do tesouro de Bagdassar?"

"Parem de discutir, senhores!", exclamou caprichosamente a odiosa Sra. Kléber. "Quase me assassinaram e vocês recomeçam a repetir as mesmas histórias. Enquanto se cansa tratando do crime velho, comissário, o senhor se esquece que um novo quase lhe caiu em cima!"

Esta mulher simplesmente não tolera não ser o centro das atenções. Depois do que aconteceu ontem, esforço-me em olhá-la menos. Tenho ganas de enfiar meu dedo médio na veia azul que pulsa naquele seu pescoço branco. Uma única pressão bastaria com folga para mandar essa perua para o outro mundo. Mas isso naturalmente é da ordem dos maus pensamentos que o homem dotado de vontade deve afastar do espírito. Pronto, despejei meus maus pensamentos em meu diário, e minha raiva se atenuou um pouco.

O comissário botou a Sra. Kléber no lugar dela. "Cale a boca, minha senhora", disse ele severamente. "Vamos ouvir o que o diplomata ainda vai nos inventar."

Fandórin-san: "Primeiro, essa história toda só pode ter sentido se o lenço roubado tiver, por alguma razão, um interesse especial. Segundo, para usar as palavras do professor, o valor pecuniário do lenço enquanto lenço não é muito grande e, conseqüentemente, a solução não está no pedaço de seda em si, mas sim naquilo a que ele está ligado. Terceiro, como sabem, o tecido está ligado às últimas vontades do rajá Bagdassar, último proprietário do tesouro de Brahmapur. Diga-nos, professor, o rajá era um fervoroso servidor do Profeta?"

Sweetchild-sensei (após reflexão): "Eu não saberia dizer exatamente... Ele não construiu nenhuma mesquita, nunca evocou Alá na minha frente. O rajá se vestia com prazer à européia, fumava charutos cubanos, lia romances franceses... Ah, sim, bebia conhaque no fim das refeições! Quer dizer que não levava muito a sério as proibições religiosas."

Fandórin-san: "Nesse caso, aqui está meu quarto ponto: embora pouco religioso, Bagdassar não manda entregar qualquer coisa ao filho como derradeiro presente, mas sim um Corão, que, além do mais, ele teve o cuidado de enrolar num lenço. Suponho que esse lenço é que constituía o elemento essencial do envio. O Corão foi acrescentado para despistar... É possível também que, entre as anotações feitas à margem de próprio punho por Bagdassar, figurassem instruções sobre a maneira de encontrar o tesouro com a ajuda do lenço."

Sweetchild-sensei: "Por que obrigatoriamente com a ajuda do lenço? O rajá poderia muito bem ter revelado o segredo diretamente nas notas marginais!"

Fandórin-san: "Poderia, mas não revelou. Por quê? Eu os remeto a meu argumento número um: se o lenço não possuísse um valor absolutamente excepcional, alguém haveria de matar dez pessoas para consegui-lo? Esse lenço é o acesso a 500 milhões de rublos ou, se preferirem, a 50 milhões de libras, o que dá mais ou menos no mesmo. Eu digo que um tesouro dessa amplitude é um fato inédito na história da humanidade. Na verdade, devo avisar-lhe, comissário, que se o senhor não estiver enganado e o assassino se encontrar realmente no *Leviatã*, podemos esperar novas vítimas. E quanto mais o senhor se aproximar do objetivo, maior será o risco. O que está em jogo é muito importante, e muito caro foi o preço a pagar pela chave do mistério."

Esta declaração foi recebida por um silêncio sepulcral. A lógica de Fandórin-san parecia irrefutável e, tenho certeza, todos sentiram um frio na espinha. Todos menos uma pessoa.

O primeiro a se controlar foi o comissário. Ele disse com um riso nervoso: "Pois bem, que imaginação transbordante, Sr. Fandórin. No que diz respeito ao perigo, o senhor tem razão. Isso posto, senhoras e senhores, podem ficar tranqüilos. O perigo só ameaça o velho Gauche, e ele sabe disso perfeitamente. É a profissão que quer isso. Mas não vão me pegar facilmente!" E correu um olhar ameaçador pela assembléia, como se provocasse cada um de nós para um combate singular.

Esse velhinho barrigudo é engraçado. De todos os presentes, a única pessoa sobre a qual ele poderia levar a melhor seria a Sra. Kléber, e ainda por causa do estado dela. Uma imagem sedutora me passou pela cabeça: o comissário, rubro, derrubava a jovem bruxa e a estrangulava com os dedos gordos e cabeludos, enquanto a Sra. Kléber sufocava, olhos esbugalhados, a odiosa língua pendurada.

"*Darling, I am scared!*",* piou a mulher do médico com uma voz esganiçada, virando-se para o marido. Ele afagou-lhe o ombro num gesto tranqüilizador.

---

* Querido, estou com medo!

Uma pergunta interessante foi feita então pelo monstruoso M.-S.-san de cabelos vermelhos (seu nome é muito comprido para escrever por extenso): "Professor, descreva-nos o lenço com mais detalhes. Uma ave com um furo no lugar do olho, um triângulo, isso, estamos de acordo. Mas tem alguma particularidade?"

É preciso dizer que esse curioso senhor participa da discussão coletiva quase tão raramente quanto eu. Mas, quando diz alguma coisa, é, como o autor destas linhas, sempre sensato. A surpresa e a oportunidade de sua pergunta pareceram ainda mais extraordinárias.

Sweetchild-sensei: "Mas, que eu me lembre, fora o furo e a forma original, esse pano não tem nada de especial. É do tamanho de um leque grande e quase poderia ser escondido com facilidade num dedal. Em Brahmapur, esse gênero de tecido extremamente fino não é raridade."

"Portanto, a chave deve ser procurada no olho da ave e na forma triangular", resumiu Fandórin-san com uma segurança admirável.

Ele era realmente magnífico.

Quanto mais penso em sua vitória e em toda essa história em geral, mais forte é meu desejo culpado de provar a todos que Gintaro Aono serve para alguma coisa. Eu também tenho com que espantá-los. Eu poderia, por exemplo, contar algo de interessante ao comissário Gauche sobre o incidente de ontem, com o selvagem de pele negra. A propósito disso, o sábio Fandórin reconheceu que nem tudo lhe parecia claro neste caso. E quando nem tudo está claro para ele, eis que este "japonês selvagem" encontra a palavra do enigma. Isso poderia ser interessante, não?

Ontem, desorientado pela injúria, perdi temporariamente o bom senso. Depois, quando me acalmei, comecei a confrontar os diferentes elementos a avaliar e, em minha mente, tomou forma todo um esquema lógico que tenciono submeter ao policial. Que ele tire as próprias conclusões. E eis o que direi ao comissário.

Primeiro, vou lembrar-lhe a grosseria proferida pela Sra. Kléber contra mim. Seu comentário foi extremamente ofensivo, ainda mais que feito em público. E foi dito exatamente na hora em que eu queria fazer minhas observações. A Sra. Kléber já não tinha em mente me calar o bico? Isso não é suspeito, comissário?

Continuemos. Por que ela banca a mulher frágil, quando é tão vigorosa quanto um lutador de sumô? O senhor me dirá que isso é uma ninharia, um detalhe insignificante. Pois bem, eu lhe responderei, seu policial, que um indivíduo que vive fingindo tem forçosamente algo a esconder. Basta tomar o meu caso. (Ah, ah. Isso, evidentemente, eu não vou dizer.) Em seguida, chamarei a atenção do comissário para o fato de os europeus terem a pele branca muito fina. Por que os poderosos dedos do negro não deixaram nenhuma marca? Não é estranho?

E, para terminar, quando o policial concluir que não tenho mais nada a ressaltar senão as suposições irrelevantes de um asiático vingativo, sacarei meu trunfo, uma informação que imediatamente fará estremecer o comissário.

"Sr. Gauche", vou lhe dizer com um sorriso educado, "não possuo seu espírito brilhante e não tento me meter no inquérito (como ousaria eu, pobre ignaro que sou?), mas considero meu dever chamar a sua atenção para um outro fato. O senhor mesmo diz que o assassino da *rue* de Grenelle está entre nós. O Sr. Fandórin expôs uma hipótese convincente quanto à maneira pela qual foram eliminados os criados de lorde Littleby. A vacina contra o cólera é um truque extraordinário. O assassino sabe, portanto, usar uma seringa. E se não fosse um médico que tivesse se apresentado no palacete da *rue* de Grenelle, mas sim uma mulher, uma enfermeira? Ela despertaria menos curiosidade ainda do que um homem, não é verdade? O senhor concorda comigo? Nesse caso, eu o aconselho a dar uma olhada como quem não quer nada no braço da Sra. Kléber, numa hora em que ela estiver sentada, a cabecinha de víbora apoiada na mão e a manga larga caída até o cotovelo. Na articulação do braço dela, o senhor notará pontinhos apenas visíveis que eu já vi. São marcas de injeções, comissário. Pergunte ao Dr. Truffo se ele aplicou alguma injeção na Sra. Kléber, e o respeitável médico lhe responderá o que me respondeu hoje: não, não aplicou, pois, por princípio, é contra a administração de medicamentos por via intravenosa. E agora, some dois mais dois, ó sábio Gauche-sensei, e terá com que quebrar a cabeça encanecida." Eis o que vou dizer ao comissário, e ele só terá que cuidar seriamente da Sra. Kléber.

Um cavaleiro europeu deduziria que ajo de maneira ignóbil e, nisso, mostraria os seus limites. É por isso que não há mais cavaleiros na Europa, enquanto os samurais continuam existindo. Pouco importa que o soberano nosso imperador tenha nivelado as classes e nos tenha proibido o porte dos dois sabres na cintura, isso não significa a supressão do título de samurai, e sim, ao contrário, o acesso de toda a nação japonesa à classe dos samurais, para que não possamos nos prevalecer uns diante dos outros de nossa ascendência. Nós somos uma coisa só, tendo diante de nós o resto do mundo. Ó nobre cavaleiro europeu (que sem dúvida só existe nos romances)! Para combater os homens, use uma arma de homem, mas para combater as mulheres, use uma arma de mulher. Esse é o código de honra dos samurais; esse código não comporta nada de desprezível, pois as mulheres sabem lutar tão bem quanto os homens. O que contradiz a honra do samurai é usar contra as mulheres uma arma de homem e contra os homens uma arma de mulher. Coisa à qual jamais me rebaixarei.

Hesito ainda me perguntando se vale a pena fazer a manobra imaginada, mas meu humor está incomparavelmente melhor que ontem. A tal ponto que, sem dificuldade, acabo de compor esse haicai nada mau:

Na lâmina de aço
Qual faísca de gelo
A lua se inflama.

Clarice Stamp

Clarice se virou com um ar cansado, certificou-se de que ninguém a observava e, só depois, olhou com cautela do canto do camarote de convés atrás do qual se escondia.

O japonês estava sentado no chão com as pernas cruzadas, sozinho no tombadilho. Tinha a cara virada para o céu, através de suas pálpebras semicerradas aparecia de uma maneira assustadora o branco de seus olhos, e sua expressão desligada, impassível, tinha qualquer coisa de não humano.

Brr! Clarice fez uma careta. Aquele *Mr.* Aono era um número. Ali, no convés das embarcações, situado acima do da primeira classe, não havia ninguém passeando. Só um bando de meninas brincava de pular corda, enquanto suas duas governantas arrasadas de calor se abrigavam à sombra de um bote de uma brancura nevosa. Quem, afora crianças e um asiático pirado, poderia ficar assim debaixo de sol? No nível superior só havia o posto de comando, o passadiço, e naturalmente os mastros e as velas. Os panos brancos estavam enfunados sob o efeito do vento de popa, e o *Leviatã*, soltando sua fumaça em jatos regulares, dirigia-se reto para o horizonte cor de mercúrio. Em volta, brilhava a superfície apenas ligeiramente encrespada do oceano Índico com reflexos verde-garrafa. Lá, de cima, podia-se constatar que a terra era mesmo redonda: a linha do horizonte estava nitidamente mais baixa que o *Leviatã,* e o navio descia para ela como numa ladeira.

Mas não era absolutamente por amor às paisagens marinhas que Clarice pingava de suor. Tivera vontade de ver o que *Mr.* Aono fazia lá em cima. Para onde ele ia após o café da manhã com tanta constância?

E ela fizera bem em se perguntar isso. Veja, olhe para ele, a verdadeira cara do asiático eternamente sorridente. Um homem com traços tão imóveis e tão ferozes é capaz de tudo. Diga-se o que se disser, os amarelos não são como nós, e não é absolutamente da forma dos olhos que se está falando. Exteriormente, eles são muito parecidos com os homens, mas são de uma outra raça. É como os lobos: são parecidos com os cachorros, mas têm outra natureza. Decerto, os amarelos têm seus princípios morais, mas estes são tão estranhos ao cristianismo que o homem normal não os pode compreender. Seria preferível que eles não usassem roupas européias e não soubessem usar nossos talheres: isso cria a perigosa ilusão de que são civilizados ao passo que, na realidade, sob os cabelos pretos impecavelmente repartidos e a testa amarela e lisa, tramam-se coisas que só imaginar já é difícil para nós.

O japonês se mexeu imperceptivelmente, piscou com um ar perdido, e Clarice se escondeu depressa. É verdade que ela se portava como a última das idiotas, mas, mesmo assim, era preciso fazer alguma coisa! Esse pesadelo não podia continuar eternamente. Era preciso dar um impulso ao comissário para que ele fosse no rumo certo, do contrário, ninguém sabia como tudo isso poderia acabar. A despeito do calor sufocante, um arrepio percorreu-lhe os ombros.

Na atitude e no comportamento de *Mr.* Aono, havia obviamente um mistério. Como aliás no crime da *rue* de

Grenelle. Era mesmo estranho que Gauche ainda não tivesse compreendido que todos os indícios faziam do japonês o principal suspeito.

Já viu só, o senhor, um oficial, antigo aluno de Saint-Cyr, não entender nada de cavalo? Uma vez, por pura caridade, Clarice começara a fazer o taciturno asiático participar da discussão coletiva, encaminhando esta para um tema que supostamente deveria interessar o militar: cavalos, adestramento, corridas, qualidades e defeitos do trotador de Norfolk. Tiro o chapéu, oficial! À inocente pergunta: "Já participou alguma vez de uma *steeplechase*?", ele respondera que era terminantemente proibido aos oficiais do exército imperial tratar de política. Ele simplesmente não sabia o que era uma *steeplechase*! Evidentemente, não se sabe como são os oficiais no Japão — talvez montem a cavalo em varas de bambu —, mas não dá para imaginar um ex-aluno de Saint-Cyr demonstrando tanta ignorância! É impossível.

Eis para onde seria preciso orientar Gauche. A menos que fosse preferível esperar ainda um pouco, até se descobrir outra coisa suspeita?

E o incidente de ontem bem poderia servir. Clarice vagava no corredor ao lado da cabine de *Mr.* Aono quando foi atraída por barulhos estranhíssimos. De dentro, vinham estalos secos, como se alguém estivesse metodicamente quebrando a mobília. Munindo-se de coragem, Clarice batera à porta.

De um golpe, ela se escancarou. No vão aparecera o japonês — completamente nu, não fora por uma tanga amarrada em volta das cadeiras. Seu corpo amorenado brilhava de suor, e ele tinha os olhos injetados de sangue.

Ao ver Clarice, ele murmurara com uma voz sibilante: "*Tikussio!*"

A pergunta previamente preparada ("O senhor não teria algumas daquelas maravilhosas estampas japonesas de que tanto ouvi falar?") lhe fugira da cabeça, e Clarice quase desmaiara. Ele iria atraí-la à força para dentro da cabine, jogar-se em cima dela! Depois, iria cortá-la em pedacinhos e jogá-la no mar. Nada mais simples. E este seria o fim de Clarice Stamp, *lady* inglesa bem-educada, não muito feliz, mas que ainda esperava muito da vida.

Clarice balbuciara que havia se enganado de porta. Aono a olhara em silêncio, ofegante. Um cheiro acre emanava dele.

Talvez fosse mesmo preferível falar sobre isso com o comissário.

Pouco antes do *five o'clock*, Clarice postou-se junto à porta do Windsor para vigiar a chegada do policial. Começou a lhe contar suas reflexões, mas o mal-educado a ouviu com uma cara estranha, lançando-lhe olhares penetrantes e zombeteiros como se ouvisse a confissão de algum ato inconveniente.

A certa altura, murmurou disfarçadamente:

— É típico de quem quer falar mais mal do vizinho.

Depois, tendo escutado até o fim, perguntou de chofre:

— Seu pai e sua mãe vão bem?

— Os pais de quem? Do Sr. Aono? — perguntou Clarice perplexa.

— Não, senhorita, os seus.

— Perdi meus pais quando era pequena — respondeu ela, olhando o policial com medo e acrescentando para si mesma: "Meu Deus, isso não é um navio, mas um hospício flutuante."

— É exatamente o que eu queria confirmar — concordou Gauche, satisfeito.

Depois, cantarolando uma canção que Clarice não conhecia, entrou na frente dela no salão, exibindo, dessa vez abertamente, sua grosseria.

A discussão deixara um travo desagradável na boca de Clarice. Afinal, a despeito de sua pretensa galanteria, os franceses não eram cavalheiros. Decerto, podiam iludir, virar a cabeça de uma mulher, deslumbrá-la com algum gesto teatral, enviar-lhe 100 rosas vermelhas para seu quarto de hotel (aí, Clarice fez uma cara de nojo), mas não se devia confiar nisso. O cavalheiro inglês era talvez um pouco mais insípido, mas sabia o que significava dever e probidade. Enquanto o francês faz você confiar nele e invariavelmente a trai.

Na verdade, essas generalidades não tinham relação direta com o comissário Gauche. Tanto mais que sua estranha conduta se explicava rapidamente, e isso da maneira mais inquietante.

Quando observara até então um silêncio inusitado, suscitando um nervosismo geral, de repente, ele se pôs a olhar Clarice nos olhos e disse:

— Veja, por falar nisso (ou antes não exatamente nisso), Srta. Stamp, a senhora me interrogou outro dia a respeito de Marie Sanfon. Sabe, supõe-se que essa senhora tenha estado com lorde Littleby pouco antes da morte dele.

Surpresa, Clarice estremeceu, enquanto os outros se calavam e fitavam o comissário com curiosidade, tendo reconhecido a entonação característica que anunciava o início de uma daquelas "historinhas" que ele destilava com muitos detalhes.

— Eu havia prometido lhes falar dessa pessoa. Pois bem, chegou a hora — prosseguiu Gauche, continuando a dardejar em Clarice um olhar que esta achava cada vez mais desagradável. — Minha historinha não será longa, mas vocês não vão se aborrecer, pois trata-se de uma mulher pouco comum. E, aliás, o que nos apressa? Estamos aqui muito bem, comendo docinhos e bebendo laranjada. Mas se alguém tiver o que fazer sobretudo que não se constranja, o velho Gauche não ficará ofendido.

Ninguém se mexeu.

— Então, conto-lhes a história de Marie Sanfon? — perguntou o comissário com uma bonomia fingida.

A pergunta foi recebida com um alvoroço geral.

— Sim, sim! Claro!

Só Clarice se calava, sabendo que o tema não fora escolhido por acaso, mas exclusivamente por causa dela. O que, aliás, Gauche não escondia.

Estalou os lábios, saboreando por antecipação o efeito do que ia contar, depois pegou o cachimbo, sem sequer pedir permissão às senhoras.

— Então vou começar do princípio. Era uma vez, na cidade de Bruges, uma menina chamada Marie. Os pais da menina eram cidadãos respeitáveis, freqüentavam a igreja e gostavam mais que tudo no mundo de seu anjinho de cachos dourados. Marie tinha seis anos quando os pais lhe anunciaram um irmãozinho, futuro herdeiro da cervejaria Sanfon et Sanfon. Quando a felicidade dessa família estava no auge, de repente, uma desgraça se abateu sobre ela. O bebê, de apenas um mês, caiu pela janela e sofreu ferimentos fatais. Os pais não estavam em casa, onde só se encontravam as crianças e a governanta. Mas esta se ausentara por meia hora, para se encontrar com o namorado bombeiro, e foi exatamente durante esse curto intervalo que o desconhecido de chapéu e capote pretos irrompera na casa. A pequena Marie tivera tempo de se esconder debaixo da cama, enquanto o homem de preto arrancava seu irmãozinho do berço e o atirava pela janela. Depois, o homem fugira às pressas.

— Que coisas horríveis o senhor consegue contar! — reclamou a Sra. Kléber pousando as mãos na barriga.

— Ah, mas isso é só o começo — disse Gauche brandindo o cachimbo. — Esperem o que vem depois. Salva por milagre, Marie falou do terrível "homem de preto" com o pai e a mãe. Toda a região foi virada de pernas para o ar à procura do criminoso e, no pânico, detiveram até o rabino local, visto que o infeliz estava sempre vestido de preto. No entanto, um detalhe estranho obcecava Sanfon pai: por que o criminoso aproximara o tamborete da janela?

— Ai, meu Deus! — exclamou Clarice botando a mão no coração. — Será possível...

— Sua perspicácia é incrível, Srta. Stamp — disse o comissário com um sorriso pérfido. — Na verdade, a própria pequena Marie havia jogado o irmão pela janela.

— *How terrible!* — exclamou *Mrs.* Truffo, achando apropriado ficar horrorizada. — *But why?**

— A menina não estava gostando que o bebê estivesse recebendo todas as atenções e ela estivesse sendo esquecida. Achava que, livrando-se do irmãozinho, voltaria a ser o xodó do pai e da mãe — explicou Gauche, imperturbável. — Mas foi a primeira e a última vez que Marie Sanfon deixou uma prova e foi desmascarada. A adorável criança ainda não havia aprendido a apagar as pistas que deixava.

— E o que fizeram com a jovem criminosa? — perguntou o tenente Reynier, visivelmente perturbado com o que acabava de ouvir. — Assim mesmo ninguém iria entregá-la à polícia.

— Não, ela não foi entregue à polícia. — O comissário sorriu maliciosamente para Clarice. — Mas a mãe dela, não conseguindo superar o choque, enlouqueceu e foi internada num asilo de loucos. Quanto ao Sr. Sanfon, não suportando mais ver a encantadora filha culpada pelas desgraças que se haviam abatido sobre a família, botou-a num

---

* Que horror! Mas por quê?

convento das irmãs de São Vicente de Paulo. Ali, ela recebeu uma boa educação. Era a primeira em tudo: tanto nas matérias de classe quanto nas atividades religiosas. E sobretudo, parece que adorava ler. A noviça tinha 17 anos quando aconteceu no convento um escândalo extremamente desagradável. — Gauche olhou para a pasta e balançou a cabeça. — Vejam, está tudo escrito aqui. 17 de julho de 1866. Enquanto o arcebispo de Bruxelas estava hospedado com as irmãs, não é que desaparece do quarto do honorável prelado o antigo anel episcopal? Ornado com uma ametista enorme, o anel, segundo a lenda, havia pertencido ao próprio São Luís. Ora, na véspera, o monsenhor justamente mandara chamar a seus aposentos as duas melhores noviças, nossa Marie e uma arlesiana, para conversar com elas. As suspeitas recaíram naturalmente sobre as duas jovens. A madre superiora mandou dar uma busca e, embaixo do colchão da arlesiana, encontrou o saquinho de veludo onde o arcebispo guardava o anel. Perplexa, incapaz de responder às perguntas que lhe eram feitas, a ladra foi para a masmorra. Ao chegar, uma hora depois, a polícia não teve tempo de interrogar a acusada; ela se enforcara com a corda do hábito.

— Eu adivinhei! — explodiu Milford-Stoakes. — Tudo foi arquitetado pela infame Marie Sanfon. História suja, francamente, história suja!

— Isso ninguém pode afirmar, só se sabe que o anel nunca mais foi encontrado — disse o comissário abrindo as mãos, perplexo. — No entanto, dois dias depois, Marie, aos prantos, foi falar com a superiora dizendo que todo mundo olhava atravessado para ela e pedindo que a deixassem sair do convento. A própria madre superiora, que, estranhamente, havia perdido completamente o interesse por sua preferida de ontem, nada fez para retê-la.

— Bastava revistar a gracinha na saída — disse o Dr. Truffo, cheio de pesar. — Havia todas as chances de encontrarem a ametista embaixo das saias dela.

Quando traduziu suas palavras para a esposa, esta lhe deu um cutucão nas costelas, achando obviamente seu comentário descabido.

— Não a revistaram ou a revistaram e nada encontraram? Não sei. Em todo caso, Marie não largou o convento para ir para um lugar qualquer, mas sim para a Antuérpia, que, como todos sabem, é considerada a capital mundial das pedras preciosas. Ali, a antiga noviça de repente ficou rica e desde então só viveu à grande. Se lhe acontecia de passar por maus pedaços, nunca era por muito tempo. Sua vivacidade, seu enorme talento como atriz e sua total ausência de qualquer princípio moral — aí, o comissário elevou o tom e até fez uma pausa — lhe permitiram conquistar os meios para uma vida luxuosa. Por diversas vezes, as polícias da Bélgica, da França, da Inglaterra, dos Estados Unidos, do Brasil e de mais dez países consideraram Marie suspeita dos crimes mais variados, mas nem uma vez ela pôde ser processada: ou não havia em que se pegar, ou as provas eram insuficientes. Mas se quiserem posso contar um ou dois episódios tirados da ficha corrida dela. Isso não a aborrece, Srta. Stamp?

Clarice não respondeu, achando isso indigno dela. Mas ficava cada vez mais ansiosa.

— 1870 — anunciou Gauche após mais uma olhada na pasta. — Fettburg, cidade pequena mas rica da Suíça alemã. Conhecida por seu chocolate e seus presuntos. Oito mil e quinhentos porcos para quatro mil habitantes. Uma região de grandes cretinos. Perdão, Sra. Kléber, eu não queria ofender seu país natal — emendou-se o policial um tanto tarde.

— Não é nada — disse a Sra. Kléber dando de ombros num movimento indiferente. — Sou da suíça românica. E na região do país onde fica Fettburg, as pessoas são efetivamente todas boçais. Me parece que já ouvi essa história, é muito engraçada. Mas não importa, conte.

— Alguns podem de fato achá-la engraçada. — Gauche deu um suspiro de desaprovação e, de repente, deu uma piscadela para Clarice, o que ultrapassava todos os limites. — Um dia, então, os honrados burgueses da cidadezinha ficaram num alvoroço indescritível. Um camponês chamado Möbius, conhecido em Fettburg como um imprestável e um palerma completo, gabou-se de ter vendido o terreno dele, uma faixa estreita de terra pedregosa, a uma senhora importante, uma certa condessa de Sanfon. Por 12 hectares de terra inculta, onde nem cardo vingava, essa condessa idiota pagara três mil francos. No entanto, a câmara municipal dessa pequena comunidade tinha gente um pouco mais inteligente que Möbius, a quem essa história pareceu esquisita. O que essa condessa iria fazer com 12 hectares de areia e cascalho? Aí havia algo que não estava bem contado. Só por desencargo, enviaram a Zurique o detetive mais esperto da cidade, que descobriu que a condessa de Sanfon era uma pessoa conhecida. Levava um vidão, se divertia e, mais interessante, era vista regularmente na companhia do Sr. Goldzilberg, diretor da Companhia Nacional das Estradas de Ferro. Os boatos falavam de uma ligação entre o diretor e a condessa. Os honrados burgueses compreenderam logo do que se tratava. É preciso dizer que a cidadezinha de Fettburg sonhava há muito em ser ligada à rede ferroviária, a fim de poder exportar mais em conta seu chocolate e seus presuntos. O terreno comprado pela alegre condessa saía justamente da estação mais próxima e estendia-se até a floresta, onde começavam as terras comunais. Para os notáveis da cidade, tudo estava claro: tendo tomado conhecimento pelo amante do projeto de entroncamento, a condessa havia comprado aquele terreno estratégico e preparava-se para encher os bolsos. Então, na cabeça dos burgueses, germinou um plano de uma ousadia assombrosa.

"Foi enviada à condessa uma delegação encarregada de convencê-la a ceder o terreno à boa cidade de Fettburg. A princípio, a bela senhora pulou, afirmando que jamais ouvira falar daquele entroncamento, mas quando o burgomestre habilmente deu a entender que o caso cheirava a acordo ilícito entre a condessa e o diretor, a frágil mulher deu um soluço e aceitou. Dividiu-se o terreno em 30 partes iguais, que foram oferecidas em leilão aos habitantes da cidade. Os fettburguenses disputaram os lotes literalmente quase a tapa, e o preço de alguns chegou a 15 mil francos suíços. Ao todo, a condessa tirou da venda — o comissário correu o dedo por uma linha — ... não menos que 280 mil francos."

A Sra. Kléber caiu na gargalhada e fez um gesto para Gauche que significava: eu me calo, eu me calo, continue.

— As semanas e os meses se passavam, e as obras não começavam. Os habitantes enviaram ao governo uma petição, à qual foi respondido que, nos próximos 15 anos, não estava prevista qualquer ligação de Fettburg à rede ferroviária... Eles foram à polícia dizendo que se tratava de uma verdadeira pilhagem à luz do dia. A polícia ouviu as vítimas com pena, mas não pôde ajudá-las: não se devia esquecer que a Sra. Sanfon afirmara nada saber daquela história de estrada de ferro e que, a princípio, se recusara a vender seu terreno. Todas as formalidades haviam sido cumpridas dentro das regras, não havia nada de errado. Quanto ao fato de que ela se arrogava o título de condessa, isso evidentemente não era muito bonito, mas, infelizmente, não constituía nenhum delito.

— Hábil! — exclamou Reynier às gargalhadas. — Não há efetivamente nada de errado.

— E isso ainda não é nada. — O comissário continuou folheando os papéis. — Há uma outra história, esta absolutamente fantástica. A ação se passa no faroeste em 1873. Na Califórnia, na região das minas de ouro, um belo dia, chegou uma necromante de fama internacional e Grã-draconária da Loja de Malta, Srta. Cleópatra Frankenstein, Mary Sanfon segundo seu passaporte. Ela declarou aos procuradores de ouro que fora guiada para aquela região selvagem pela voz de Zaratustra, o qual ordenara à sua fiel servidora que realizasse uma grande experiência na cidade de Golden Nugget. Ali, exatamente naquela latitude e naquela longitude, a energia cósmica estava concentrada de uma forma tão excepcional que, numa noite estrelada, com a ajuda de algumas fórmulas cabalísticas, era possível ressuscitar aquele que já cruzara a Grande Linha que separava o Mundo dos Vivos do Mundo dos Mortos. E Cleópatra realizaria esse milagre naquela mesma noite, na presença do público e inteiramente grátis, pois não era uma reles mágica de circo, mas a médium das Altas Esferas. E o que acham? — Gauche fez uma pausa, administrando seus efeitos. — Diante de 500 espectadores barbudos, a draconária começou a fazer passes de mágica em cima da sepultura de Coiote Vermelho, o lendário chefe índio, morto 100 anos antes. Então a terra começou a tremer de repente, literalmente se abriu e, de debaixo dos torrões de terra, surgiu o guerreiro índio com suas plumas, sua machadinha, sua cara pintada. Os espectadores começaram a tremer, mas Cleópatra, inteiramente sob a influência do transe místico, berrou: "Sinto em mim a força do cosmo! Onde está seu cemitério municipal? Vou já ressuscitar todos os que repousam ali!" — Aí, explicou o policial, o artigo menciona que o cemitério de Golden Nugget era vastíssimo pois, nas minas de ouro, não se passava um dia sem que alguém fosse enviado para o outro mundo. Aquele povoado tinha até, segundo o que se dizia, mais tumbas que habitantes vivos. Quando os procuradores de ouro imaginaram o que aconteceria se todos os arruaceiros, bêbados e outros maus elementos saíssem de repente da tumba, um vento de pânico soprou na platéia. Foi o juiz de paz quem salvou a situação. Saiu do meio da multidão e perguntou muito educadamente à draconária se ela consentiria em pôr fim à sua "grande experiência" mediante a oferenda pela população de um saco de areia aurífera, a título de contribuição modesta para o desenvolvimento das ciências ocultas.

— E então, ela aceitou? — perguntou o tenente às gargalhadas.

— Aceitou, mas mediante dois sacos.

— E o chefe índio? — perguntou Fandórin, sorrindo.

Ele tem um sorriso delicioso embora um pouco infantil demais, pensou Clarice. Não, moça, tire isso da cabeça. Como se diz em Suffolk, o doce é bom, mas não é para o seu bico.

— Cleópatra Frankenstein carregou o chefe índio com ela — respondeu Gauche, seriíssimo. — Para suas experiências científicas. Parece que ele foi degolado algum tempo depois, durante uma bebedeira num bordel de Denver.

— Essa Marie Sanfon é uma p-pessoa realmente interessante — disse Fandórin, pensativo. — Fale mais dela para nós. Entre esses golpes hábeis e uma matança cometida a sangue-frio, vai uma grande distância.

— *Oh, please, it's more than enough* — protestou *Mrs.* Truffo antes de se virar para o marido: — *My darling, it must be awfully tiresome for you to translate all this nonsense.**

* Ah, por favor, isso já é mais que suficiente. Querido, deve ser terrivelmente cansativo para você traduzir essas besteiras todas.

— Mas, minha senhora, ninguém a obriga a ficar — disse o comissário, ofendido pelo "*nonsense*".

Mrs. Truffo piscou ofuscada, mas em nenhum momento pensou em partir.

— O senhor cossaco tem razão — reconheceu Gauche. — Vou encontrar um exemplo pior.

A Sra. Kléber riu olhando Fandórin, e nem Clarice, apesar do nervosismo, conseguiu conter um sorriso — o diplomata não tinha nada de um selvagem filho das estepes.

— Vejam, ouçam a história do negrinho. O fim é fatal. O caso é recente, tem dois anos. — O policial percorreu várias páginas presas juntas, nitidamente para refrescar a memória. Deu um sorriso malicioso: — À sua maneira, é uma obra-prima. É uma loucura, minha gente, o que há na minha pasta — disse batendo afetuosamente no tecido preto com a mão atarracada de plebeu. — O velho Gauche não saiu desprevenido, não esqueceu nenhum papel que pudesse lhe ser de alguma utilidade. O escândalo que vou lhes contar agora não chegou ao conhecimento dos jornais, mas tenho o relatório policial. Aqui está. Num principado alemão (cujo nome não vou dizer, pois o assunto é delicado), era esperado um nascimento no seio da família real. O parto foi difícil. Ao lado da parturiente, encontrava-se o médico da corte, o honorável Dr. Vogel. Depois, finalmente, ecoou no quarto um grito de recém-nascido. Quando a grã-duquesa, que a dor havia feito perder os sentidos por alguns minutos, perguntou: "Ah, *Herr Professor*, me mostre o meu bebê", o médico, profundamente transtornado, estendeu à Sua Alteza uma coisinha café com leite que berrava. A grã-duquesa tornou a perder os sentidos, enquanto, metendo a cabeça na porta, o médico, com um dedo receoso, fazia sinal chamando o grão-duque, o que representava uma falta de etiqueta grave.

Era óbvio que o comissário sentia um prazer malicioso em contar essa história aos windsorianos bastante afetados. Era pouco provável que o relatório policial contivesse todos estes detalhes. Evidentemente, Gauche acrescentava alguns. Ciciava quando reproduzia as palavras da duquesa e escolhia de propósito termos da língua castiça, achando isso mais engraçado assim. Clarice não se considerava uma aristocrata, mas assim mesmo fez cara feia, achando de mau gosto essa maneira de zombar de personagens nobres. *Sir* Reginald, baronete e filho de uma linhagem antiga, também franziu o cenho. Mas parece que essas reações só deram mais graça ao relato do comissário.

— Sua Alteza não se ofendeu com o gesto do médico, pois o momento era emocionante, e, num impulso de ternura paternal e de amor conjugal, entrou correndo no quarto... Deixo que imaginem a cena seguinte: o aristocrata praguejando como um carroceiro; a duquesa ora soluçando, ora se justificando, ora desmaiando; o negrinho se esgoelando; e o médico paralisado numa consternação respeitosa. Finalmente, Sua Alteza se acalmou e decidiu deixar para mais tarde o inquérito relativo à esposa. Por ora, era preciso apagar qualquer vestígio de escândalo. Mas como? Jogar discretamente o bebê na privada? — Gauche, bancando o palhaço, tapou a boca com a mão. — Eu lhes peço perdão, minhas senhoras, isso me escapou. Era impossível livrar-se da criança: todo o principado aguardava o nascimento dela. E, querendo ou não, isso seria um pecado. Reunir os conselheiros? Muito risco de falatório. O que fazer? É aí que, com a cara mais reverente, o Dr. Vogel pigarreia e propõe salvar a situação. Explica que tem uma amiga, *Fräulein* von Sanfon, que é capaz de realizar milagres e pode fazer cair do céu um recém-nascido branco e até uma fênix. A *Fräulein* sabe guardar a língua na boca e, sendo uma moça bem-nascida, não pedirá dinheiro em troca de seu serviço. Porém, ela gosta muito de objetos preciosos antigos... Em resumo, duas horas depois, no berço forrado de cetim, já repousava um adorável bebê, mais branco que um leitão e até com cabelinhos louros. Quanto ao infeliz negrinho, levaram-no para um destino ignorado longe do palácio. Aliás, explicaram à Sua Alteza que o inocente seria conduzido a outras latitudes, onde seria confiado a pessoas dignas. Assim tudo se arranjou da melhor maneira. Agradecido, o duque encarregou o médico de entregar à *Fräulein* von Sanfon uma pequena tabaqueira de brilhantes maravilhosa com seu monograma, acompanhada de um bilhete de agradecimento e o pedido verbal de deixar o território do principado para nunca mais lá pôr os pés. Exigência a que a delicada moça acedeu sem demora.

Gauche, não agüentando mais, caiu na gargalhada.

— De manhã, após o escândalo que durara a noite inteira, o grão-duque decidiu finalmente examinar um pouco melhor o herdeiro. Tirou desdenhosamente o pimpolho do berço, virou-o de todos os lados e, de repente, descobriu, perdão, no traseiro dele, um sinalzinho em forma de coração, idêntico ao que tinha Sua Alteza na parte mais carnuda de sua anatomia e que tinham antes dele seu finado pai, seu avô e assim sucessivamente até a sétima geração. No auge da perplexidade, o duque mandou chamar o médico da corte, mas acontece que o Dr. Vogel havia partido durante a noite para um destino ignorado, abandonando a mulher e os oito filhos.

Gauche deu uma risada rouca, pigarreou e levantou as mãos para o alto. Alguém riu discretamente, a Sra. Kléber tapou pudicamente a boca. O policial retomou seu relato:

— O inquérito instaurado às pressas estabeleceu que o médico da corte vinha tendo ultimamente um comportamento estranho e até teria sido visto em casas de jogo da cidade vizinha de Baden, em companhia de uma jovem muito parecida, segundo as descrições, com *Fräulein* Sanfon. — O policial ficou sério. — O médico foi encontrado dois dias depois num hotel de Estrasburgo. Morto. Havia tomado uma dose fatal de láudano e deixado este bilhete: "Sou o único culpado de tudo." Um suicídio evidente. Estava na cara quem era o verdadeiro culpado, mas vá provar isso. No que se referia à tabaqueira, era um presente do grão-duque, e, ainda por cima, havia o bilhete de agradecimento. Quanto a um processo, Suas Altezas tinham mais a perder do que a ganhar. Dois pontos, porém, continuavam sendo um mistério: como fizeram a troca entre o principezinho e o negrinho e onde, naquele país de louros de olhos azuis, haviam desencavado um bebê cor de chocolate? É verdade que, segundo algumas informações, pouco antes da história que acabo de contar, Marie Sanford tinha a seu serviço uma camareira senegalesa...

— Diga-me, comissário — falou Fandórin, quando as risadas se calaram. Eram quatro a rir: o tenente Reynier, o Dr. Truffo, o professor Sweetchild e a Sra. Kléber —, Marie Sanfon é assim tão bonita que é capaz de virar a cabeça de qualquer homem?

— Não, ela não tem nada de especial. Em toda parte está indicado que sua aparência é o que há de mais comum, sem nenhum sinal especial. — Gauche envolveu Clarice com um olhar insistente e cheio de insolência. — Ela muda à vontade a cor do cabelo, o jeito, o sotaque, o estilo de se vestir. Mas, nitidamente, essa mulher tem alguma coisa. Devido a meu trabalho, já vi mulheres de todo tipo. Ora, as mais temíveis mulheres fatais raramente são beldades. Nas fotografias, nada nelas chama a atenção, mas quando as vemos ao vivo, sentimos como faíscas nos pinicando. O homem, mais do que se deixar atrair por um nariz reto e longas pestanas, sabe farejar um cheiro característico.

— Por favor, comissário — disse Clarice, botando no seu lugar o grosseiro personagem. — O senhor está na presença de senhoras.

— Estou na presença de suspeitos — replicou Gauche com uma calma olímpica. — E a senhora faz parte deles. O que me diz que a Srta. Sanfon não está aqui, nesta mesa?

E encarou Clarice nos olhos. Isso parecia cada vez mais um pesadelo. Ela começava a se sentir abafada.

— Se contei direito, hoje, essa p-pessoa deveria ter 29 anos, não é?

A voz calma e despreocupada de Fandórin ajudou Clarice a se acalmar. Ela se levantou e, esquecendo o orgulho feminino, exclamou:

— É inútil me olhar assim, seu policial! O senhor me faz um elogio obviamente imerecido! Sou quase... dez anos mais velha que sua aventureira! Quanto às outras senhoras aqui presentes, não dá para imaginá-las no papel da Srta. Sanfon. A Sra. Kléber é jovem demais, e *Mrs.* Truffo, como todos sabem, não fala francês!

— Para uma pessoa tão astuciosa quanto Marie Sanfon, fingir que tem dez anos a mais ou a menos é brincadeira de criança — respondeu calmamente Gauche, continuando a fitar Clarice. — Sobretudo diante de um perigo tão considerável e do risco de ser mandada para a guilhotina em caso de fracasso. Assim, é verdade mesmo, Srta. Stamp, que a senhora nunca esteve em Paris? Em algum lugar para os lados da *rue* de Grenelle?

Clarice ficou branca como um fantasma.

— Bem, neste ponto da discussão, na qualidade de representante da companhia Jasper-Artaud Partnership, tenho o dever de intervir — disse Reynier, interrompendo o policial. — Minhas senhoras e meus senhores, eu lhes afirmo que nenhum malfeitor internacionalmente conhecido pôde ter tido acesso a esta travessia. A companhia garante que não há a bordo do *Leviatã* nem escroques, nem cortesãs, e muito menos aventureiras conhecidas da polícia. Entendam bem: esta primeira travessia nos dá uma responsabilidade especial. Certamente não precisamos de escândalo. O capitão Cliff e eu verificamos e reverificamos pessoalmente a lista de passageiros e, quando necessário, tomamos nossas informações. Notadamente junto à polícia francesa, comissário. E o capitão e eu estamos prontos para responder a cada um dos presentes. Nós não o impedimos, Sr. Gauche, de fazer o seu trabalho, mas saiba que está perdendo o seu tempo em vão. Assim como o dinheiro dos contribuintes franceses.

— Bem, bem — resmungou Gauche. — Quem viver verá.

Após o que, para alívio geral, *Mrs.* Truffo começou a falar do tempo que fazia.

Reginald Milford-Stoakes

10 de abril de 1878
22 horas e 31 minutos
Mar da Arábia
17º06'28" de lat. N. 59º48'14" de long. L.

Minha querida e amada Emily!

Esta arca infernal se encontra tomada pelas forças do Mal. Sinto isso com toda a minha alma torturada. Embora não saiba se um criminoso como eu pode ter alma. Escrevi e meditei. Lembro-me de ter cometido um crime, um crime medonho, para o qual não pode haver perdão, mas, curiosamente, esqueci completamente em que consistia exatamente. E não tenho a menor vontade de lembrar.

À noite, sonhando, me lembro muito bem, do contrário, como explicar o estado lastimável em que acordo de manhã? Que nossa separação termine logo. Sinto que, mais um pouco, vou enlouquecer. Isso não cairia nada bem.

Os dias se arrastam com uma lentidão intolerável. Fico horas em minha cabine olhando o ponteiro dos minutos em meu cronômetro. Ele não avança. Atrás de minha janela, no convés, alguém disse: "Hoje é dia 10 de abril", e, na hora, não consegui captar o sentido dessas palavras. Que abril? Por que justamente dia 10? Abro minha escrivaninha e vejo que minha carta de ontem está datada de 9 de abril e a de anteontem de 8. Portanto, está tudo normal. Abril. Dia 10.

Há vários dias, não desprego os olhos do professor Sweetchild (contanto que ele seja mesmo professor). Este homem é muito apreciado em nosso "Windsor". É um grande conversador, que a toda hora exibe seus conhecimentos de história e orientalismo. Não se passa um dia sem que tenhamos direito a novos relatos cada um mais inverossímil que o outro a propósito de tesouros. Quanto à sua pessoa, ele tem olhinhos porcinos muito desagradáveis. E fugidios. Às vezes, vêem-se brilhar neles chispas de loucura. Se ao menos você ouvisse com que volúpia na voz esse homem fala de pedras preciosas. Ele é literalmente apaixonado por todos esses diamantes e esmeraldas.

Hoje de manhã, na hora do café, o Dr. Truffo levantou-se de repente, bateu palmas e anunciou num tom solene que era o aniversário de Mrs. *Truffo. Todos fizeram ohs! e ahs!, depois cada um apresentou os seus votos, enquanto o médico oferecia em público o seu presente à esposa pouco invejável: uns brincos de topázio de um péssimo gosto. Esse jeito de se mostrar dando um presente à própria mulher é de uma vulgaridade atroz! Mas, obviamente,* Mrs. *Truffo não era dessa opinião. Contrariando o hábito, ela estava toda agitada, respirava a felicidade perfeita, e sua cara de quaresma tinha uma cor de cenoura ralada. O tenente disse: "Ah, minha senhora, se tivéssemos sido informados antes desse alegre acontecimento, não teríamos deixado de lhe preparar uma surpresa. Culpe sua discrição." A idiota ficou ainda mais vermelha e balbuciou timidamente: "Vocês querem mesmo me dar um prazer?" O grupo respondeu com um mugido complacente já que lhe faltava entusiasmo. "Nesse caso", disse ela, "vamos jogar loto, meu jogo preferido. Na minha família, todos os domingos e feriados sem exceção, tirávamos os cartões e o saco de peças. Ah, esse jogo é tão apaixonante! Meus amigos, vocês me dão um prazer imenso!" Era a primeira vez que eu a via se exprimir com tanta eloqüência. Primeiro pensei que ela estivesse gozando com a nossa cara, mas não, não podia estar mais séria. Impossível escapar dessa. Dizendo que estava na sua hora de assumir seu quarto, Reynier foi o único a correr da raia. O mal-educado daquele comissário tentou fazer o mesmo pretextando algum compromisso urgente, mas todos olharam para ele com tanta reprovação que ele ficou.*

O Dr. Truffo foi buscar o equipamento necessário para esse jogo idiota, e o suplício começou. Cada um abriu suas cartelas com um ar abatido, de vez em quando lançando ao outro olhares nostálgicos na direção do convés banhado de sol. As janelas do salão estavam abertas de par em par, uma brisa fresca percorria o ambiente, enquanto estávamos ali encenando uma cena numa creche. "Para tornar a partida interessante", para usar os termos dela, a mulher do médico propôs que se fizesse um bolo de apostas, no qual todos pingaram um guinéu. A condutora do jogo tinha todas as chances de ganhar, porque era a única a prestar atenção a sério nos números que saíam. Aparentemente, o comissário quis quebrar a banca, mas não entendia direito os jogos de palavras pueris que Mrs. *Truffo usava para anunciar os números — em sua homenagem, por esta vez combinara-se falar inglês.*

Os feios brincos de topázio, que valiam no máximo dez libras, deram a Sweetchild a oportunidade de voltar a seu tema predileto. "Esplêndido presente, senhor!", exclamou virando-se para o médico. Este iluminou-se de prazer, mas Sweetchild estragou tudo com a frase seguinte: "Evidentemente, hoje, os topázios são baratos, mas quem sabe se, daqui a 100 anos, o preço deles de repente não dê um pulo. As pedras preciosas são tão imprevisíveis! São verdadeiros milagres da natureza, nada a ver com esses metais aborrecidos que são o ouro e a prata. O metal não tem alma, não tem forma, pode-se refundi-lo ao infinito, ao passo que cada pedra é uma individualidade única. Mas elas não se dão a qualquer um. Só àquele que nada detém e que, pelo brilho mágico delas, está disposto a ir até o fim do mundo, e, se preciso for, mais longe ainda." *Esses vôos grandiloqüentes eram acompanhados pelos pios de* Mrs. *Truffo, que continuava cantando os números. A título de exemplo, Sweetchild disse: "Vou contar a lenda do grande e poderoso conquistador Mahmud Gasnevi, que era fascinado pelo brilho dos diamantes e que, para encontrar esses cristais encantadores, destruiu com a guerra metade da Índia."* Mrs. *Truffo: "Onze, senhores. As duas baquetas do tambor!" E assim sem parar.*

Isso posto, estou ansioso para repetir a lenda de Mahmud Gaznevi. Ela vai ajudá-la a compreender melhor a personalidade do contador. Vou também tentar reproduzir seu estilo original.

"No ano tal (já não sei mais qual) depois de Cristo, e tal (me lembro ainda menos) do calendário muçulmano, o poderoso Gaznevi aprendeu que, na quase ilha de Guzzarat (me parece que é isso), havia um santuário sunita que abrigava um enorme ídolo adorado por centenas de milhares de pessoas. O ídolo protegia o território das invasões estrangeiras, e quem cruzasse a fronteira de Guzzarat armado era condenado à morte. O santuário pertencia a uma poderosa comunidade brâmane. A mais rica de toda a Índia. Além disso, os brâmanes sunitas possuíam pedras preciosas em quantidades incontáveis. Desafiando o poder do ídolo, o intrépido general reuniu seu exército e partiu em campanha. Cortou 50 mil cabeças, destruiu 50 fortalezas e entrou à força no templo sunita. Os guerreiros de Mahmud profanaram o santuário, reviraram-no todo, mas não encontraram o tesouro. Então Gaznevi aproximou-se do ídolo e, com todas as forças, baixou sua maça de combate na cabeça de bronze. Os brâmanes prosternaram-se diante do vencedor e lhe ofereceram um milhão de moedas de prata, contanto que ele não tocasse mais em seu deus. Mahmud deu uma gargalhada e tornou a bater. O ídolo rachou. Os brâmanes puseram-se a gritar mais ainda e propuseram ao terrível rei dez milhões de moedas de ouro. Mas, de novo, a pesada maça se levantou para cair

uma terceira vez sobre o ídolo, partindo-o em dois e, no chão do templo, numa torrente faiscante, jorraram os diamantes e outras pedras preciosas escondidas ali dentro. E o valor deste tesouro era incalculável."

Foi então que Mr. *Fandórin anunciou meio constrangido que tinha completado uma cartela. Fora* Mrs. *Truffo, todos pularam de alegria, prontos para se separar, mas ela tanto insistiu por outra partida que tiveram de ficar. E a coisa recomeçou:* "Thirty nine — pig and swine! Twenty seven — I'm in heaven!",* *e outras bobagens do mesmo gênero.*

Desta vez, Mr. *Fandórin tomou a palavra e, à sua maneira, delicada e um tantinho zombeteira, começou a contar uma história árabe encontrada num livro antigo. Transmito-a tal como a guardei.*

Três mercadores magrebinos foram um dia aos confins do Grande Deserto, pois haviam ouvido dizer que lá, no meio das areias onde as caravanas jamais se aventuravam, havia um tesouro como nenhum mortal jamais vira. Os três caminharam durante 40 dias, sofrendo de calor e cansaço, e logo só restou um único camelo para cada um: os outros haviam morrido. De repente, à frente, eles vêem uma montanha alta. Aproximam-se e não acreditam no que vêem: a montanha é toda feita de lingotes de prata. Os mercadores dão graças a Alá, e um deles, após ter enchido seus sacos de prata, tomou o caminho de volta, enquanto os outros diziam: "Nós continuamos." E caminharam mais 40 dias; com o sol, ficaram com as caras pretas e os olhos vermelhos. Logo apareceu diante deles outra montanha — de ouro. O segundo mercador exclamou: "Não foi em vão que suportamos todos esses sofrimentos! Louvado seja o Altíssimo!" Encheu seus sacos de lingotes de ouro e perguntou ao companheiro: "Por que

---

* Jogo de palavras para rimar com os números.

continua aí plantado?" O terceiro respondeu: "Você vai poder levar muito ouro num camelo só?" O segundo disse: "O bastante para me tornar o homem mais rico de nossa cidade." "Isso não me basta", disse o terceiro. "Eu continuo e encontrarei uma montanha de diamantes. E quando voltar à minha terra, serei o homem mais rico do mundo." Ele foi em frente, e caminhou por mais 40 dias. Seu camelo se deitou e não se levantou mais, mas o mercador não se deteve, pois era teimoso e acreditava na montanha de diamantes, e todo mundo sabe que um punhado de diamantes vale mais que uma montanha de prata ou uma colina de ouro. E o terceiro mercador viu uma cena surpreendente: no meio do deserto, curvado em dois, havia um homem carregando nos ombros um trono de diamante, e, sentado nesse trono, um monstro de cara negra e olhos vermelhos. "Como estou contente com você, ó respeitável viajante!", disse o homem encurvado com uma voz rouca. "Apresento-lhe o demônio da ganância, e agora, é sua vez de levá-lo nos ombros. Até que um homem tão ávido quanto você e eu venha substituí-lo."

Aí o relato foi interrompido, pois Mr. Fandórin acabava de completar uma nova cartela, de modo que o segundo bolo também escapou à rainha do dia. Cinco segundos depois, só havia Mrs. Truffo à mesa; todos os outros haviam desaparecido como por encanto.

Não paro de pensar nesse conto de Mr. Fandórin. Não é tão bobo quanto parece.

Sweetchild é na verdade o terceiro mercador. No final do relato, isso imediatamente me saltou aos olhos! Sim, sim, esse homem é um louco furioso. Sua alma fervilha de uma paixão indômita, e sei do que estou falando. Não é à toa que, desde Aden, eu o sigo como uma sombra invisível.

Contei-lhe, preciosa Emily, que eu havia sabido tirar o maior proveito de nossa escala. Sem dúvida, você pensou que eu fazia referência à aquisição de um novo instrumento de nave-

gação para substituir o que me foi roubado. É verdade, agora tenho outro sextante, e, de novo, verifico regularmente nosso rumo, mas o negócio é outro. Eu simplesmente temia pôr o meu segredo no papel. E se alguém viesse a lê-lo? Nunca se sabe, com todos esses inimigos que me cercam de todos os lados. Mas meu espírito é cheio de recursos, e imaginei um belo truque: a partir de hoje, escrevo com leite. Qualquer pessoa estranha que topar com esta carta verá apenas uma folha em branco, sem nada de interessante, enquanto minha perspicaz Emily há de aquecê-la numa lâmpada até que as linhas se destaquem! Esperto, não?

Mas voltemos a Aden. A bordo, enquanto ainda não havíamos recebido autorização de desembarcar, reparei que Sweetchild estava nervoso e, mais ainda, não ficava parado num lugar, tão agitado estava. Isso começara pouco depois que Fandórin declarara que o lenço roubado em casa de lorde Littleby devia ser a chave do tesouro mítico do rajá de Esmeralda. O professor de repente ficara agitado, murmurara alguma coisa entredentes, após o que não parara de repetir: "Ah, quem dera que estivéssemos em terra." Por quê? Eis a questão.

É exatamente isso que decidi esclarecer.

Com meu chapéu preto de aba larga caído nos olhos, comecei a seguir Sweetchild. No início, tudo se passou às mil maravilhas: ele não se virou uma única vez, e segui-o sem dificuldade até o local situado atrás do pequeno prédio da alfândega. Mas, ali, uma desagradável surpresa me esperava: Sweetchild chamou um cocheiro e seguiu num rumo ignorado. A caleche ia bem devagar, mas assim mesmo eu não podia correr atrás, isso não seria muito condizente com o meu estilo. Naturalmente, havia outras carruagens no local, eu poderia ter pegado qualquer uma delas, mas você conhece, Emily, minha aversão insuperável por viaturas descobertas. São uma invenção do diabo. Só os temerários se arriscam nisso. Há até alguns — vi com meus próprios olhos — que levam com eles mulher e filhos. E aí tudo pode acontecer! Particularmente perigosas são essas viaturas de duas rodas, tão prezadas na Inglaterra. Alguém me contou (não me lembro mais quem) que um jovem, de uma excelente família e com uma sólida posição social, irrefletidamente levara para passear num desses veículos de duas rodas a jovem esposa, ainda por cima no oitavo mês de gravidez. Como previsto, as coisas acabaram mal: o patife não conseguiu dominar os cavalos, que dispararam, e a viatura virou. O jovem nada sofreu, mas o acidente desencadeou o parto prematuro da esposa. Não foi possível salvar nem ela nem a criança. E tudo isso por quê? Por falta de juízo. Eles poderiam tranqüilamente ter ido a pé. Ou então, digamos, dado um passeio de barco. Na pior das hipóteses, pode-se fazer uma viagem de trem, num compartimento particular. Em Veneza, por exemplo, as pessoas andam de gôndola. Nós estivemos lá, lembra-se? Lembra-se da água que vinha lamber os degraus da escada de nosso hotel?

Estou com dificuldade de me concentrar, não paro de me afastar do meu assunto. Portanto, Sweetchild foi de caleche e eu fiquei do lado da alfândega. Perdido, você acha? De jeito nenhum. Logo tive uma idéia e me acalmei quase na mesma hora. Enquanto esperava Sweetchild voltar, dei um pulo no armazém marinho e comprei um novo sextante, ainda melhor que o anterior, bem como um guia de navegação com as fórmulas astronômicas. Agora posso calcular a posição do navio muito mais depressa e com muito mais precisão, de modo que não me pegarão facilmente.

Esperei seis horas e trinta e oito minutos. Fiquei sentado num banco, olhando o mar. Pensando em você.

Quando Sweetchild voltou, fingi que cochilava. Ele passou rapidamente por mim, crente que eu não o havia visto.

Mal ele desapareceu atrás do prédio da alfândega, corri para o cocheiro dele. Por seis pence, o bengalês me contou onde fora nosso caro professor. Reconheça, querida Emily, que demonstrei uma grande habilidade neste caso.

As informações obtidas apenas confirmaram minhas primeiras suspeitas. Do porto, Sweetchild se fez conduzir diretamente ao telégrafo. Passou meia hora ali, depois voltou quatro vezes ao correio. O cocheiro me disse: "Sahib, muito muito nervoso. Ele vai, ele vem. Diz vai ao bazar, bate eu nas costas, volta correio, depressa, depressa." Em resumo, é evidente que Sweetchild primeiro enviou um despacho a alguém e depois aguardou a resposta com impaciência. Segundo o bengalês, a última vez que saiu do correio, ele estava "muito engraçado, com um papelzinho na mão". Depois, mandou o cocheiro levá-lo de volta ao navio. Sem dúvida, recebera a resposta.

Não sei o que ela contém, mas é evidente que o professor, ou quem quer que ele seja de verdade, tem cúmplices.

Isso se passou há três dias. Desde então, parece que Sweetchild não é mais o mesmo. Como já lhe contei, ele não pára de falar de pedras preciosas, mas, às vezes, eis que se senta no convés e se põe a desenhar freneticamente — no punho da camisa e até no lenço.

Esta noite, havia baile no Salão de Gala. Já lhe descrevi esta sala grandiosa, que parece ter sido trazida direto de Versailles ou do Palácio de Buckingham. Dourados por toda parte, paredes totalmente revestidas de espelhos, lustres elétricos cujos pingentes de cristal tilintam harmoniosamente no ritmo do leve balanço. A orquestra (aliás corretíssima) tocou principalmente valsas de Viena; ora, você não ignora que acho essa dança inconveniente, razão pela qual fiquei num canto, de olho em Sweetchild. Ele parecia se divertir como louco, convidando ora uma senhora, ora outra, pulando como um cabrito, esmagando-lhes implacavelmente os pés, sem por isso ficar constrangido. Deixei minha mente vagar um pouco, lembrando-me dos tempos em que dançávamos juntos e aquela graça com que sua mão enluvada de branco descansava em meu ombro. De repente, vi Sweetchild tropeçar e quase derrubar seu par. Sem sequer pedir desculpas, com um passo acelerado, quase correndo, precipitou-se para o bufê. Seu par, perdida, ficou plantada no meio da sala. Quanto a mim, esse ataque de fome me pareceu bizarro.

Na verdade, Sweetchild nem olhou para as bandejas cobertas de docinhos, queijos e frutas. De um suporte de prata, arrancou um guardanapo de papel e, dobrado em dois, pôs-se a rabiscar furiosamente alguma coisa. No meio da multidão, sem se constranger, o cúmulo! Ardendo de curiosidade, fui como quem não quer nada em sua direção. Mas Sweetchild já se tinha levantado, dobrado o guardanapo em quatro e nitidamente se preparava para enfiá-lo no bolso. Infelizmente, não tive tempo de olhar por cima de seu ombro. No íntimo, bati o pé, e ia voltar para trás quando vi Mr. *Fandórin aproximar-se da mesa com duas taças de champanhe. Ofereceu uma a Sweetchild e guardou a segunda para ele. Ouvi o russo dizer: "Ah, caro professor, é uma loucura como o senhor pode ser distraído! O senhor acaba de botar um guardanapo sujo no bolso." Sweetchild se perturbou, tirou do bolso o guardanapo de papel, embolou-o e jogou-o embaixo da mesa. Juntei-me a eles sem demora e, deliberadamente, engrenei uma conversa sobre moda, sabendo que o indianista logo se fartaria daquilo e iria embora. Foi exatamente o que aconteceu.*

Logo que, após ter pedido licença, ele nos deixou, Mr. *Fandórin murmurou num tom de conspiração: "Pois bem,* Sir *Reginald, quem de nós vai se meter debaixo da mesa?" Compreendi imediatamente que eu não era o único a achar suspeito o comportamento do professor, o diplomata também achara. Em um segundo, instaurou-se entre nós uma total cumplicidade. "Sim, mas isso não é muito conveniente", acrescentei. Após se ter assegurado de que ninguém podia nos ouvir,* Mr. *Fandórin propôs: "Vamos fazer isso lealmente: um de nós encontra um bom pretexto e o outro vai procurar embaixo da mesa." Concordei e comecei a pensar, mas nada que prestasse me veio à mente. "Eureca!", murmurou meu cúmplice, e, com um gesto rápido, quase imperceptível, soltou uma de minhas abotoaduras de ouro. Esta caiu no chão, e, com a ponta do sapato, o diplomata empurrou-a para debaixo da mesa. "Sir Reginald", disse ele alto o bastante para ser ouvido pelas pessoas que estavam perto. "Tenho a impressão de que acaba de perder uma abotoadura."*

Acordo é acordo. Agachei-me e olhei embaixo da mesa. O guardanapo de papel estava logo ali, mas, em compensação, a maldita abotoadura rolara até a parede, e a mesa era muito larga. Imagine a cena: seu marido engatinhando embaixo da mesa e apresentando à sala o lado menos atraente de sua pessoa. A volta foi ainda mais embaraçosa. Emergindo de debaixo da mesa, dei de cara com duas jovens senhoras que conversavam com Mr. *Fandórin. Ao descobrir minha cabeça ruiva à altura dos joelhos, as damas deram gritos assustados, enquanto meu pérfido cúmplice dizia com a maior calma: "Permitam que eu lhes apresente o baronete Milford-Stoakes." As damas deixaram cair sobre mim um olhar glacial e afastaram-se sem uma palavra. Espumando de raiva, levantei-me de um pulo e exclamei: "O senhor fez de propósito para me gozar!" Fandórin respondeu inocentemente: "Efetivamente, eu as retive de propósito, mas não com o intuito de zombar do senhor. Simplesmente pensei que, com aquelas saias amplas, elas esconderiam da sala sua perigosa expedição. Mas onde está seu troféu?"*

Desamassei o guardanapo de papel com a mão trêmula de impaciência, e ali vimos algo estranho. Reproduzo-o de memória.

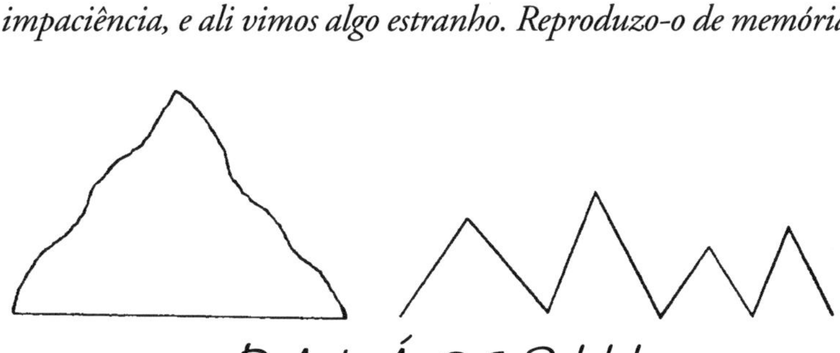

Qual é o significado dessas figuras geométricas? O que significa o ziguezague? Como compreender "palácio"? E por que três pontos de exclamação?

Olhei sub-repticiamente para Fandórin. Com dois dedos, ele puxou o lobo da orelha e murmurou algo incompreensível. Acho que em russo.

"O que acha disso?", perguntei. "Vamos esperar", respondeu o diplomata enigmático. "Ele está perto do objetivo."

Quem está perto? Sweetchild? De que objetivo? E ele está perto mesmo?

Mas não tive tempo de fazer todas essas perguntas, pois, na sala, ouviu-se uma algazarra geral, seguida de aplausos, enquanto o Sr. Drieux, o assistente do capitão encarregado dos passageiros, gritou de modo ensurdecedor no megafone: "Assim, senhoras e senhores, o grande prêmio de nossa loteria vai para a cabine número 18!" Até aquele momento, de tão absorto pelo misterioso guardanapo de papel, eu não prestara nenhuma atenção ao que se passava na sala. Ora, aparentemente, a dança havia parado há algum tempo e havia começado o sorteio da loteria beneficente "Salvemos as mulheres decaídas" (eu lhe falei dessa iniciativa idiota em minha carta de 3 de abril). Conhecendo você o meu sentimento em relação às obras de caridade e às mulheres decaídas, abstenho-me de qualquer comentário.

O anúncio solene produziu em meu jovem interlocutor um efeito bizarro: ele fez caras de sofrimento e se encolheu todo. Primeiro fiquei espantado, mas, logo depois, lembrei-me de que Mr. *Fandórin ocupava justamente a cabine 18. Imagine, ele estava com sorte!*

"Isso começa a ser insuportável", balbuciou o feliz eleito, gaguejando mais que de hábito. "Acho que vou dar uma volta." Após o que começou a recuar em direção à saída, mas Mrs. *Kléber disse com uma voz sonora: "É o Sr. Fandórin do nosso salão! Ele está ali, senhores! De branco, com um cravo*

vermelho! Sr. Fandórin, aonde vai? O senhor ganhou o grande prêmio!"

Todos se viraram para o diplomata e redobraram os aplausos, enquanto quatro criados já atravessavam a sala levando um relógio de pé de uma rara feiúra representando o Big Ben. Era um verdadeiro horror em carvalho esculpido, uma vez e meia a altura de um homem, e pesando, no mínimo, 20 quilos. Acho que vi passar nos olhos de Mr. *Fandórin algo parecido com pavor. E eu não poderia censurá-lo por isso.*

Sendo impossível continuar nossa conversa, voltei aos meus aposentos para escrever esta carta.

Sinto pesarem terríveis ameaças, o nó se aperta em volta de mim. Mas não esperem, senhores meus perseguidores, pegar-me sem dificuldade!

É tarde, devo ir medir minhas coordenadas.
Até logo, minha querida, doce e adorada Emily.

Aquele que a ama com ardor,

Reginald Milford-Stoakes

Renata Kléber

Renata ficou à espreita do Totó (apelidara assim o vovô Gauche depois que ele revelou que gênero de personagem era) perto de sua cabine. A julgar por sua cara amassada e seus cabelos grisalhos arrepiados, o comissário acabava de fazer a sesta. Nitidamente, ele caíra na cama após o almoço e dormira até a noite.

Pegando rapidamente o policial pela manga, Renata se pôs na ponta dos pés e disse de chofre:

— Tenho uma boa para lhe contar!

O Totó olhou para ela com um ar perscrutador, cruzou os braços e disse num tom maldoso:

— Vou escutá-la com grande interesse. Há muito tempo, eu tinha intenção de conversar um pouco com a senhora.

O tom empregado deixou vagamente Renata na defensiva, mas ela decidiu que não era nada de mais, o Totó só estava com indigestão, a não ser que tivesse tido um pesadelo.

— Fiz todo o seu trabalho — vangloriou-se Renata antes de olhar para os lados a fim de certificar-se de que ninguém os espionava. — Vamos entrar na sua cabine, ninguém virá nos incomodar.

O camarote do Totó estava arrumadíssimo: no meio da mesa, destacava-se a célebre pasta preta, ao lado, havia uma pilha de papéis em perfeita ordem e lápis cuidadosamente apontados. Renata deixou vagar um olhar curioso pelo aposento, viu uma escova de sapatos perto de uma caixa de graxa preta assim como colarinhos postiços secando numa corda. Pão-duro, o bigodudo. Engraxa ele mesmo as botinas e lava a roupa miúda, só para não ter de dar gorjeta à camareira.

— Pois bem, vá em frente, diga o que tem a dizer — resmungou com irritação o Totó, incomodado com a indiscrição de Renata.

— Sei quem é o assassino — anunciou ela orgulhosamente.

Essa novidade não surtiu o efeito esperado no policial. Ele suspirou e perguntou:

— E quem é?

— O senhor é cego ou o quê? Mas isso salta aos olhos! — Renata levantou os braços e sentou-se na poltrona. — Todos os jornais disseram que o crime era obra de um louco. Nenhum indivíduo normal iria cometer tamanha extravagância, não é verdade? E agora, passe em revista todas as pessoas que estão em nossa mesa. Evidentemente, isso dá uma boa seleção, só gente chata e desagradável, mas só há um maluco.

— Refere-se ao baronete? — perguntou o Totó.

— Pronto, o senhor acabou entendendo — disse Renata balançando a cabeça com um ar aflito. — No entanto, é de uma clareza cristalina. Não viu aqueles olhos quando ele olha para mim? Um verdadeiro animal selvagem, um monstro! Tenho medo de andar sozinha pelos corredores. Cruzei com ele ontem na escada, quando não havia vivalma por perto. Fiquei gelada! — Pôs a mão na barriga. — Já há um bom tempo, eu o observo. Na cabine dele, a luz fica acesa a noite inteira, mas as cortinas são bem fechadas. Ontem, havia uma fresta mínima. Do convés, dei uma espiada para dentro: ele estava em pé, no meio da cabine, gesticulando, fazendo caras assustadoras, ameaçando alguém de dedo em riste. Um verdadeiro pesadelo! Depois, no meio da noite, tive uma enxaqueca e saí para tomar um pouco de ar. De repente, o que vejo? Na popa do navio, estava sentado o nosso maluco, a cabeça erguida para o céu, olhando a lua através de uma coisa de ferro. Foi então que isso me saltou aos olhos! — Renata se inclinou à frente e pôs-se a sussurrar: — A lua. Estava cheia, redondinha. É isso o que o fez perder a cabeça. Ele é um desses loucos em quem a lua cheia desperta instintos sanguinários! Mas por que me olha como se eu fosse uma imbecil? Viu o calendário?

Triunfante, Renata tirou um pequeno calendário da bolsa.

— Veja, admire, eu verifiquei. Quinze de março, a noite em que dez pessoas foram assassinadas na *rue* de Grenelle, era justamente lua cheia. Olhe, está escrito preto no branco: *lua cheia.*

O Totó olhou, mas sem muita convicção.

— Mas por que está arregalando os olhos como uma coruja? — zangou-se Renata. — O senhor se dá conta de que hoje também vai ser noite de lua cheia? Enquanto estiver se deitando, ele vai tornar a perder a cabeça e trucidar outra pessoa. E até sei quem: eu. Ele me detesta. — Sua voz tremeu de maneira histérica. — Todo mundo me odeia, no raio deste navio! Primeiro, é um africano que se atira em cima de mim, depois, é esse asiático que me olha cerrando os dentes, e agora é a vez desse baronete totalmente pirado!

O Totó fixou em Renata um olhar pesado, e ela agitou a mão diante de seu nariz:

— Ei! Sr. Gauche! O senhor está dormindo ou o quê?

O velho segurou-a com firmeza pelo punho, repeliu sua mão e disse num tom severo:

— Pois bem, minha cara. Chega de fazer papel de idiota. Eu trato do baronete, mas a senhora me fale antes da sua seringa. E não me venha com conversa, diga a verdade! — rugiu ele de tal maneira que Renata se encolheu toda.

Ela passou o jantar inteiro olhando para o prato. Mal tocou no guisado de enguias, quando sempre comia com voracidade. Seus olhos estavam vermelhos, inchados. De vez em quando, seus lábios tremiam imperceptivelmente.

O Totó, em compensação, tinha um ar calmo e bonachão. Lançava olhares freqüentes a Renata. Todavia, se não era destituída de severidade, sua expressão não era hostil, mas antes paternal. O comissário Gauche não era tão terrível quanto queria parecer.

— É impressionante — disse olhando com inveja o relógio em forma de Big Ben num canto do salão. — Assim mesmo há gente que tem sorte.

Não entrando na cabine de Fandórin, o monumental grande prêmio fora provisoriamente colocado no Windsor. A torre de carvalho fazia um tiquetaque ensurdecedor, tilintava, rosnava e, a cada hora, desfiava suas badaladas tão furiosamente que, não tendo ainda se habituado, todos se sobressaltavam assustados. E, no café da manhã, quando, com dez minutos de atraso, o Big Ben anunciara que eram nove horas, a mulher do médico quase engolira a colher de chá. Além do mais, a torre era visivelmente estreita demais na base, tanto é que, a cada onda mais forte, punha-se a balançar perigosamente. Era como agora: desde que o vento refrescara e que, nas janelas abertas de par em par, as cortinas brancas haviam começado a ondular, o Big Ben começara seriamente a ranger todo.

Tendo aparentemente tomado o entusiasmo sincero do comissário por ironia, o russo começou a se justificar:

— Eu lhes propus dar também o relógio às mulheres decaídas, mas o Sr. Drieux continuou inflexível. Juro por Cristo, Alá e Buda que, quando chegarmos a Calcutá, eu me darei o prazer de esquecer este horror no navio. Ninguém há de me impor essa visão de pesadelo!

Lançou um olhar inquieto para o tenente Reynier, que, diplomata, ficou calado. Procurando um apoio, Fandórin virou-se para Renata, mas, como resposta, esta olhou-o com um ar superior e severo. Primeiro, estava de mau humor e, segundo, há algum tempo, o diplomata havia perdido suas boas graças.

E para isso, havia boas razões.

Tudo começara quando Renata reparara o modo como a enfermiça Sra. Truffo renascia a olhos vistos desde que estava na presença do diplomata. Ora, obviamente, o Sr. Fandórin pertencia a essa raça disseminada de sedutores de marca, capaz de ver um atrativo em qualquer bagulho, sem desdenhar nenhum. Em princípio, Renata tinha respeito por homens dessa categoria, e pode-se dizer até que eles não a deixavam indiferente. Ela estaria curiosíssima para saber que faísca de encanto o belo moreno de olhos azuis pudera encontrar na insípida mulher do médico. Mas o fato de que ele tinha um certo interesse por ela não deixava a menor dúvida.

Alguns dias antes, Renata assistira a um sainete divertido, com dois atores: *Mrs.* Truffo (no papel da mulher fatal) e o Sr. Fandórin (no papel do pérfido sedutor). A platéia compunha-se apenas de uma jovem mulher (extremamente atraente, se bem que em estado interessante), escondida atrás do espaldar alto de sua espreguiçadeira e espiando a cena no reflexo de seu espelho de bolso. Local da ação: o tombadilho. Momento da ação: um pôr-do-sol romântico. A peça era representada em inglês.

A mulher do médico abordou o diplomata com a ligeireza de elefante peculiar à arte da sedução britânica (os dois personagens estavam perto da amurada, de perfil em relação à espreguiçadeira mencionada anteriormente). Como era de bom-tom, *Mrs.* Truffo começou falando do tempo.

— Aqui, nestas regiões do Sul, o sol é fortíssimo! — baliu ela com ímpeto.

— Ah, sim — respondeu Fandórin. — Na Rússia, nesta é-época do ano, a neve ainda não derreteu, enquanto aqui, a temperatura sobe até 35 graus celsius, e à sombra. No sol, é mais quente ainda.

Agora que saíra com sucesso do preâmbulo, a senhora cara de cabra se achou no direito de passar a um assunto mais íntimo:

— É simples, não sei onde me esconder! — confessou com a reserva adequada ao tema. — Minha pele é tão clara! Este sol insuportável me estraga a tez, sem contar que poderia muito bem me brindar com sardas horríveis.

— Eu me p-preocupo muito com esse problema de sardas — respondeu o russo, seriíssimo. — Mas, como sou previdente, trago comigo uma loção à base de um extrato de camomila turca. A senhora vê, meu bronzeado é uniforme e não tenho nenhuma sarda.

E o diabo tentador aproxima a bela carinha da respeitável senhora.

A voz da Sra. Truffo tremeu, traidora:

— Efetivamente, nenhuma sarda... Só suas pestanas e suas sobrancelhas estão um pouquinho descoradas. O senhor tem um epitélio maravilhoso, *Mr.* Fandórin, simplesmente maravilhoso!

Pronto, ele vai beijá-la, previu Renata, vendo o epitélio do diplomata a apenas cinco centímetros da cara da interlocutora, que corava.

Ela previu e se enganou.

Fandórin se afastou e disse:

— Epitélio? A senhora entende de fisiologia?

— Um pouco — respondeu modestamente *Mrs.* Truffo. — Antes de me casar, eu tinha alguma ligação com a medicina.

— É mesmo! Que interessante! A senhora tem de me contar isso!

Infelizmente, Renata não pôde assistir ao espetáculo até o fim. Uma conhecida sua veio sentar ao seu lado, e ela precisou parar de prestar atenção à dupla.

Todavia, a ofensiva desajeitada da outra idiota atiçou o orgulho de Renata. Por que não experimentaria seus encantos em cima do jovem urso russo sedutor? Era óbvio, exclusivamente *out of sporting interest** e também para não perder esses bons hábitos indispensáveis a qualquer mulher que se respeite. Renata não queria saber dos ardores do amor para nada. A bem dizer, em sua situação atual, os homens nada lhe inspiravam a não ser repugnância.

Para passar o tempo (Renata dizia "para acelerar a navegação"), elaborou um plano simples. Pequenas manobras navais sob o nome de "Caça ao urso". Na verdade, os homens tinham mais parentesco com a família dos canídeos. Como todos sabem, são seres primitivos, e dividem-se em três grupos principais: os chacais, os cães pastores, os mastins. A cada tipo corresponde uma abordagem particular.

* Por esporte.

O chacal se alimenta de carniça, quer dizer que prefere as presas fáceis. Os homens desse tipo são adeptos do menor esforço.

Foi por isso que, desde seu primeiro encontro a sós com Fandórin, Renata começou a se queixar do Sr. Kléber, um banqueiro aborrecido que só pensa em números, um chato que não liga a mínima para sua jovem mulher. Aí, até o mais tapado teria compreendido: eis uma mulher que está mofando no ócio e no tédio. É capaz de morder qualquer anzol, mesmo sem isca.

Isso não deu certo. Renata teve a maior dificuldade de responder a uma série de perguntas muito precisas relativas ao banco onde seu marido trabalhava.

Já que era assim, Renata decidiu armar uma cilada para o cão pastor. Os homens desse tipo adoram as mulheres fracas e sem defesa. Eles só aspiram a uma coisa: proteger e defender você. Uma categoria excelente, muito útil e de fácil utilização. Sendo o essencial aí não forçar o lado doentio — os homens desconfiam das mulheres cheias de achaques.

Por duas vezes, Renata desfaleceu por causa do calor e apoiou-se com graça no ombro vigoroso de seu cavaleiro e protetor. Outra vez, não conseguiu abrir a porta da cabine, sua chave estava emperrada na fechadura. À noite, no baile, pediu a Fandórin para protegê-la de um comandante de cavalaria meio embriagado (e perfeitamente inofensivo).

O russo ofereceu amavelmente o ombro, abriu a porta, repeliu o oficial da maneira adequada. Mesmo assim, o patife não deu o menor sinal de estar a fim dela.

Será possível que ele seja da raça dos mastins?, espantou-se Renata. Vendo-o, ninguém diria.

Os homens dessa terceira categoria eram os menos complicados e mostravam-se totalmente desprovidos de imaginação. Só um gesto abertamente provocante, como um tornozelo à mostra por descuido, era capaz de fazê-los reagir. Por outro lado, eram muitos os grandes homens e as sumidades da cultura que pertenciam a essa categoria, de modo que valia a pena tentar.

Com os mastins, inútil vir com rodeios. Renata pediu ao diplomata para passar para vê-la ao meio-dia em ponto. Ela lhe mostraria suas aquarelas (que jamais existiram). Faltando um minuto para o meio-dia, a caçadora já estava na frente do espelho, em trajes menores.

Ouvindo bater à porta, gritou:

— Entre logo, estou farta de esperar!

Fandórin entrou e ficou paralisado à porta. Renata, sem se virar, apresentou-lhe o traseiro e arqueou favoravelmente as costas nuas. As sábias beldades do século XVIII já haviam descoberto que o que os homens achavam mais provocante não era um decote até o umbigo, mas sim uma nuca à mostra e umas costas nuas. Aparentemente, a visão da espinha dorsal vulnerável desperta, nos machos humanos, um instinto carnívoro.

Obviamente, o diplomata não fugia à regra: ele ficou imóvel, olhou, não se virou. Satisfeita com seu efeito, Renata disse num tom caprichoso:

— Até que enfim, Jenny, o que está esperando? Venha me ajudar a colocar meu vestido. Estou esperando um convidado importante a qualquer momento.

Como agiria qualquer homem mortal numa situação daquelas?

O mais atrevido se aproximaria em silêncio e beijaria os macios cachos em seu pescoço.

O homem indefinido, digamos, nem carne nem peixe, lhe teria estendido o vestido rindo timidamente.

Nos dois casos, Renata teria considerado sua caça proveitosa. Fingindo perplexidade, teria corrido com o sem-vergonha dali e ele teria perdido qualquer interesse para ela. Mas a atitude de Fandórin fugiu a qualquer norma.

— Não é Jenny — disse com uma voz odiosamente calma. — Sou eu, Erast Fandórin. Vou e-esperar lá fora, enquanto a senhora se veste.

Em resumo, ou ele era um dos raros representantes dos indivíduos refratários a qualquer sedução, ou tratava-se de um pervertido inconfesso. Nesse caso, as inglesinhas se esforçavam por nada. Só que o olho agudo de Renata não descobrira neste espécime nenhum sinal de perversão. Não fora uma estranha tendência a se isolar em companhia do Totó.

Mas deixemos estas infantilidades. Renata tinha razões muito mais sérias para estar de mau humor.

No exato momento em que ela finalmente se decidiu a mexer seu guisado frio com a ponta da faca, as portas se abriram ruidosamente, e o professor quatro-olhos irrompeu no salão. Ele tinha sempre alguma coisa errada — ora seu paletó estava abotoado torto, ora os cadarços de seus sapatos estavam desamarrados — e, naquele momento, tinha tudo de um espantalho. Barbicha hirsuta, gravata torta, olhos esbugalhados, suspensórios aparecendo por baixo do paletó. Visivelmente, acontecera-lhe algo de muito fora do comum. Renata esqueceu instantaneamente seu desapontamento e fitou com curiosidade o espantalho sábio.

Sweetchild abriu os braços como um astro do balé e gritou:

— Eureca, senhores! O enigma do rajá de Esmeralda está resolvido!

— *Oh no!* — gemeu *Mrs.* Truffo. — *Not again.**

* Ah, não! De novo, não!

— Agora, tudo se encaixa! — declarou o professor começando a dar explicações confusas. — Mas eu estive no palácio, como isso não me ocorreu antes? Eu não parava de quebrar a cabeça, de dar voltas, mas tinha alguma coisa errada! Em Aden, recebi um telegrama de um amigo que trabalha no Ministério do Interior francês. Ele confirmou minhas suposições, mas assim mesmo eu não chegava a compreender por que o olho e, sobretudo, quem podia ser? Enfim sim, genericamente, eu tinha entendido quem, mas como? De que forma? E de repente, isso me vem saltar aos olhos!

Ele se aproximou a passos largos da janela. Levantada pelo vento, a cortina envolveu-o como uma mortalha branca, que o professor repeliu com um gesto impaciente.

— Eu estava dando o nó na gravata, em pé na frente da janela da minha cabine. Olhava as ondas. Crista após crista, até o horizonte. E de repente, a centelha! E tudo se ajustou: a história do lenço, o filho do rajá! O resto é puro trabalho de rotina. Basta consultar as listas da Escola Marítima, a solução está lá!

— Não estou entendendo nada — resmungou o Totó. — Um verdadeiro delírio. Marítima, marítima...

— Mas sim, justamente, aí há algo de muito, muito interessante! — exclamou Renata. — Adoro decifrar enigmas. Só que, professor, meu caro amigo, isso não pode ser assim. Sente-se à mesa, termine seu vinho, recupere o fôlego e conte-nos tudo na ordem, com calma e clareza. E sobretudo, começando pelo princípio e não pelo fim. O senhor é um contador de histórias tão maravilhoso! Mas, primeiro, que alguém traga meu xale, senão vou me resfriar com essa corrente de ar.

— Pronto, vou fechar a janela do lado de onde vem o vento, e a corrente de ar logo vai acabar — propôs Sweetchild. — A senhora tem razão, mais vale recomeçar tudo na ordem.

— Não, não é para fechar, vamos sufocar. Mas, afinal, senhores — disse Renata com sua voz vibrante e caprichosa —, quem vai buscar meu xale na minha cabine? Aqui está a chave, senhor baronete!

O ruivo maluco, bem entendido, não moveu um dedo. Em compensação, Reynier pulou da cadeira.

— Professor, pelo amor de Deus, não comece sem mim! — pediu ele. — Eu volto já.

— *And I'll go get my knitting** — suspirou a mulher do médico.

Ela foi a primeira a voltar, e logo se ouviu o barulho regular das agulhas manejadas com habilidade. Ela fez um sinal com a mão para o marido, significando que ele podia se abster de traduzir.

Quanto a Sweetchild, ele se preparava para saborear seu triunfo. Aparentemente, havia decidido acatar a recomendação de Renata e se preparava para expor suas descobertas administrando seus efeitos da melhor forma possível.

Em volta da mesa, reinava o mais completo silêncio, todos olhavam o orador, atentos a cada um de seus gestos.

Sweetchild molhou os lábios no vinho tinto e começou a percorrer o salão. Depois parou numa pose teatral e, colocando-se de perfil em relação à platéia, começou:

— Já lhes falei desse dia inesquecível em que Bagdassar me convidou ao palácio de Brahmapur. Foi há um quarto de século, mas me lembro de tudo com muita precisão, até os menores detalhes. A primeira coisa que me impressionou foi o palácio em si. Sabendo que Bagdassar era um dos homens mais ricos da terra, eu esperava ver o luxo oriental em todo o seu esplendor. Nada disso! Os prédios que consti-

---

* E eu vou buscar meu tricô.

tuíam o palácio eram, no fundo, modestos, sem nenhum requinte ornamental. Pensei então que esse profundo interesse por pedras preciosas, que, naquela família, se transmite de pai para filho, havia apagado qualquer outra paixão considerada vã. Por que gastar dinheiro erguendo paredes de mármore quando, pela mesma soma, podia-se adquirir mais uma safira ou um diamante? Atarracado, sem graça, o palácio de Brahmapur era parecido com a caixa de terracota dentro da qual estava guardado esse fabuloso condensado de brilho indescritível. De qualquer forma, nenhum mármore e nenhum alabastro poderia rivalizar com a luz ofuscante das pedrarias.

O professor bebeu mais um gole de vinho assumindo um ar sonhador.

Reynier reapareceu, todo esbaforido, pousou respeitosamente o xale nos ombros de Renata e ficou em pé ao lado dela.

— Que mármore, que alabastro? — perguntou em voz baixa.

— É a propósito do palácio de Brahmapur, mas não me impeça de ouvir — disse a jovem com um meneio impaciente do queixo.

— A arrumação interior do palácio era também das mais simples — disse Sweetchild, prosseguindo seu relato. — Ao longo dos séculos, as salas e os quartos foram muitas vezes remanejados e, do ponto de vista histórico, só me pareceu interessante o nível superior, composto de quatro salas, cada qual orientada para um dos pontos cardeais. Estas salas antes eram galerias que davam para fora, mas, no século passado, foram envidraçadas. Na mesma época, as paredes foram decoradas com afrescos absolutamente espantosos, representando as montanhas que cercavam o vale. A paisagem era retratada com um realismo tão incrível que as montanhas pareciam estar refletidas num espelho. Do ponto de vista filosófico, essa impressão de espelho devia simbolizar a dualidade de todas as coisas e...

Em algum lugar, bem próximo, o sino do navio pôs-se a tocar de modo inquietante, ouviram-se gritos, uma mulher deu uivos desesperados.

— Meu Deus, o alarme de incêndio! — exclamou o tenente, precipitando-se para a porta. — Só faltava essa!

Todos foram atrás dele, como um rebanho.

— *What's happening?* — perguntou em vão *Mrs.* Truffo, transtornada. — *Are we boarded by pirates?* *

Renata ficou um instante colada à cadeira, boquiaberta, depois deu um grito angustiado. Agarrou com firmeza a aba do paletó do comissário, impedindo-o de fugir com os outros.

— Sr. Gauche, não me abandone! — implorou. — Sei o que é um incêndio num navio, li em algum lugar! Todos vão se atirar nos botes salva-vidas e começar a se pisotear, e eu, frágil mulher grávida, vou ser repelida a cada passo! Prometa cuidar de mim!

— Mas, afinal, que botes salva-vidas? — resmungou o velho com uma voz perturbada. — Que despropósito é esse? Disseram-me que o *Leviatã* tinha um sistema infalível de proteção contra incêndio e que tinha até seu próprio chefe dos bombeiros. E não trema desse jeito. Tudo vai dar certo.

Ele tentou se soltar, mas Renata se agarrava com obstinação ao seu paletó e batia o queixo.

— Me largue, menina — disse afetuosamente o Totó. — Não vou voar. Só quero ir até a janela, dar uma olhada no convés.

---

* O que está havendo? Estamos sendo atacados por piratas?

Mas, não, os dedos de Renata recusavam-se a abrir.

Todavia, logo pareceu que o comissário tinha razão. Dois ou três minutos depois, no corredor, ecoaram passos sem pressa e um vozerio, depois, um a um, os windsorianos voltaram ao salão.

Eles ainda não haviam se refeito do susto e, por isso, riam muito e falavam mais alto que de hábito.

Os primeiros a entrar foram Clarice Stamp, o casal Truffo e Reynier, todo vermelho.

— É um incidente completamente idiota — declarou o tenente. — Alguém jogou um charuto mal apagado na lixeira, onde havia um jornal velho. O fogo se alastrou para o reposteiro, mas os marinheiros estavam atentos e venceram as chamas em um minuto... Mas, pelo que vejo, vocês estavam todos preparados para o naufrágio — brincou com um olhar mais insistente para Clarice.

Esta segurava sua carteira e uma garrafa de laranjada.

— A laranjada, muito bem, para não morrer de sede no meio das ondas — avaliou Reynier. — Mas por que uma carteira? Não poderia lhe servir para muita coisa no bote.

Renata deu uma risada histérica, enquanto a senhorita solteirona, constrangida, pousou a garrafa na mesa.

O médico e sua mulher estavam também equipados dos pés a cabeça: *Mr.* Truffo tivera tempo de pegar o saco com seus instrumentos médicos, enquanto sua mulher apertava um cobertor junto ao peito.

— Estamos no oceano Índico, a senhora não corre muito risco de sentir frio — disse Reynier sério.

Mas, sem entender, a cabra contentou-se com um movimento de cabeça aturdido.

O japonês apareceu então, munido de uma trouxinha estufada. O que poderia haver lá dentro? Uma maleta de viagem para fazer haraquiri?

O Biruta entrou, cabelos arrepiados, segurando um estojo. Um desses estojos que habitualmente contêm tudo o que é necessário para escrever.

— Para quem pretende escrever, Sr. Milford-Stoakes? Ah, sim, eu entendo! Quando *Miss* Stamp terminar a laranjada, o senhor vai botar a carta dentro da garrafa vazia e jogá-la no mar — continuou brincando o tenente, que o visível alívio levava ao excesso.

Todo o grupo estava agora completo, com exceção do professor e do diplomata.

— O Sr. Sweetchild sem dúvida está empacotando os trabalhos científicos dele, e o senhor russo, acendendo o samovar para um último chazinho — disse Renata, contagiada pelo humor alegre do tenente.

E falando no diabo... O russo entrou e parou junto à porta. Seu belo rosto mais sombrio que uma nuvem de tempestade.

— Muito bem, Sr. Fandórin, o senhor decidiu levar seu prêmio consigo no bote salva-vidas? — provocou-o Renata.

Todos desataram a rir, mas o russo não gostou muito da brincadeira (aliás, muito espirituosa).

— Comissário Gauche — disse ele baixinho. — Se não for incômodo, quer fazer o favor de vir até o corredor. E depressa.

Curioso: ao dizer essas palavras, o diplomata não gaguejou uma só vez. O choque nervoso o teria curado? São coisas que acontecem.

Renata já ia fazer uma brincadeira a propósito disso, mas se calou. Talvez não devesse exagerar muito.

— Por que esta precipitação? — perguntou o Totó, contrariado. — Mais cochichos. — Depois, rapaz, depois. Quero primeiro ouvir o professor até o fim. Mas onde diabos ele se escondeu?

O russo olhava o comissário com um ar insistente. Depois, tendo compreendido que o velho teimoso não tinha a menor intenção de ir até o corredor, deu de ombros e disse laconicamente:

— O professor não vem.

Gauche franziu as sobrancelhas.

— E por quê?

— Como, não vem? — revoltou-se Renata. — Mas ele parou na hora mais interessante! Não é justo!

— O Sr. Sweetchild acaba de ser assassinado — declarou secamente o diplomata.

— O quê?! — rugiu o Totó. — Assassinado?! Como, assassinado?!

— Com um escalpelo, suponho — respondeu o russo com um sangue-frio surpreendente. — Teve a garganta cortada com uma precisão excepcional.

Comissário Gauche

— Quando afinal vão nos deixar desembarcar? — perguntou em tom de queixa a Sra. Kléber. — Os outros todos já estão passeando em Bombaim, e nós continuamos aqui, esperando sentados...

As cortinas nas janelas estavam cerradas, pois o sol, chegando ao zênite, esquentara o convés e tornara o ar incandescente. Apesar do calor sufocante que reinava no Windsor, todos permaneciam pacientemente em seus lugares, à espera do desfecho.

Gauche tirou o relógio da algibeira — uma gratificação, ornada do perfil de Napoleão III — e respondeu de forma nebulosa:

— Já vai, senhoras e senhores. Eu os soltarei logo. Mas não todos.

Só ele sabia o que esperava: o inspetor Jackson e seus homens estavam procedendo à busca. A arma do crime jazia sem dúvida no fundo do mar, mas talvez tivessem ficado provas. Deviam ter ficado. Decerto, as provas circunstanciais poderiam bastar, mas provas diretas sempre tinham mais valor. Já era hora de Jackson aparecer...

O *Leviatã* atracara em Bombaim quando o dia raiava. Desde a noite da véspera, todos os windsorianos ficaram confinados em suas cabines. Chegando ao porto, Gauche conversou com os representantes das autoridades, anunciou-lhes suas conclusões e pediu-lhes apoio. Imediatamente, enviaram-lhe Jackson, com uma equipe de agentes. Ande, Jackson, mexa-se, dissera a si mesmo Gauche, acelerando mentalmente o inspetor, muito lento para seu gosto. Após uma noite insone, sua cabeça fervia e seu estômago estava embrulhado. Mas ele não estava de mau humor: deslindara o novelo e, desta vez, enxergava a ponta do fio da meada.

Às oito e meia, após ter acertado tudo com a polícia local e arranjado tempo para passar no telégrafo, Gauche confinara todo mundo no Windsor, a fim de facilitar a busca. Não poupara sequer a mulher grávida, embora esta se encontrasse ao seu lado na hora do crime e não pudesse ter degolado o professor de jeito algum. E agora, havia mais de três horas que o comissário guardava seus prisioneiros. Ele se instalara no ponto estratégico, numa confortável poltrona em frente a seu *cliente*, enquanto atrás da porta, sem serem vistos do salão, estavam dois policiais armados.

No salão, a conversa murchava, os prisioneiros transpiravam e se enervavam. De vez em quando, Reynier vinha dar uma espiada, fazia um movimento de cabeça compassivo para Renata, depois tornava a ir tratar de seus afazeres. Por duas vezes, o capitão veio vê-los, mas nada disse, contentando-se em fulminar o comissário com os olhos. Como se o velho Gauche tivesse alguma coisa a ver com aquela encrenca!

À mesa, a cadeira vazia do professor fazia o efeito de um dente arrancado. O indianista havia desembarcado e, por ora, repousava na geladeira do necrotério municipal de Bombaim. Imaginando a penumbra dos blocos de gelo, Gauche quase sentia inveja do falecido. Ele estava deitado tranqüilamente, tendo deixado todas as preocupações para trás e sem um colarinho empapado para lhe cortar o pescoço...

O comissário olhou o Dr. Truffo, que também não parecia estar muito satisfeito: sua cara bronzeada pingava de suor, e a fúria inglesa estava constantemente cochichando algo no ouvido do pobre mártir.

— Por que o senhor me olha assim? — explodiu Truffo, surpreendendo o olhar do policial. — Para que me fita o tempo todo? Isso acaba sendo exasperante! Com que direito? Posso me orgulhar de 15 anos de bons e leais serviços... — Ele estava prestes a soluçar. — Tudo por causa do escalpelo, hein? Qualquer um poderia fazer isso!

— Por que efetivamente usaram um escalpelo? — perguntou timidamente a Srta. Stamp.

Desde que estavam ali, era a primeira menção ao drama.

— Sim, só um excelente escalpelo pode fazer um corte tão certo — respondeu Truffo, furioso. — Examinei o corpo. Obviamente, alguém agarrou Sweetchild por trás, tapou-lhe a boca com uma das mãos, enquanto, com a outra, o sangrava como um porco. A parede do corredor estava respingada de sangue, até uma altura um pouco maior que a de uma pessoa. Isso porque seguraram a cabeça dele para trás...

— Um ato desses não exige uma força especial? — perguntou o russo (mais um que descobrira uma vocação de criminalista). — Ou a surpresa foi suficiente?

O médico deu de ombros, abatido.

— Não sei, meu senhor. Nunca experimentei.

Ah, finalmente! A porta se entreabriu, e no vão apareceu o vulto esguio do inspetor. Fez um sinal com o dedo chamando Gauche, mas este já se arrancara de sua poltrona, gemendo.

No corredor, uma grata surpresa esperava o comissário. Tudo se arranjava da melhor maneira! Rigor, eficiência... trabalho de artista. E agora, diretamente para o tribunal. Não haveria um só advogado para derrubar provas semelhantes. Decididamente, o velho Gauche podia ensinar algo a qualquer rapazinho. Quanto a Jackson, parabéns, ele se saíra bem.

Voltaram os quatro para o salão: o capitão, Reynier, Jackson e Gauche fechando a retaguarda. Sentia-se tão bem naquele momento que se pôs a cantarolar uma música. Sua dor de estômago quase desaparecera.

— Pois bem, acabou-se, minha gente — anunciou alegremente Gauche, indo se colocar no meio do salão.

Cruzou as mãos atrás das costas e balançou-se ligeiramente nos calcanhares. Apesar de tudo, era agradável sentir-se uma pessoa importante, e até, em certa medida, senhor dos destinos. O caminho fora longo e árduo, mas ele vencera. Restava o mais agradável.

— O velho Gauche teve de quebrar bastante a cabeça encanecida, mas não adianta confundir as pistas, apesar de tudo, o velho tira fareja a toca da raposa. Matando o professor Sweetchild, o criminoso se revelou definitivamente, era um ato desesperado. Mas acho que, em seu interrogatório, o assassino ainda terá muito a me ensinar, a propósito do lenço indiano e de muitas coisas mais. Na verdade, faço questão de agradecer ao senhor diplomata russo que, por alguns de seus comentários e perguntas, inconscientemente, me ajudou a tomar o rumo certo.

Neste instante de triunfo, Gauche podia se dar ao luxo de ser magnânimo. Fez um sinal de cabeça condescendente para Fandórin. Este fez uma pequena mesura, sem dizer nada. Eram verdadeiramente odiosos esses aristocratas, com suas afetações. Tinham arrogância de sobra, mas era impossível tirar deles uma palavra humana.

— Não continuarei a viagem com vocês. Como se diz, obrigado pela companhia, mas não se deve abusar das coisas boas. O assassino também desembarcará, depois que eu o entregar aqui mesmo ao inspetor Jackson.

A platéia olhou com interesse o varapau de cara sombria que conservava as mãos nos bolsos.

— Estou feliz que este pesadelo tenha ficado para trás — disse o capitão Cliff. — Sei que vocês devem ter passado por muitos desprazeres, mas agora está tudo arranjado. Se quiserem, o garçom-chefe os distribuirá em outros salões. Espero que a continuação de sua viagem a bordo de nosso *Leviatã* os ajude a esquecer esta história penosa.

— Isso me espantaria — respondeu a Sra. Kléber em nome de todos. — Com todas essas contrariedades, nosso cruzeiro está definitivamente estragado! Mas não nos faça esperar, comissário, diga logo quem é o assassino.

O capitão estava prestes a acrescentar algo, mas Gauche ergueu a mão em sinal de advertência: cabia a ele, e só a ele, falar. Ele merecia.

— Confesso que, no início, eu suspeitava de todos vocês. O processo de eliminação foi longo e penoso. Agora posso lhes dar uma informação importante: perto do cadáver de lorde Littleby, encontramos o distintivo de ouro do *Leviatã*. Vejam, este aqui — disse dando tapinhas na insígnia presa em sua lapela. — Esta coisinha pertence ao assassino. Como sabem, a insígnia de ouro foi enviada exclusivamente aos oficiais superiores do navio e aos passageiros de primeira classe. Os oficiais foram logo excluídos do círculo de suspeitos, pois todos usavam o emblema e nenhum se apresentou à companhia de navegação para pedir outro com o pretexto de ter perdido o primeiro. Em compensação, quatro passageiros não o tinham: a Srta. Stamp, a Sra. Kléber, o Sr. Milford-Stoakes e o Sr. Aono. Portanto, era nestes quatro personagens que eu estava de olho. O Dr. Truffo está aqui porque, sendo médico, não precisava ter o emblema, a Sra. Truffo, porque não se separam casais casados, e o senhor diplomata russo, porque é esnobe e receava que, se usasse a insígnia, ficaria parecendo um porteiro.

O comissário acendeu o charuto e pôs-se a percorrer o salão.

— Aqui devo me corrigir. Logo no início, suspeitei do baronete, mas recebi a tempo uma informação sobre sua... situação e escolhi outro alvo. A senhora — disse, virando-se para a Srta. Stamp.

— Eu tinha reparado — replicou ela com dignidade. — Só que eu não conseguia entender bem o que me tornava tão suspeita.

— É mesmo? — espantou-se Gauche. — Primeiro, tudo indicava que a senhora havia enriquecido recentemente. O que, em si, já é suspeito. Segundo, a senhora mentiu afirmando que nunca havia posto os pés em Paris. Pois, em seu leque, em letras douradas, estava escrito "Hôtel Ambassador". Certo, a senhora parou de aparecer com esse leque, mas Gauche não é cego. Ele logo notou este pequeno detalhe. Os grandes hotéis oferecem esse gênero de brinde como lembrança a seus clientes. Mas o Ambassador fica exatamente na *rue* de Grenelle, a cinco minutos a pé do local do crime. O hotel é elegante, grande, um mundo de gente se hospeda lá, por que a Srta. Stamp andaria com segredinhos?, eu me perguntei. Há algo que não cheira bem. Por outro lado, essa Marie Sanfon andava na minha cabeça... — O comissário dirigiu a Clarice Stamp um sorriso que desarmava. — O que querem, andei em ziguezague, em círculos, mas acabei encontrando a pista certa, de modo que a senhorita não deve ficar com muita raiva de mim.

Foi então que Gauche reparou que o baronete de cabelos ruivos ficara branco como papel: sua mandíbula tremia, seus olhinhos verdes lançavam olhares assassinos.

— Qual é exatamente... a minha "situação"? — perguntou ele lentamente, bufando de raiva. — A que está se referindo, seu tira?

— Devagar, devagar — disse Gauche com um gesto apaziguador. — Antes de tudo, acalme-se. O senhor não precisa ficar aflito. Uma situação ou outra, quem tem alguma coisa com isso? Já lhe disse que o tirei da minha lista de suspeitos. A propósito, onde está seu distintivo?

— Joguei-o fora — respondeu secamente o baronete, continuando a fulminar o comissário com os olhos. — É um horror! Parece uma sanguessuga! E além do mais...

— E além do mais, não ficava bem o baronete Milford-Stoakes usar a mesma porcaria que qualquer novo-rico, é isso? — observou o comissário, perspicaz. — Outro esnobe.

Aparentemente, a Srta. Stamp considerava-se igualmente ofendida:

— Comissário, o senhor descreveu com muita graça que a minha pessoa era suspeita. Eu lhe agradeço — disse, sarcástica, empinando o queixo pontudo. — Mas assim mesmo acabou reconsiderando.

— Em Aden, enviei à polícia municipal toda uma série de perguntas por telégrafo. Não recebi logo as respostas, pois era preciso tempo para reunir as informações, mas, em Bombaim, muitos despachos me esperavam. Um deles era sobre a senhorita. Agora sei que, desde os 14 anos, após a morte de seus pais, a senhorita vivia no campo, em casa de uma tia distante. Ela era rica, mas avarenta. Fez da senhorita a acompanhante dela e a obrigava a cortar um dobrado, deixando-a praticamente a pão e água.

A inglesa ficou vermelha. Nitidamente, ficou com raiva de si mesma por ter feito aquele comentário. Isso ainda não é nada, minha filha, pensou Gauche, agora é que você vai poder corar.

— Há uns dois meses, a velha morre, e a senhorita fica sabendo que ela lhe deixou toda a sua fortuna. Não é de espantar que, após tantos anos de reclusão, a senhorita tenha tido vontade de ver outras coisas, de dar a volta ao mundo. É provável que não conheça nada da vida fora o que leu nos livros.

— Mas por que escondeu o fato de que foi a Paris? — perguntou de repente a Sra. Kléber. — Porque o hotel dela ficava na mesma rua onde um monte de gente foi assassinada? Ela temia que suspeitassem dela, é isso?

— Não — respondeu Gauche com um sorriso malicioso. — A questão não é essa. Depois de ficar rica de uma hora para outra, a Srta. Stamp fez o que faria qualquer mulher no lugar dela: foi conhecer Paris, capital do mundo. A Cidade Luz com suas maravilhas, suas lojas na última moda e, digamos... suas aventuras românticas.

A inglesa apertou as mãos nervosamente, seu olhar ficou suplicante, mas já não era possível deter Gauche. Ele iria ensinar a chata daquela *milady* a não bancar a valentona com um comissário da polícia parisiense.

— E quanto ao romantismo, a Srta. Stamp foi mal-acostumada. No hotel Ambassador, conheceu um cavalheiro galante, deslumbrante, fichado na polícia sob a alcunha de "Vampiro". Um indivíduo conhecido por se especializar em estrangeiras ricas já maduras. Foi a explosão de uma paixão fulgurante que, como sempre com o Vampiro, terminou sem aviso prévio. Um belo dia, a 13 de março para ser preciso, a senhora acordou, sozinha em sua cama, sem reconhecer seu quarto: estava depenado. Seu doce amigo levou tudo menos os móveis. Enviaram-me a lista dos objetos que lhe foram roubados. — Gauche deu uma olhada na pasta. — Sob o número 38 está indicado "broche em forma de baleia". Lendo isso, compreendi logo por que a Srta. Stamp preferia esquecer Paris.

A pobre idiota dava pena ver. Tapava o rosto com as mãos. Seus ombros sacudiam com soluços.

— Eu não suspeitava seriamente da Sra. Kléber — prosseguiu Gauche, passando ao item seguinte de sua ordem do dia. — Mesmo que ela nunca tenha conseguido explicar bem a ausência da insígnia dela.

— E por que não fez caso da minha infolmação? — perguntou de repente o japonês. — No entanto eu lhe disse uma coisa impoltantíssima.

— Não fiz caso? — disse o comissário virando-se bruscamente para quem acabava de dizer estas palavras. — Absolutamente. Tive uma conversa com a Sra. Kléber, e ela me deu explicações exaustivas. Foi tão difícil para ela suportar o princípio da gravidez que o médico lhe havia receitado... determinados analgésicos. Em seguida, as indisposições desapareceram, mas a pobrezinha já estava sob o jugo do produto, que usava para nervoso ou ainda para insônia. As doses aumentavam, o hábito pernicioso se instalava. Falei com a Sra. Kléber como um pai, e, na minha frente, ela jogou aquela porcaria no mar. — Gauche lançou um olhar falsamente severo a Renata, que ostentava uma tromba de menina flagrada fazendo coisa errada. — Mas atenção, menina, você deu sua palavra de honra ao velho Gauche.

Renata baixou os olhos e concordou com um movimento de cabeça.

— Ah, mas que delicadeza comovente para com a Sra. Kléber! — explodiu Clarice. — E por que motivo eu não fui poupada, seu policial? O senhor me envergonhou na frente de todo mundo!

Mas Gauche tinha outra coisa em mente: não desgrudava os olhos do japonês, e seu olhar era pesado, tenaz. Escolado, Jackson compreendeu sem precisar de palavras: era a hora. Sua mão saiu do bolso, e não estava vazia: o aço escuro de um revólver reluzia ali com um brilho sinistro. O cano estava apontado para a testa do asiático.

— Vocês, japoneses, nos consideram macacos de pêlos ruços? — perguntou Gauche com maldade. — Ouvi dizer que é assim que chamam os europeus, não é verdade? Somos bárbaros cabeludos, é isso? Vocês são espertos, refinados, cultíssimos, e os brancos não lhes chegam aos pés! — O comissário inflou as bochechas com um ar zombeteiro e soltou de lado uma nuvem de fumaça. — Liquidar dez macacos é uma ninharia, não tem nada de repreensível na terra de vocês.

Aono se levantou, a cara como que petrificada.

— O senhô me acusa de tê matado lode Littleby e os vassalos dele... qué dizê, os cliados? — perguntou o asiático com uma voz neutra, apagada. — Em nome de que me acusa?

— De tudo, meu amigo, da ciência criminal em seu conjunto — disse com autoridade o comissário.

Depois Gauche deixou de lado o japonês, pois o discurso que se preparava para fazer não era destinado a esse aborto amarelo de cabeça de iguana, mas à História. E, em pouco tempo, poderia ser encontrado impresso nos manuais de criminologia!

— Para começar, senhores, vou expor os fatos circunstanciais que provam que esse homem *podia* cometer os crimes de que o acuso. (Ah, não é aqui, diante de uma platéia de dez pessoas que esse discurso deveria ser feito, mas no Palácio da Justiça, diante de uma sala cheia!) Em seguida, vou lhes apresentar as provas absolutamente irrefutáveis de que o Sr. Aono não só podia ser, mas efetivamente é o autor do assassinato de 11 pessoas: dez, em 15 de março na *rue* de Grenelle, e uma ontem, 14 de abril, a bordo do vapor *Leviatã.*

Enquanto ele falava, formara-se um vazio em volta de Aono. Só o russo ficara sentado ao lado do acusado. O inspetor, por sua vez, mantinha-se ligeiramente atrás, o revólver pronto para atirar.

— Espero que não haja dúvida para ninguém de que a morte do professor Sweetchild está diretamente ligada ao crime da *rue* de Grenelle. Como meu inquérito demonstrou, o objetivo deste ato criminoso não era o roubo do Shiva de ouro, mas sim do lenço de seda — Gauche franziu o cenho com um ar severo: sim, sim, o inquérito, e é inútil torcer o nariz, seu diplomata —, chave do tesouro escondido de Bagdassar, antigo rajá de Brahmapur. Não se sabe ainda como o acusado conheceu o segredo do lenço. Todos sabemos que o Oriente guarda muitos mistérios inacessíveis a nós, europeus. Mas, autêntico conhecedor do Oriente, o finado professor conseguiu decifrar o enigma. Até estava prestes a compartilhar conosco sua descoberta quando, de repente, soou o alarme. O criminoso, sem dúvida, sentiu que era o destino que lhe dava esta maravilhosa oportunidade de calar Sweetchild. E, de novo, sem ser visto, como na *rue* de Grenelle. Mas o assassino descuidou de um ponto fundamental. Desta vez, o comissário Gauche estava por perto, e, com ele, esse gênero de truque mágico não funciona. A empreitada era arriscada, mas sem chance de sucesso. O assassino sabia que a primeira coisa que o sábio faria era ir correndo ao camarote salvar sua papelada... quero dizer, seus manuscritos. Foi ali, na virada do corredor, que o assassino se entregou à sua vil tarefa. E agora, eis o fato circunstancial número um — disse o comissário levantando o polegar. — O Sr. Aono saiu correndo do salão, portanto tinha possibilidade de cometer o crime.

— Eu não ela o único — objetou o japonês. — Outlas seis pessoas saílam colendo do salão: o senhô Leynier, o senhô e a senhola Tluffo, o senhô Fandoline, o senhô Milfod-Stoakes e a senholita Stampo.

— Exatamente — reconheceu Gauche. — Mas eu só queria demonstrar aos jurados, quer dizer, aos presentes, a ligação que existe entre os dois crimes, assim como a *possibilidade* de que o senhor tenha cometido o crime de ontem. E agora, voltemos ao "crime do século". Nesse período, o Sr. Aono estava em Paris. Esse fato não está sujeito à menor dúvida. Foi confirmado por um despacho.

— Fola eu, em Palis, havia mais um milhão e meio de pessoas — ressaltou o japonês.

— Isso não impede que este seja o fato circunstancial número dois — disse o comissário com uma bonomia fingida, no final das contas, levando a melhor.

— Cicunstancial demais — objetou logo o japonês.

— Concordo — disse Gauche enchendo o cachimbo antes de andar com o peão seguinte. — No entanto, a injeção que matou os criados de lorde Littleby era coisa de médico. Mas não há um milhão e meio de médicos em Paris, mas muito menos, não é verdade?

Ninguém pensou em contestar essa afirmação. O capitão Cliff perguntou:

— Certo, mas qual a relação?

— Isso tem como relação, senhor capitão — explicou Gauche, os olhos brilhando —, que nosso amigo não é oficial, como se apresentou a nós, mas sim cirurgião, recém-formado pela faculdade de medicina de Paris! Esta informação também constava do despacho que mencionei.

Pose teatral. Vozerio abafado na sala do Palácio da Justiça, chiado de lápis nas cadernetas de esboço dos desenhistas judiciários: "O comissário Gauche tira seu trunfo principal." Paciência, meus caros, ainda não é o trunfo principal, mas ele já vem.

— E agora, minhas senhoras e meus senhores, passemos dos fatos circunstanciais às provas. Que o senhor Aono nos explique por que ele, médico, representante de uma profissão tão respeitável quanto prestigiosa, precisou se fazer passar por oficial. Por que motivo a mentira?

Ao longo da têmpora cerosa do japonês, rolou uma gota de suor. Aono se calou. Não ia demorar muito a fraquejar.

— Só há uma resposta: para desviar as suspeitas. Porque o assassino era médico! — resumiu o comissário, satisfeito consigo mesmo. — E, agora, a prova número dois. Já tiveram a oportunidade de ouvir falar na luta japonesa?

— Não só de ouvir falar, mas de ver — disse o capitão. — Uma vez, em Macau, vi um navegador japonês levar a melhor sobre três marujos americanos. Ele era tão frágil, que dava a impressão de que bastava um sopro para derrubá-lo. Mas começou a pular, agitando os braços e as pernas, e nocauteou os três pescadores de baleia bem avantajados. Com o lado da mão, bateu com tanta força no braço de um deles, que destroncou o cotovelo do sujeito, vocês se dão conta? Para um golpe, era um senhor golpe!

Gauche concordou com um sinal de cabeça.

— Eu também ouvi dizer que os japoneses têm o segredo da luta corpo-a-corpo, a arte de matar sem nenhuma arma. Com uma simples pressão do dedo, eles despacham um homem para o outro mundo. Todos tivemos muitas oportunidades de ver o Sr. Aono fazer sua ginástica. Na cabine dele, embaixo da cama, foram encontrados pedaços de abóboras quebradas. De casca duríssima. Havia ali também algumas inteiras, dentro de um saco. Evidentemente, o acusado as usava para treinar a força e a precisão dos golpes. É difícil para mim imaginar a força necessária para quebrar com a mão uma abóbora tão resistente, ainda mais em vários pedaços...

O comissário correu um olhar eloqüente pela platéia, depois soltou sua prova número dois:

— Eu lhes lembro, minhas senhoras e meus senhores, que o crânio do infeliz lorde Littleby foi quebrado em vários pedaços por um golpe de uma força excepcional, aplicado com um objeto pesado e contundente. E agora, olhem só os lados calejados das mãos do acusado.

O japonês apressou-se em retirar da mesa suas mãos curtas e nodosas.

— Não desgrude os olhos dele, Jackson. Este homem é muito perigoso — avisou Gauche. — Ao menor gesto, atire na perna ou no ombro. E agora, eu pediria ao Sr. Aono para me contar o que fez com seu distintivo de ouro. O senhor não diz nada? Neste caso, eu mesmo responderei à pergunta: foi lorde Littleby quem lhe arrancou o distintivo do peito no exato momento em que, com o lado da mão, o senhor lhe dava um golpe mortal na cabeça!

Aono entreabriu a boca como para dizer algo, mas, em vez disso, mordeu o lábio com os dentes sólidos e mal alinhados, depois fechou os olhos. Seu semblante assumiu uma expressão de desinteresse estranha.

— Pode-se reconstituir a cena do crime da *rue* de Grenelle da seguinte maneira — prosseguiu Gauche, anunciando suas conclusões. — Na noite de 15 de março, Gintaro Aono apresentou-se no palacete de lorde Littleby, com a intenção premeditada de liquidar todos os ocupantes da casa e se apoderar do lenço triangular que pertencia à coleção do dono da casa. Ele já tinha um lugar reservado no *Leviatã,* que deveria deixar Southampton dali a quatro dias. Obviamente, o acusado partia para a Índia em busca do tesouro de Brahmapur. Não sabemos como chegou a convencer os criados a se submeterem à "vacinação contra o cólera". É muito provável que lhes tenha apresentado um documento falso pretensamente emitido pela prefeitura. Tudo isso podia parecer perfeitamente plausível pois, como indica o despacho que recebi, os estudantes do último ano de medicina, com muita freqüência, são requisitados para a operação de medidas profiláticas de massa. Como a faculdade de medicina conta com um número não desprezível de asiáticos entre seus estudantes e seus internos, a pele amarela do visitante noturno não deve ter despertado suspeitas nos infelizes criados. O mais monstruoso de tudo é a crueldade desumana com que as duas criancinhas inocentes foram massacradas. Tenho, minhas senhoras e meus senhores, uma certa experiência no convívio com o refugo da sociedade. Há vagabundos capazes de, num ataque de fúria, jogar um bebê numa lareira acesa, mas tamanha monstruosidade calculada com frieza e cometida sem nenhum estremecimento da mão... Não, reconheçam, senhores, que há aí algo que não é francês, nem europeu, aliás.

— Exatamente! — exclamou Reynier irado, apoiado sinceramente pelo Dr. Truffo.

— A continuação é simples — prosseguiu Gauche. — Após se ter certificado de que os criados envenenados por suas injeções haviam caído no sono, do qual nunca mais deviam sair, o assassino, com a maior das calmas, subiu ao primeiro andar, na sala onde estava guardada a coleção, e pôs mãos à obra. Convencido, naturalmente, de que o dono da casa não estava. Ora, derrubado por uma crise de gota, em vez de estar em Spa, o infeliz lorde estava em casa. Ao ouvir o barulho de vidro quebrado, ele entrou na sala, onde foi assassinado da maneira mais bárbara que há. Este imprevisto fez o assassino perder o sangue-frio diabólico. Sem dúvida, inicialmente, ele tivera a intenção de levar várias peças expostas para não chamar atenção para o famoso lenço, só que, agora, era preciso andar depressa. Quem sabe, talvez, antes de morrer, o lorde tenha gritado e o assassino tenha temido que os transeuntes ouvissem. Seja como for, ele pegou o Shiva, que não servia para outra coisa senão embaralhar as pistas, e fugiu correndo, sem nem reparar que seu distintivo do *Leviatã* ficara na mão de sua vítima. Para enganar os investigadores, Aono saiu pela janela da estufa de cítricos... Mas, não, não foi por isso! — exclamou Gauche batendo na testa. — Como não pensei nessa hipótese antes! Ele não podia sair pela porta por causa dos gritos. Nada dizia que alguns transeuntes já não estivessem aglomerados em frente à entrada! Eis a razão pela qual Aono quebrou a vidraça da estufa de cítricos, saltou para o jardim e fugiu pulando a cerca. Mas ele se afligiu sem razão: àquela hora da noite, a *rue* de Grenelle estava deserta. Mesmo se tivesse havido efetivamente gritos, não havia ninguém ali para ouvir...

A impressionável Sra. Kléber deu um soluço. A Sra. Truffo acabou de ouvir a tradução e, emocionada até as lágrimas, assoou o nariz.

Convincente, concreto, indiscutível, pensou Gauche. As provas e as hipóteses do inquérito se completam perfeitamente. Isso posto, rapazes, vocês ainda não acabaram de ouvir as surpresas que este bom velho Gustave lhes reservou.

— Vamos agora ao assassinato do professor Sweetchild. Como o acusado justamente observou, fora ele, outras seis pessoas poderiam tê-lo cometido. Calma, calma, minha gente! — disse Gauche, levantando a mão para conter os protestos. — Já vou demonstrar que vocês não mataram o professor, que o criminoso não é outro senão nosso amigo de olhos puxados.

O diabólico asiático estava completamente petrificado. Ele adormecera ou o quê? Ou rezava ao deus japonês? Pois bem, meu rapaz, pode rezar o quanto quiser, isso não impede que você esteja pronto para a guilhotina.

Foi então que, de repente, uma idéia muito desagradável ocorreu ao comissário. E se os ingleses lhe garfassem o japonês pelo assassinato de Sweetchild? Afinal de contas, o professor era cidadão britânico! Nesse caso, o assassino seria julgado perante um tribunal britânico e, em vez da velha e boa guilhotina francesa, era a forca inglesa que o esperava. Tudo menos isso! Quem queria saber de um processo no estrangeiro? O "crime do século" deveria ser julgado no Palácio da Justiça e em nenhum outro lugar! Pouco importava que Sweetchild tivesse sido assassinado a bordo de um navio inglês! Havia dez cadáveres em Paris e, aqui, só um. Sem contar que o vapor não era uma propriedade exclusivamente britânica, pertencia a um consórcio misto franco-inglês!

Gauche estava tão aflito que perdera o fio da meada. Ah, sim, vocês podem correr, pensou, não há hipótese de eu lhes ceder meu cliente. Vou agora mesmo acabar com essa comédia, e direto ao cônsul da França. E eu mesmo é que vou levar o assassino para a nossa terra. Imediatamente, ele visualizou uma cena: o porto do Havre cheio de gente, as autoridades policiais, os jornalistas...

Mas, enquanto isso, era preciso fechar o inquérito.

— Que o inspetor Jackson nos exponha os resultados da busca efetuada sob sua supervisão na cabine do acusado.

Com um gesto, Gauche convidou Jackson a tomar a palavra.

Este, conciso e profissional, começou a exposição em inglês, mas o comissário logo acabou com aquilo:

— É a polícia francesa que dirige o inquérito — disse severamente —, e a língua oficial deste caso é francês. Além do mais, meu senhor, nem todo mundo aqui entende a sua língua. E sobretudo, não tenho certeza de que o acusado domine o inglês. Ora, reconheça que ele tem o direito de saber dos resultados de suas investigações.

Este protesto era uma questão de princípio: desde o início era necessário botar os ingleses no lugar deles. Que soubessem que, nesse caso, eles não eram os primeiros.

Reynier se ofereceu para fazer o papel de intérprete. Postou-se perto do inglês, traduzindo à medida que iam sendo ditas as frases curtas e cortadas, que ele enfeitava de entonações teatrais e gestos eloqüentes.

— Conforme as instruções recebidas, procedeu-se a uma busca. Na cabine número 24. Identidade do passageiro: Gintaro Aono. Operamos segundo as "Regras de procedimentos relativas à busca em locais fechados". Aposento triangular de uma superfície de 60 metros quadrados. Foi dividido em 20 quadrados horizontais e 44 verticais. — O tenente pediu explicações, que foram retransmitidas: — Decompõem-se igualmente as paredes em quadrados, depois sonda-se a parede para descobrir eventuais esconderijos. Mesmo se nos perguntarmos que esconderijos poderia haver numa cabine de navio... A busca foi realizada de forma metódica: primeiro verticalmente, em seguida, horizontalmente. Não se encontrou nenhum outro esconderijo nas paredes. — Aí, Reynier abriu os braços como quem diz: como se alguém imaginasse outra coisa. — Na inspeção da superfície horizontal, os seguintes objetos foram capturados e anexados à pasta. Um: documentos escritos em ideogramas. Eles serão traduzidos e estudados. Dois: um comprido punhal de tipo asiático com uma lâmina extremamente afiada. Três: um saco com 11 abóboras provenientes do Egito. Quatro: embaixo da cama, pedaços de abóboras. E, finalmente, cinco, um saco de viagem com instrumentos cirúrgicos. O estojo reservado a um grande escalpelo estava vazio.

O auditório deixou escapar um "ah!" O japonês abriu os olhos, olhou rapidamente para o comissário, mas, de novo, nada disse.

Ele está prestes a ceder, pensou Gauche. Erradamente. Sem se levantar da cadeira, o asiático virou-se de repente para o inspetor em pé atrás dele e, com um gesto incisivo, golpeou de baixo para cima a mão que segurava o revólver. Enquanto a arma descrevia um arco pitoresco no ar, o japonês, rápido como um raio, correu para a porta. Abriu-a de um golpe e... bateu com o peito em duas pistolas: as dos policiais que montavam guarda no corredor. No segundo seguinte, tendo terminado sua trajetória, o revólver do inspetor caiu bem no meio da mesa e disparou com um barulho ensurdecedor. Um tilintar, um grito lancinante, fumaça.

Gauche avaliou rapidamente a situação: o acusado recuava em direção à sua cadeira; *Mrs.* Truffo desmaiara; não se viam outras vítimas; o Big Ben ostentava um furo embaixo do mostrador, os ponteiros haviam parado. As horas soavam. As senhoras davam gritos esganiçados. Mas, no todo, a situação estava sob controle.

Quando o japonês foi colocado novamente na cadeira e, por precaução, algemado, quando a mulher do médico foi reanimada, e cada um voltou ao seu lugar, o comissário sorriu e disse com um sangue-frio um tanto afetado:

— Acabam de assistir, senhores jurados, à cena das confissões. Confissões feitas, é verdade, de uma forma bastante inusitada.

Ele reiterara o lapso a respeito dos jurados, mas, desta vez, não se corrigiu. Era melhor assim, já que era um ensaio...

— Era a última das provas, a última e a mais direta que pode haver — concluiu Gauche satisfeito. — E para você, Jackson, uma reprimenda. Eu lhe avisei que esse homem era perigoso.

O inspetor estava vermelho como um camarão. Que ele aprenda a ficar no seu lugar.

Em suma, tudo se arranjava da melhor maneira possível.

O japonês estava sentado com três canos apontados para ele, as mãos algemadas apertadas no peito. Tornara a fechar os olhos.

— É só, inspetor. Pode levá-lo. Enquanto isso, que ele fique por uns tempos com o senhor, em cana. Depois, quando terminarem as formalidades, eu me encarrego de levá-lo para a França. Adeus, minhas senhoras e meus senhores. O velho Gauche desembarca e lhes deseja uma excelente viagem.

— Receio, c-comissário, que tenha de ficar conosco — disse o russo num tom normal.

No primeiro momento, Gauche julgou ter entendido mal.

— Como?

— O Sr. Aono não é culpado de nada, e o inquérito terá de continuar.

Gauche devia estar com cara de idiota total: os olhos lhe saltavam das órbitas, o sangue lhe afluía nas bochechas.

Sem esperar a explosão, o russo disse com uma confiança realmente inimitável:

— Capitão, quem manda a bordo é o senhor. O comissário acaba de encenar diante de nós uma p-paródia de seção de júri popular, em que se atribuiu o papel do promotor, que, de resto, interpretou de forma extremamente convincente. No entanto, em qualquer julgamento civilizado, após a acusação, a p-palavra é dada à defesa. Se me permitem, eu me arrogo esse papel.

— Por que perder tempo? — espantou-se o capitão. — Tudo me parece perfeitamente claro. O comissário explicou tudo muito bem.

— Desembarcar um p-passageiro não é um ato sem importância. Afinal de contas, toda a responsabilidade é do capitão. Pense no quanto prejudicaria a reputação da c-companhia de navegação se se verificasse que havia sido cometido um erro. Ora, eu lhe afirmo — Fandórin levantou ligeiramente a voz — que o comissário está errado.

— Isso é um absurdo! — exclamou Gauche. — Mas não vou discutir. É até muito interessante. Fale, senhor, eu o escutarei com prazer.

Já que era um ensaio, era melhor ir até o fim. Esse rapaz estava longe de ser burro e era possível que tivesse descoberto, na lógica da acusação, falhas que precisassem ser preenchidas. Se, ao longo do processo, o promotor se encontrasse em dificuldade, o comissário Gauche poderia vir acudi-lo.

Fandórin cruzou as pernas e envolveu os joelhos com as mãos.

— O senhor proferiu um discurso tão brilhante quanto p-persuasivo. À primeira vista, a argumentação parece exaustiva. Seu encadeamento lógico parece quase irreprochável, embora os p-pretensos "fatos circunstanciais" não tenham, obviamente, nenhum valor. Sim, o Sr. Aono estava em Paris no dia 15 de março. Sim, é verdade que o Sr. Aono não estava no salão na hora do assassinato do p-professor. Em si, esses dois fatos não querem dizer nada, portanto é inútil se deter neles.

— Muito bem, muito bem — concordou sarcasticamente Gauche. — Passemos diretamente às provas.

— Com prazer. Contei cinco provas mais ou menos válidas. Primeira, o Sr. Aono é médico, mas, por uma razão qualquer, escondeu o fato. Segunda, o Sr. Aono consegue quebrar um objeto duro com um golpe: uma abóbora, e, eventualmente, uma cabeça. Terceira, o Sr. Aono não usa o emblema do *Leviatã*. Quarta, no saco de viagem do acusado faltava um escalpelo suscetível de ter servido para degolar o professor Sweetchild. E finalmente, quinta: diante de todos nós, o acusado acaba de tentar fugir, desmascarando-se definitivamente com isso. Julgo não ter esquecido nada?

— Seria necessário acrescentar um sexto ponto — interveio o comissário. — Ele não pode explicar nenhum dos cinco precedentes.

— Bem, digamos seis — consentiu de bom grado o russo.

Gauche deu um sorriso zombeteiro:

— Posso dizer que já é mais que suficiente para qualquer júri popular mandar este senhor para a guilhotina.

O inspetor Jackson, de repente, balançou a cabeça e resmungou:

— *To the gallows.*

— Não, à forca — traduziu Reynier.

Ah, o pérfido inglês! Eis a serpente que ele aquecera em seu peito!

— Se permite — esquentou-se Gauche —, é a pátria francesa que conduz o inquérito, e esse engraçadinho será mandado para a guilhotina!

— Mas a prova decisiva, a ausência do escalpelo, foi descoberta pela parte britânica. Ele vai para a forca — traduziu o tenente.

— O crime principal foi cometido em Paris. Para a guilhotina!

— Mas lorde Littleby era cidadão britânico. O professor Sweetchild também. Portanto, para a forca.

O japonês parecia não ouvir essa disputa, que ameaçava virar um conflito mundial. Seus olhos permaneciam fechados, seu rosto estava totalmente sem expressão. Assim mesmo, esses amarelos não são como nós, pensou Gauche. E quando se pensa em toda essa gente que será preciso mobilizar para ele: o promotor, o advogado de defesa, os jurados, os magistrados de toga. Bom, naturalmente, isso tudo é normal, democracia é democracia, mas assim mesmo isso é o que se chama dar pérolas a porcos.

Após uma pausa, Fandórin perguntou:

— Pronto, está encerrado o debate? P-posso prosseguir?

— Vá em frente — disse Gauche, de mau humor, pensando nas futuras querelas com os britânicos.

— Se não vê inconveniente nisso, vamos deixar as abóboras de lado. Isso também não prova nada.

O comissário começava a ficar farto de toda aquela comédia.

— Muito bem. Não vamos discutir detalhes.

— P-perfeito. Restam cinco pontos: ele escondeu o fato de que é médico; não tem o distintivo; falta-lhe um escalpelo; tentou fugir; não dá explicações.

— E cada ponto, por si só, é suficiente para mandá-lo... para o patíbulo.

— O problema, comissário, é que o senhor pensa à européia, enquanto o Sr. Aono tem outra lógica, japonesa, que o senhor não teve tempo de p-penetrar. Acontece que tive mais de uma vez a honra de discutir com este homem e capto melhor que o senhor o estado de espírito dele. O Sr. Aono não só é japonês, como também é samurai, ainda por cima de uma família muito antiga e influente. O que é relevante para o caso em questão. Durante 500 anos, os homens da família Aono foram exclusivamente guerreiros, sendo todas as outras profissões consideradas indignas dos membros de tão nobre linhagem. O acusado é o terceiro filho da família. Quando o Japão decidiu dar um passo decisivo em direção à Europa, muitas famílias nobres começaram a mandar os filhos estudar no estrangeiro. O que também fez o pai do Sr. Aono. Ele enviou o filho mais velho para a Inglaterra a fim de estudar para ser oficial de marinha. É preciso que se saiba que a província Satsuma, onde mora a família Aono, fornece quadros para a frota de guerra do Japão e que o ingresso na marinha é considerado ali o que há de mais prestigioso. O Sr. Aono pai enviou o segundo filho para a Alemanha, para a academia militar. Depois da guerra de 1870 entre a França e a Alemanha, os japoneses tinham de fato decidido se inspirar no m-modelo alemão para a organização de seu exército. Essas informações relativas à família Aono me foram dadas pelo próprio acusado.

— Bem, para que a gente quer saber todas essas histórias de aristocratas? — perguntou Gauche, com irritação.

— O que me chamou atenção foi o fato de o acusado falar com orgulho de seus ancestrais e de seus irmãos mais velhos, ao passo que preferia não se estender sobre ele próprio. Há muito tempo, eu já havia notado que, p-para um ex-aluno de Saint-Cyr, o Sr. Aono era singularmente pouco versado nas questões militares. E aliás, por que motivo o teriam mandado para uma academia militar francesa quando ele mesmo explicava que o exército japonês era estruturado em cima do modelo alemão? E agora, eis a conclusão de minha reflexão. Como se fazia na época, o Sr. Aono pai resolveu dar ao terceiro filho uma profissão fundamentalmente pacífica, fazendo dele um médico. Ao que eu saiba, segundo minhas leituras, no Japão não se costuma contestar uma decisão do chefe de família, de modo que o acusado partiu obedientemente para Paris, para estudar na faculdade de medicina. Isto, porém, não o impediu de se sentir p-profundamente infeliz, até mesmo desonrado. Ele, um Aono, filho de uma linhagem de guerreiros, obrigado a manipular curativos e c-clisteres! Aí está por que ele se apresentou a nós como oficial. Simplesmente tinha vergonha de confessar sua profissão, indigna de um cavaleiro. Do ponto de vista europeu, isso pode parecer absurdo, mas tentem ver a coisa com os olhos dele. O que sentiria o seu compatriota d'Artagnan se, sonhando vestir a capa dos mosqueteiros, acabasse sendo médico?

Gauche notou uma mudança no japonês. Ele abrira os olhos e olhava Fandórin obviamente perturbado, enquanto manchas púrpuras haviam aparecido em suas bochechas. Ele corou ou o quê? É uma loucura mesmo!

— Meu Deus, quanta consideração — disse Gauche com um riso maldoso. — Mas não quero discutir detalhes. Fale-me antes do distintivo do *Leviatã*, senhor advogado de defesa. Onde seu tímido cliente o enfiou? Ele tinha vergonha de usá-lo?

— O senhor está absolutamente certo — disse o chamado advogado balançando a cabeça impassível. — E-exatamente, ele tinha vergonha. O senhor vê o que está escrito no distintivo?

Gauche olhou sua lapela.

— Não tem nada escrito. Só as três iniciais da companhia de navegação Jasper-Arto Partnership.

— Precisamente — disse Fandórin, desenhando três letras grandes no ar. — J – A – P. O que dá "Jap", alcunha depreciativa que os europeus usam para designar os japoneses. Veja, comissário, o senhor concordaria em usar um distintivo no qual estivesse escrito "rã"?

O capitão Cliff virou a cabeça para trás e deu uma risada sonora. Até Jackson com sua cabeça funérea e a afetada *Miss* Stamp riram. Em contrapartida, as manchas púrpuras aumentaram na cara do japonês.

Gauche sentiu um aperto no coração, com um mau pressentimento. Sua voz ficou ridiculamente rouca.

— E ele não podia explicar isso sozinho?

— Não, impossível. Veja bem, do que pude entender da leitura de diversas obras, a principal diferença que opõe os europeus e os japoneses tem a ver com o fundamento moral do comportamento social.

— Um pouco sutil demais — observou o capitão.

O diplomata virou-se para ele:

— Absolutamente. A cultura cristã está construída em cima do sentimento do pecado. É ruim pecar, porque depois seremos atormentados pelo remorso. Para evitar a culpa, todo europeu normal tenta agir conforme a moral. Exatamente da mesma maneira, os japoneses se esforçam para não violar as normas éticas, mas por uma razão diferente. Na sociedade deles, é a vergonha que faz o papel de bastião moral. Nada é mais penoso para os japoneses do que se encontrarem numa situação humilhante, ser exposto ao julgamento público ou, pior, ao ridículo. É por isso que o japonês tem pavor de cometer más ações. Pode acreditar, como civilizador social, a vergonha é mais eficaz que a consciência. Do ponto de vista dele, era absolutamente inconcebível evocar em voz alta o objeto de sua vergonha, ainda mais na presença de estrangeiros. Ser antes médico do que militar é algo vergonhoso. Confessar que havia mentido era mais vergonhoso ainda. Admitir que ele, um samurai japonês, pudesse justificar, o mínimo que fosse, alguma alcunha injuriosa era, por mais razão ainda, inadmissível.

— Obrigado pela aula magistral — ironizou Gauche com uma mesura. — E foi também a vergonha que levou seu cliente a tentar fugir dos guardas?

— *That's the point** — concordou Jackson, passando do campo dos inimigos para o dos aliados. — *The yellow bastard almost broke my wrist.***

— Mais uma vez o senhor está certo, c-comissário. Ele não tinha a menor chance de fugir do navio, e aliás, para ir aonde? Considerando sua situação desesperada e só prevendo novas humilhações, meu cliente (já que lhe agrada chamá-lo assim) queria sem dúvida ir se trancar na cabine dele e dar cabo da própria vida segundo o ritual dos samurais. Não é, Sr. Aono? — perguntou Fandórin, dirigindo-se diretamente ao japonês pela primeira vez.

---

* Isto é o principal.

** O amarelo filho da mãe quase me quebrou o pulso.

Este não respondeu, mas abaixou a cabeça.

— Uma decepção era o que o esperaria — disse-lhe o diplomata com uma voz meiga. — Sem dúvida isso lhe escapou: seu punhal ritual lhe foi confiscado pela polícia durante a busca.

— Ah, sim, o senhor quer falar de... como se diz? Quiraquira, haricari — disse Gauche sorrindo disfarçadamente, zombeteiro. — Isso é brincadeira, eu não posso acreditar que um homem possa sozinho abrir a própria barriga. Isso é mentira. Para precipitar a grande viagem, mais vale dar com a cabeça na parede. Mas também não vou discutir com o senhor sobre isso. Isso posto, tenho uma prova que não admite nenhuma discussão: a ausência do escalpelo entre os instrumentos cirúrgicos. O que tem a dizer disso? Que o verdadeiro assassino roubou o escalpelo do seu cliente, pensando em cometer um assassinato e jogar a culpa em Aono? Isso não se sustenta! Como o assassino poderia saber que o professor tinha a intenção de nos contar sua descoberta durante o almoço? O próprio Sweetchild tinha acabado de entender o mistério do lenço. Lembre como entrou correndo no salão, todo desgrenhado.

— A bem da verdade, nada é mais fácil para mim do que explicar a ausência do escalpelo. Além do mais, saímos aqui do âmbito das suposições para entrar no dos fatos concretos. O senhor se lembra que, depois de Port-Said, de repente, começaram a desaparecer objetos de forma incompreensível. Então, a misteriosa epidemia terminou tão subitamente quanto havia começado. E sabe quando? Depois da morte de nosso passageiro clandestino de pele negra. Pensei muito: por que e como ele estava no *Leviatã*? Pois bem, aqui está minha resposta. Esse negro, certamente, foi trazido da África por mercadores de escravos árabes e levado de navio até Port-Said. Por que acho isso? Porque, depois de fugir de seus donos, o negro não se escondeu num lugar qualquer, mas sim num navio. Obviamente, dizia com seus botões que, já que um barco o havia levado embora da terra dele, um navio poderia levá-lo de volta.

— Qual a relação com o nosso caso? — interveio Gauche, não agüentando mais. — Seu negro morreu no dia 5 de abril, ao passo que Sweetchild foi morto ontem! E depois, vá para o diabo com suas histórias sem pé nem cabeça! Jackson, leve o acusado!

Enquanto o comissário se dirigia resolutamente para a saída, o diplomata segurou-o com firmeza pelo braço e disse com uma polidez odiosa:

— Caro Sr. Gauche, eu gostaria de terminar minha demonstração. Espere mais um pouco, não vai demorar muito.

Gauche quis se soltar, mas os dedos do franguinho o apertaram como um torno. Após ter puxado bruscamente o braço uma vez, depois outra, o policial preferiu não fazer papel ridículo e se virou para Fandórin.

— Muito bem, mais cinco minutos — concedeu reticente, fitando com raiva os olhos azuis e serenos do impertinente.

— Muito obrigado. Para aniquilar sua última prova, cinco minutos são amplamente suficientes... Eu achava que o fugitivo devia ter um esconderijo em algum lugar. Ao contrário do senhor, capitão, não comecei pelos porões e as sotas de carvão, mas sim pelo convés superior. De fato, só os passageiros de primeira classe tinham visto o "homem negro". Podia-se razoavelmente supor que ele estivesse escondido por aqui em algum lugar. E, efetivamente, no terceiro dos botes situados a estibordo, encontrei o que eu procurava: restos de comida e uma trouxa dentro da qual havia uns trapos de cores vivas, um fio de contas e vários objetos brilhantes: um espelho, um sextante, um *pince-nez* e, em particular, um grande escalpelo.

— Por que eu deveria acreditar no senhor? — rugiu Gauche.

O inquérito estava se reduzindo a pó na sua frente.

— Porque não tenho interesse algum em dizer isso e estou pronto a reiterar minhas declarações sob juramento. O senhor me autoriza a prosseguir? — disse o russo com seu sorrisinho enjoativo. — Obrigado. Evidentemente, o pobre negro se destacava por um espírito de sábia economia e não contava voltar para casa de mãos vazias.

— *Stop! Stop!* — interveio Reynier franzindo as sobrancelhas. — Mas então por que não contou sua descoberta ao capitão, Sr. Fandórin? Com que direito a escondeu?

— Eu não a escondi. Deixei a trouxa onde estava. Mas ao voltar ao bote algumas horas depois, quando haviam terminado as buscas, não a encontrei mais. Eu estava c-convencido de que seus marujos haviam topado com ela. Na verdade, agora está claro que o assassino do professor chegou na sua frente e pegou todos os troféus do negro, inclusive o escalpelo do Sr. Aono. É provável que o criminoso imaginasse a possibilidade de... medidas extremas e, pelo sim, pelo não, guardasse com ele o escalpelo para fazer o inquérito tomar o rumo errado. Diga-nos, Sr. Aono, roubaram-lhe um escalpelo?

O japonês custou a responder, depois acabou concordando com um gesto de cabeça.

— Mas o senhor não disse nada porque um oficial do exército imperial não tinha nenhuma razão de p-possuir um escalpelo, não é?

— O sextante é meu! — declarou o baronete. — Eu achava que... aliás, não tem importância. Então foi aquele selvagem que o roubou. Senhores, se alguém tiver a cabeça partida com meu sextante, saiba que não tenho nada a ver com isso.

Era o mais completo fiasco. Gauche, perdido, olhou de soslaio para Jackson.

— Sinto muito, comissário, mas o senhor dever continuar sua viagem — disse o inspetor em francês, torcendo os lábios finos com comiseração. *My apologies, Mr. Aono. If you just strech your hands... Thank you.**

As algemas emitiram um rangido plangente.

No meio do silêncio que se seguiu, ressoou bruscamente a voz sonora e perturbada de Renata Kléber:

— Com licença, senhores, mas então quem é o assassino?

* Minhas desculpas, Sr. Aono. Estenda as mãos, por favor... Obrigado.

Terceira Parte

Bombaim — Estreito de Palk

Gintaro Aono

4º mês 18º dia
Ao largo do extremo sul da península da Índia

Deixamos Bombaim há três dias, e, desde então, não abri meu diário. É a primeira vez que me acontece isso, no entanto, eu havia tomado a firme resolução de escrever diariamente. Mas essa interrupção foi deliberada de minha parte. Eu precisava entender com clareza as idéias e sentimentos que me assaltaram.

Nada pode dar uma maior noção da profunda perturbação que se produziu em mim do que este haicai nascido no momento exato em que o inspetor de polícia me tirou os ferros.

Solitário é o vôo
Do vaga-lume na noite.
Mas no céu brilham estrelas.

Compreendi logo que era um bom poema, o melhor de todos os que já escrevi, mas seu significado não é evidente e precisa de esclarecimentos. Pensei durante três dias, me escutando, e me parece que finalmente acabo de entender.

Aconteceu-me o grande milagre com que todo homem sonha: acabo de conhecer o *satori* ou, como os gregos chamavam esse estado de beatitude, a catarse. Quantas vezes o mestre não me repetiu que o *satori* chega — desde que chegue efetivamente — só, sem esforço nem aviso! Um homem pode ser justo e sábio e passar horas diariamente na posição do *zazen*, ler montanhas de textos sagrados e morrer sem conhecer a revelação, ao passo que para um vagabundo qualquer que está à toa na vida, o *satori* aparecerá de repente em sua radiância grandiosa e transformando de um golpe sua existência estéril! Tive sorte. Aos 27 anos acabo de renascer.

A iluminação e a purificação não me chegaram num momento de concentração física e espiritual, mas sim naquele momento em que me vi esmagado, infeliz, aniquilado, onde, como um balão estourado, de mim, só restava o invólucro. Mas o ferro idiota, instrumento de minha transformação, tilintou e, abruptamente, senti, com uma acuidade indescritível, que eu não era mais eu, mas sim... Não, não é isso. Que eu já não era só eu, mas também um número incalculável de outras vidas. Que eu não era mais o obscuro Gintaro Aono, terceiro filho do conselheiro superior de Sua Alteza o príncipe Simadzu, mas uma parcela do Grande Todo, que, por ser pequena, não é menos preciosa. Estou em tudo, e tudo está em mim. Quantas vezes não ouvi essas palavras, que, no entanto, não compreendi, não, que não senti, senão no 15º dia do 4º mês do 11º ano de Meiji, em Bombaim, a bordo de um enorme vapor europeu. Muito singular é a vontade do Altíssimo.

Então, qual é o sentido desse terceto nascido da minha intuição? O homem é um vaga-lume solitário na escuridão infinita da noite. Sua luz é tão fraca que só ilumina uma parte ínfima do espaço, enquanto em volta, tudo é só frio, trevas e medo. Mas basta desviar o olhar amedrontado da terra escura e olhar para os ares (para isso, basta levantar a cabeça!), para ver que o céu é coberto de estrelas. Elas brilham com uma luz regular, viva, eterna. As estrelas são suas amigas, elas o ajudam e não o abandonam à infelicidade. E, logo depois, você compreende outra coisa, não menos importante: o vaga-lume é também uma estrela, semelhante a todas as outras. As que estão no céu também vêem a sua luz e ela as ajuda a suportar o frio e o escuro do Universo.

Minha vida, sem dúvida, não vai mudar. Permanecerei o mesmo de antes: vaidoso, ridículo, dominado pelas paixões. Mas, no fundo de minha alma, viverá doravante um autêntico saber. Ele há de me salvar e de me sustentar nos momentos difíceis. Não sou mais uma poça d'água que um golpe de vento repentino pode espalhar na superfície da terra. Sou o oceano, e a tempestade que, como um *tsumani* devastador, se abateu sobre mim, não atingirá minhas profundezas secretas.

Quando enfim compreendi tudo isso e meu espírito se encheu de alegria, lembrei-me que a maior das virtudes é o reconhecimento. A primeira estrela cujo brilho na noite eu distingui é Fandórin-san. Foi precisamente graças a ele que compreendi que eu, Gintaro Aono, não era indiferente ao mundo, que o Grande Além não me abandonava na infelicidade.

Mas como explicar a um homem de outra cultura que ele é meu *ondzin* para sempre? Tal palavra não existe nas línguas européias. Hoje, me munindo de coragem, comecei a falar disso com ele, mas, aparentemente, nada que preste saiu da conversa.

Eu esperara Fandórin-san no convés das embarcações, sabendo que ele viria às oito horas em ponto com seus halteres.

Quando ele apareceu, com sua malha de tricô listrada colada no corpo (preciso lhe dizer que, para os exercícios físicos, um traje folgado é mais apropriado que roupas apertadas), aproximei-me dele e me prosternei profundamente. “O que o senhor tem, Sr. Aono?”, ele perguntou espantado. “Por que se dobrou em dois e não se levanta?” Como era impossível discutir nessa posição, endireitei-me, embora, numa situação semelhante, naturalmente fosse desejável prolongar minha saudação. “Faço questão de lhe exprimir minha eterna gratidão”, disse eu, muito emocionado. “Deixe disso, eu lhe peço”, respondeu ele, descartando minha declaração com um gesto. Esse gesto me agradou muito. Com ele, Fandórin-san queria minimizar o serviço que me prestara e livrar seu devedor de um sentimento de gratidão excessivo. Todo japonês de educação nobre teria agido da mesma forma no lugar dele. Mas o efeito foi o contrário do esperado: meu espírito se encheu de uma gratidão maior ainda. Declarei-lhe que doravante eu era seu devedor para o resto da vida. “Aí estão palavras bastante solenes”, disse ele erguendo os ombros. “Eu só queria calar a boca daquele peru pretensioso.” (O peru é um volátil americano de andar ridículo e imbuído de sua superioridade; no sentido figurado, designa um homem convencido e tolo.) Apreciei mais uma vez a delicadeza de meu interlocutor, mas precisava de qualquer maneira lhe explicar o quanto eu lhe devia. “Obrigado por ter salvado a minha vida”, digo me inclinando de novo. “Três vezes obrigado por ter salvado a minha honra. E infinitas vezes obrigado por ter aberto meu terceiro olho, graças ao qual agora vejo o que antes não via.” Fandórin-san olhou minha testa (com um certo receio, me pareceu), como se esperasse ver se abrir aí um novo olho e lhe fazer sinal.

Declarei que ele era meu *ondzin*, que doravante minha vida lhe pertencia, o que, em minha opinião, o assustou mais ainda. "Ah, como sonho vê-lo diante de um perigo mortal para salvá-lo, como o senhor me salvou!", exclamei. Ele fez um sinal-da-cruz e disse: "Prefiro que não. Se isso não o incomodar, eu agradeceria muito que sonhasse outra coisa."

Decididamente, a conversa não chegava a lugar algum. Em desespero de causa, eu disse: "Saiba que farei qualquer coisa pelo senhor!" E precisei meu juramento a fim de evitar qualquer mal-entendido posterior: "Contanto que não prejudique Sua Majestade, o meu país e a honra de minha família."

Minhas palavras desencadearam uma curiosa reação em Fandórin. Ele começou a rir! Não, jamais chegarei a compreender os Cabelos Vermelhos. "Pois bem", disse ele apertando-me a mão. "Já que insiste, fique à vontade. Sem dúvida tomaremos o mesmo navio de Calcutá para o Japão. O senhor poderá me pagar sua dívida em aulas de japonês."

Infelizmente, este homem não me leva a sério. Eu queria fazer amizade com ele, mas, mais do que por mim, Fandórin-san se interessa por Fox, o piloto, homem limitado e sem inteligência. Meu benfeitor passa bastante tempo em companhia desse falastrão, ouve com atenção suas bravatas a respeito de suas aventuras marítimas e amorosas e até lhe faz companhia até o quarto dele! Para ser franco, isso me ofende. Hoje, assisti à maneira como Fox pintava sua aventura com "uma aristocrata japonesa" de Nagasaki. Falou de seus seios pequenos, de seus lábios vermelhos e outras particularidades dessa "boneca miniatura". Devia se tratar de uma dessas putas baratas do bairro freqüentado pelos marinheiros. Uma jovem de boa família jamais trocará uma palavra com um bárbaro! O mais irritante é que Fandórin-san ouvia esse delírio com visível interesse. Eu já ia intervir quando o capitão Reynier aproximou-se e mandou Fox tratar de alguma coisa.

Ah, sim, de fato! Eu ia esquecendo de contar um acontecimento importante que veio perturbar a vida do navio! Apesar de tudo, sua luzinha cega o vaga-lume, impede-o de ver o mundo ao redor em sua dimensão real.

Ora, na véspera de deixar Bombaim, aconteceu uma verdadeira tragédia, perto da qual meus tormentos parecerão bastante insignificantes.

Às oito e meia da manhã, quando o navio já levantava ferro e se preparava para desatracar, uma pessoa veio a bordo trazendo um despacho para o capitão Cliff. Eu estava no convés contemplando Bombaim, cidade que acabava de ter um papel crucial no meu destino. Queria que esse espetáculo ficasse gravado para sempre em meu coração. Por isso fui testemunha do acontecimento.

O capitão leu o despacho e, bruscamente, seu rosto se transformou de maneira surpreendente. Eu nunca havia visto nada parecido! Parecia um ator de nô tirando a máscara de guerreiro temível para botar a de dor alucinante. O rosto curtido, de traços grosseiros, do velho lobo-do-mar começou a tremer. O capitão emitiu um som entre a queixa e o soluço, e começou a andar de um lado para o outro no convés. *"Oh God!"*, gritou com uma voz rouca. *"My poor girl!"** Depois, deixando o passadiço, desceu às pressas — para ir para sua cabine, como fiquei sabendo mais tarde.

Os preparativos da partida foram interrompidos. O café da manhã foi servido na hora habi-

* Ai meu deus! Pobrezinha da minha filha!

tual, mas sem a presença do tenente Reynier. Não se falou de outra coisa senão do comportamento do capitão, tentando adivinhar o que poderia conter o telegrama. O tenente apareceu quase no fim da refeição. Vinha aflito. Contou-nos que a filha única de Cliff-san (já tive a oportunidade de dizer que o capitão gostava da filha mais que tudo no mundo) sofrera queimaduras graves no incêndio de seu internato. Os médicos temiam por sua vida. O tenente explicou que *Mr.* Cliff estava nervosíssimo. Decidira deixar imediatamente o *Leviatã* e regressar à Inglaterra no primeiro navio. Não parava de repetir que seu lugar era junto de sua querida filha. Por sua vez, o tenente não parava de dizer: "E agora, o que nos espera? Esta viagem é amaldiçoada!" Fizemos tudo o que podíamos para consolá-lo.

Confesso que a decisão do capitão suscitou minha reprovação. Posso compreender sua dor, mas um homem a quem foi confiada uma tarefa não tem o direito de se deixar guiar pelos sentimentos pessoais. Ainda mais um capitão no exercício de suas funções. Aonde a sociedade iria parar se o imperador, o presidente ou ainda o primeiro-ministro fizessem seus interesses pessoais passarem na frente do dever? Seria o caos, enquanto o sentido e o objeto do poder consistem em lutar contra o caos e manter a harmonia.

Saí no convés para ver *Mr.* Cliff deixar o navio que lhe fora confiado. E o Altíssimo me infligiu uma nova lição, uma lição de compaixão.

O capitão, encurvado, andando e correndo ao mesmo tempo, desceu a escada. Levava na mão um saco de viagem, um marujo o seguia, carregando uma única mala. No cais, o capitão parou, virou a cabeça para o *Leviatã,* e vi seu rosto largo molhado de lágrimas. Logo depois, ele vacilou e estatelou-se de cara no chão. Corri para o homem que acabava de cair. A julgar por sua respiração entrecortada e os movimentos convulsivos de suas extremidades, tratava-se de um grave derrame cerebral. O Dr. Truffo, que também acorreu, confirmou meu diagnóstico.

Com efeito, são coisas que acontecem freqüentemente quando o cérebro de um homem não consegue suportar o conflito entre a voz do coração e o chamado do dever. Sou culpado perante o capitão Cliff.

Levaram o doente para o hospital, enquanto o *Leviatã* não saía mais do cais. Lívido de tão transtornado que estava, Reynier-san foi ao telégrafo, para se comunicar com a companhia de navegação, em Londres. Só voltou depois que anoiteceu. As notícias eram as seguintes: Cliff-san continuava inconsciente; Reynier-san assumiria provisoriamente o comando do navio, e, em Calcutá, um novo capitão embarcaria.

Deixamos Bombaim com dez horas de atraso.

Atualmente, eu não ando, vôo. Tudo me encanta, o brilho do sol, as paisagens da costa indiana, a lentidão e o ócio da vida neste navio enorme. Mesmo o salão Windsor, onde eu vinha como para o suplício, com um nó na garganta, agora tornou-se quase familiar para mim. Meus companheiros de mesa me tratam de maneira completamente diferente — sem aquela desconfiança nem aquele desprezo acrescidos de repugnância. Todos se mostram encantadores e amáveis, e eu tenho para com eles uma atitude diferente. Mesmo Kléber-san, que eu estava pronto para estrangular com minhas próprias mãos (coitadinha!), não me parece mais repelente. É simplesmente uma jovem que, preparando-se pela primeira vez para ser mãe, é inteiramente dominada pelo egoísmo pueril desse estado novo para ela. Desde que soube que eu era médico, vive me fazendo perguntas e se queixando de qualquer indisposiçãozinha. Antes, sua única vítima era o Dr. Truffo, mas agora, somos dois a dividir o castigo. O mais curioso é que isso não me pesa nada. Ao contrário, agora tenho muito mais *status* do que tinha quando achavam que eu era oficial. Espantoso!

No Windsor, gozo de uma situação privilegiada, que não se prende só ao fato de eu ser médico ou ainda, para usar a expressão de *Mrs.* Truffo, um *innocent martyr* da *arbitrariedade* policial. Não, o ponto mais importante é que *não há hipótese de eu poder ser o assassino.* Isso foi provado e confirmado oficialmente. E, portanto, estou na casta superior, ao lado do comissário de polícia e do capitão recém-promovido (que, aliás, praticamente parou de freqüentar nosso salão: está muito ocupado, um garçom lhe leva as refeições diretamente no passadiço de comando). Estamos os três fora de questão, e não há ninguém para nos olhar furtivamente com receio.

Tenho pena de todo esse grupo do Windsor, sinceramente. Graças à minha clarividência recém-adquirida, vejo nitidamente o que outros não vêem, mesmo o perspicaz Fandórin-san.

Entre meus companheiros de mesa não há nenhum assassino. Nenhum deles se encaixa no papel de malfeitor. Observo atentamente essas pessoas: elas têm defeitos e fraquezas, mas não há aqui ninguém de alma negra o suficiente para matar a sangue-frio 11 inocentes, entre os quais duas crianças. Eu teria sentido o hálito fétido dessa pessoa. Não sei pela mão de quem Sweetchild-sensei foi morto, mas tenho certeza de que o culpado está em outro lugar. O comissário enganou-se ligeiramente em suas suposições: o criminoso se acha no vapor, mas não no Windsor. Quem sabe ouvia atrás da porta quando o professor começou a nos contar suas descobertas.

Se não fosse tão teimoso e tivesse olhado para os windsorianos sem idéias preconcebidas, Gauche-san teria compreendido que perdia seu tempo em vão.

Passo em revista nossa mesa.

Fandórin-san. Sua inocência é evidente. Do contrário, teria ele desviado as suspeitas que pesavam sobre mim, quando ninguém duvidava da minha culpa?

O casal Truffo. O doutor é um tanto cômico, mas é um ótimo homem. Não faria mal a uma cigarra. Sua mulher é a encarnação das conveniências inglesas. Seria incapaz de matar quem quer que fosse, simplesmente porque isso não se faz.

M.-S.-san. É um personagem estranho, não pára de resmungar baixinho e pode mostrar-se brusco, mas há em seu olhar um sofrimento profundo e sincero. Um homem com tais olhos não comete crimes a sangue-frio.

Kléber-san. Com ela, tudo é claro como o dia. Primeiro, na espécie humana, não é muito comum uma mulher prestes a botar um novo ser no mundo aniquilar outras vidas humanas com tal leviandade. A gravidez é um mistério que estimula a solicitude para com o ser humano. Segundo, na hora do assassinato do sábio, Kléber-san estava com o policial.

E, para terminar, Stamp-san. Ela não tem álibi, mas imaginá-la chegando furtivamente por trás do companheiro de mesa, tapando-lhe a boca com aquela mãozinha frágil, enquanto, com a outra, brandia o funesto escalpelo... Delírio completo. Está fora de questão.

Abra os olhos, comissário-san. O senhor está num impasse.

Está um pouco abafado. Não seria a tempestade que chega?

Comissário Gauche

Essa maldita insônia chegara ao auge. Era a quinta noite de suplício, e cada vez ficava pior. Ele só dormia de madrugada, e, então, eram pesadelos terríveis. Acordava completamente exausto, e despropósitos de todo tipo se impunham a seu espírito toldado pelas visões noturnas. Já não estava mesmo na hora de se aposentar? Ele teria jogado tudo para o alto, mas isso era impossível. Nada era pior do que acabar a vida na miséria. Alguém se preparava para pôr a mão num tesouro de um bilhão e meio de francos, e ele, pobre velho, iria acabar a vida com míseros 125 francos por mês.

À noite, começaram raios a riscar o céu, o vento a uivar nos mastros, e o *Leviatã* a balançar pesadamente no ritmo das vagas negras e fortes. Gauche ficara deitado na cama olhando o vazio. O teto ora era preto, ora de um branco sobrenatural quando relampejava. No convés, a chuva crepitava; na mesa, um copo esquecido contendo uma poção contra dor de estômago ia e vinha, fazendo tilintar a colherinha dentro dele.

Era a primeira vez na vida que Gauche se encontrava numa tempestade em alto-mar, mas não estava com medo.

Como se um mastodonte daqueles pudesse naufragar! Ele ia balançar, roncar, depois tudo voltaria ao normal. O único problema eram aquelas trovoadas que impediam de dormir. Mal se começava a fechar o olho que, de novo: tram-tararam!

No entanto, assim mesmo ele deve ter adormecido, pois acabava de se levantar da cama de um pulo, sem entender o que se passava. As batidas de seu coração eram secas e repercutiam em toda a cabine.

Não, não era seu coração, era na porta.

— Comissário! — (Toc, toc, toc.) — Comissário! — (Toc, toc, toc.) — Abra! Depressa!

De quem era a voz? De Fandórin, aparentemente.

— Quem é? O que quer? — gritou o comissário apertando com a mão o lado esquerdo do peito. — Você não está bem ou o quê?

— Abra, caramba!

Que coisa! O diplomata tinha um jeito de falar de repente! Obviamente, acontecera algo grave.

— Já vou!

Gauche tirou pudicamente a touca de pompom (aquela boa velha Blanche é que a tricotara para ele), vestiu o roupão e enfiou os chinelos.

Deu uma olhada na porta entreaberta: ah, sim, era mesmo Fandórin. De casaca e gravata, tendo na mão uma bengala de castão de marfim. Seus olhos lançavam chispas.

— O quê? — perguntou Gauche, na defensiva, esperando qualquer insanidade da parte de seu visitante noturno.

O diplomata começou a falar de um jeito inusitado para ele: rapidamente, com frases entrecortadas e sem gaguejar.

— Vista-se. Pegue uma arma. É preciso deter o capitão Reynier. O mais depressa possível. Ele está nos levando para as pedras.

Gauche sacudiu a cabeça. O que era ainda essa história sem pé nem cabeça?

— Abusou do haxixe, seu russo, ou o quê?

— Não estou sozinho aqui — respondeu Fandórin.

O comissário espiou o corredor e viu homens esperando em pé ali perto. Um era o baronete biruta. Quanto ao outro, quem era? Ah, sim, o piloto. Como se chamava ele mesmo... Fox.

— Trate de compreender logo — continuou insistindo o diplomata. — O tempo corre. Eu estava lendo na minha cabine. Batem à porta. *Sir* Reginald. À uma hora da manhã, ele verificou as coordenadas. Com o sextante dele. Não estamos no rumo certo. Deveríamos contornar a ilha de Mannar pela esquerda. E estamos indo pela direita. Ele acordou o piloto. Fox, fale.

O piloto deu um passo à frente. Parecia completamente transtornado.

— Baixios, senhor, lá — arranhou ele em francês. — E pedras. *Leviatã* muito pesado. Dezesseis mil toneladas, senhor! Em baixio, partir em dois, como um pão francês. Como bisnaga, entende? Mais meia hora nesse rumo, acabado, impossível voltar atrás!

Essa era a melhor! Como se não bastasse, era preciso agora o velho Gauche se meter em navegação! Não lhe faltava mais que o raio dessa ilha de Mannar!

— E por que o senhor mesmo não vai dizer ao capitão que ele... enfim... que ele não está indo aonde deve ir?

O piloto virou-se para o russo.

— Sr. Fandórin dizer que não.

— Reynier está evidentemente arriscando tudo — recomeçou a insistir o diplomata. — Está pronto para qualquer coisa. Vai prender o piloto. Por insubordinação. Poderia até usar a arma dele. Ele é o capitão. No navio, a palavra dele tem força de lei. Fora nós três, ninguém está a par do que está sendo tramado. É preciso um representante da autoridade. O senhor, comissário. Vamos subir!

— Devagar, devagar! — disse Gauche pondo a mão na testa. — Já estou perdido com as suas histórias. Reynier enlouqueceu, é isso?

— Não. Mas ele tenciona afundar o navio. E todas as pessoas que se acham a bordo.

— Por que motivo? Em nome de quê?

Não, coisas assim não aconteciam no mundo real. Ele estava sonhando, tendo um pesadelo.

Compreendendo que não demoveria Gauche tão facilmente, Fandórin recomeçou de modo mais claro e mais explícito:

— Só tenho uma explicação possível. Ela é monstruosa. Reynier quer afundar o navio com os passageiros para apagar qualquer vestígio do crime, para fazer o inquérito ir por água abaixo, literalmente. Que alguém possa despachar mil pessoas para o outro mundo sem pestanejar é difícil de acreditar, não? Mas lembre-se da *rue* de Grenelle, lembre-se de Sweetchild e compreenderá que, na caça ao tesouro de Brahmapur, as vidas humanas não valem muito.

Gauche engoliu em seco.

— A caça ao tesouro de Brahmapur?

— Sim — respondeu Fandórin, tentando se conter. — Reynier é filho do rajá de Bagdassar. Eu desconfiava, mas não tinha certeza. Agora, não tenho mais a menor dúvida.

— Mas, como, filho? É absurdo! O rajá era indiano, enquanto Reynier é francês puro.

— O senhor reparou que ele não come carne nem porco? Sabe por quê? É um hábito que lhe vem da infância. Na Índia, a vaca é um animal sagrado, e, porco, os muçulmanos não comem. O rajá era hindu, mas adepto do islã.

— Isso não prova muita coisa — disse Gauche erguendo os ombros. — Reynier dizia que seguia uma dieta.

— E sua tez escura?

— Ele se bronzeou nos mares do Sul.

— Durante os dois últimos anos, Reynier só navegou nas linhas Londres–Nova York e Londres–Estocolmo. Pergunte ao Sr. Fox. Não, Gauche, Reynier é metade hindu. A mulher do rajá de Bagdassar era francesa. Na época da revolta dos sipaios, o filho deles estava estudando na Europa. Ou antes, na França, na terra da mãe dele. Já teve a oportunidade de entrar na cabine de Reynier?

— Já, fui convidado, como outras pessoas.

— Viu a fotografia em cima da mesa? "Bons ventos o levem... Françoise B."?

— Sim, naturalmente, eu vi. É a mãe dele.

— Se é a mãe dele, por que B., e não R.? O filho e a mãe deveriam usar o mesmo sobrenome.

— Pode ser que ela tenha casado de novo.

— Pode ser. Eu não tive tempo de verificar. Mas se "Françoise B." significasse "Françoise Bagdassar"? Os rajás indianos, sabe-se, não têm sobrenome, como se usa na Europa.

— E, nesse caso, de onde vem o nome Reynier?

— Não sei. Mas pode-se supor que ele tenha adotado o nome de solteira da mãe quando se naturalizou.

— Tudo isso são conjecturas — objetou Gauche num tom cortante. — Não há um só fato concreto. Apenas suposições.

— Tudo bem. Mas o comportamento de Reynier na ocasião do assassinato de Sweetchild não é suspeito? Lembra-se do modo como o tenente ofereceu-se para ir buscar o xale da Sra. Kléber? E pediu ao professor para não começar sem ele? Acho que, durante esses poucos minutos de ausência, Reynier teve tempo de botar fogo na lixeira e dar um pulo na cabine dele para pegar o escalpelo.

— Mas o que lhe prova que o escalpelo estava justamente no camarote dele?

— Eu lhe disse que a trouxa do negro havia desaparecido do bote depois das buscas. Ora, quem as conduzia? Reynier!

Gauche sacudiu a cabeça, cético. O navio jogou com tanta força que ele se machucou ao bater com a cabeça na ombreira da porta. O que não contribuiu muito para melhorar seu humor.

— Lembra-se das palavras de Sweetchild? — prosseguiu Fandórin. Tirou o relógio da algibeira, e o ritmo de sua fala aumentou. — Ele disse: "E tudo se encaixou: a história do lenço, o filho do rajá. Basta consultar as listas da Escola Marítima, a solução está ali." Em outras palavras, ele descobriu o segredo do lenço, mas ainda ficou sabendo de algo importante sobre o filho do rajá. Por exemplo: que ele havia estudado na Escola Marítima de Marselha. Pois, na verdade, Reynier veio dessa escola. O indianista falou de um telegrama enviado a um dos amigos dele do Ministério do Interior francês. É possível que Sweetchild tenha querido se informar sobre o que foi feito do rapaz. E, obviamente, encontrou alguma coisa, mas é pouco provável que tenha adivinhado que Reynier era o herdeiro de Bagdassar, senão teria ficado mais desconfiado.

— E o que ele farejou a respeito do lenço? — perguntou Gauche, ansioso para saber.

— Acho que sou capaz de responder a essa pergunta. Mas agora não, depois. Está mais que na hora de ir lá em cima.

— Assim, segundo o senhor, o próprio Reynier tramou esse pequeno incêndio e, aproveitando o pânico, reduziu o professor ao silêncio? — perguntou Gauche, pensativo.

— Sim, meu Deus, sim! Ponham um pouco as meninges para trabalhar! As provas são fracas, eu sei, mas em 20 minutos o *Leviatã* entrará no canal.

Todavia, o comissário continuou hesitando.

— A prisão de um capitão no mar é um motim. Por que aceitam sem restrições as declarações desse senhor? — perguntou com um movimento do queixo na direção do baronete biruta. — Ele só faz contar disparates.

O ruivo deu uma risadinha de desprezo e olhou Gauche como se ele fosse um porteiro ou um monte de lama. Não merecia que lhe respondessem.

— Porque há muito tempo desconfio de Reynier — disse o russo muito depressa. — E porque essa história com o capitão Cliff me pareceu estranha. Por que o tenente precisou discutir durante tanto tempo por telegrama com a companhia de navegação? Não se pode concluir com isso que, em Londres, ninguém estivesse a par do acidente que a filha de Cliff sofreu? E, nesse caso, quem enviou o telegrama a Bombaim? A direção do internato? Duvidamos que ela tenha sido informada do itinerário diário do *Leviatã*. Não foi o próprio Reynier que enviou o despacho? Em meu guia, está escrito que Bombaim não possui menos de uma dúzia de estações telegráficas. Enviar um telegrama de um ponto a outro da cidade é brincadeira de criança.

— E por que diabo ele precisaria enviar um telegrama desses?

— Para se apoderar do navio. Ele sabia que depois de uma notícia como essa, Cliff não poderia continuar a viagem. Mas pergunte antes por que Reynier correu um risco desses. Para lisonjear bobamente seu amor próprio, pelo prazer de comandar um navio durante uma semana, e depois, seja lá o que Deus quiser? Não, só há uma resposta: para afundar o *Leviatã*, com os passageiros e a tripulação. O inquérito se aproximava perigosamente dele, o laço estava apertando no pescoço. Ele não podia não entender que a polícia estaria de olho em todos os suspeitos. Então teve a idéia de um naufrágio onde todos morreriam, não sobraria ninguém para contar a história. E ele só terá de sair tranqüilamente à procura da caixa de pedras preciosas.

— Mas ele iria morrer conosco!

— Não, ele não. Acabamos de verificar. O bote do capitão está pronto para ser posto na água. É uma embarcação pequena mas sólida que não tem medo de tempestade. A bordo, já tem tudo o que é necessário: reserva de água, uma cesta com provisões e até, detalhe especialmente tocante, um saco de viagem com roupas. É provável que Reynier se prepare para deixar o navio assim que entrarmos no canal estreito, de onde o *Leviatã* não terá mais a menor chance de sair. O vapor estará impossibilitado de virar e, mesmo se pararem as máquinas, de qualquer maneira, a corrente o levará para as pedras. Como a terra não está longe, é possível que alguns se salvem, mas todos os outros serão dados como desaparecidos.

— Não seja tão idiota, seu policial! — interveio o piloto. — Já perdemos muito tempo. O Sr. Fandórin me acordou. Ele me disse que o navio não está indo para onde tem de ir. Eu queria dormir, mandei o Sr. Fandórin para o diabo. Ele me propôs uma aposta: 100 libras contra uma que o capitão se enganar de rota. Pensei o russo ficar maluco, todo mundo saber que os russos são muito excêntricos, e eu ganhar dinheiro facilmente. Eu subir passadiço de comando. Tudo normal. O capitão está de turno, o timoneiro segura a barra do leme. Por 100 libras, eu verificar assim mesmo o rumo e aí, suei frio! Mas não disse nada ao capitão. *Mr.* Fandórin tinha avisado mim que não devia dizer nada.

Obedeci. Desejei bom quarto e fui embora. Isso fazer (o piloto olhou o relógio) 25 minutos.

Depois, acrescentou em inglês algo de obviamente desagradável para os franceses em geral e os policiais em particular. Gauche só entendeu a palavra *frog*.*

Após hesitar um segundo, o policial finalmente se decidiu. E na mesma hora se transformou. Seus movimentos ficaram rápidos e impetuosos. O velho Gauche não gostava de fazer nada correndo, mas, uma vez que começava, nada mais o detinha.

Enfiando às pressas um paletó e uma calça, disse ao piloto:

— Fox, leve dois marujos para o convés superior. Com carabinas. Que o imediato venha também. Não, é melhor não, não temos tempo de explicar tudo de novo.

Meteu seu fiel Lefaucheux no bolso e ofereceu ao diplomata um Mariette de quatro canos.

— Sabe usá-lo?

— Tenho meu Herstal — respondeu Fandórin mostrando a Gauche um belo revólver muito compacto, de um modelo que ele nunca tivera a oportunidade de ver antes. — E tenho isso também.

Com a rapidez de um raio, tirou da bengala uma lâmina fina e flexível.

— Nesse caso, vamos em frente.

Gauche escolheu não dar nenhuma arma ao baronete: com aquele biruta, nunca se sabia.

Quando os três iam a passos largos pelo imenso corredor deserto, a porta de uma das cabines se entreabriu, e Rena-

---

* Rã.

ta Kléber apareceu, usando um vestido marrom-escuro, sobre o qual jogara um xale.

— Afinal, vocês poderiam ser mais discretos, parece uma manada de elefantes! — disse furiosa. — Eu já não consigo dormir com essa tempestade!

— Feche a porta e não saia sob nenhum pretexto — replicou Gauche severamente.

Sem se deter, empurrou Renata para dentro da cabine. Não era hora de formalidades.

O comissário também julgou ter visto mexer a porta da cabine 24, ocupada pela Srta. Stamp, mas a situação era muito grave para se perder tempo com bobagens.

No convés, a chuva e o vento furavam o rosto. Era preciso gritar, do contrário não se ouvia nada.

Ele viu a escada de ferro que levava à cabine do piloto e ao passadiço de comando. Fox já estava ali embaixo à espera, ladeado por dois marujos de quarto.

— Com carabinas, eu tinha dito! — gritou Gauche.

— Elas estão no arsenal! — berrou-lhe no ouvido o piloto. — E é o capitão que tem a chave!

"Azar, a gente sobe", deu a entender Fandórin por gestos. Seu rosto brilhava, molhado.

Gauche olhou em volta e estremeceu: a noite estava estriada por uma cortina de chuva com reflexos de aço, esbranquiçada pela espuma das cristas das ondas, rasgada pelos relâmpagos. Sinistro!

No estardalhaço de seus saltos ecoando nos degraus de ferro, eles subiram a escada, franzindo os olhos para se protegerem da violência da chuva. Gauche ia à frente. Nesse instante, ele era o homem mais importante do enorme *Leviatã,* que, confiante, estava levando para a perdição sua carcaça de

200 metros de comprimento. No último degrau, o policial escorregou e, com muito custo, conseguiu se equilibrar no corrimão. Endireitou-se, recobrou o fôlego.

Pronto, estava lá. Para além, só restavam as chaminés cuspindo fagulhas e os mastros, vultos apenas visíveis na escuridão.

Perto de uma porta blindada, Gauche ergueu um dedo em sinal de advertência: silêncio! Precaução sem dúvida supérflua, pois o mar fazia um tal estrondo que, de todo jeito, não se ouviria nada lá dentro.

— Aqui é a entrada para o passadiço de comando e o posto de manobras! — disse Fox. — Sem convite do capitão, é proibido entrar!

— Cale a boca! — disse pelo sim pelo não o policial, querendo deixar atento o diplomata demasiado dinâmico. — Quem fala aqui sou eu! Ah, eu não deveria lhe ter dado ouvidos!

Ao que empurrou a porta, decidido.

Bom, começava bem, a porta resistia.

— Ele se trancou — constatou Fandórin. — Fox, chame.

O piloto bateu à porta e gritou:

— *Captain, it's me, Jeremy Fox! Please open! We have an emergency!* *

Do outro lado da porta, chegou a voz abafada de Reynier.

— *What happened, Jeremy?* **

A porta continuou fechada.

Sem jeito, o piloto virou-se para Fandórin. Este indicou o comissário, em seguida levou dois dedos à têmpora e fez o gesto de apertar o gatilho. Gauche não entendeu o sentido dessa mímica, mas Fox concordou e gritou a plenos pulmões:

---

* Capitão, sou eu, Jeremy Fox! Abra por favor! Temos uma emergência!

** O que aconteceu, Jeremy?

— *The French cop shot himself!* *

Imediatamente, a porta se escancarou e Gauche teve o prazer de apresentar ao capitão sua cara molhada, decerto, mas bem viva. E, no mesmo instante, o buraco negro do cano de seu Lefaucheux.

Reynier deu um grito e pulou para trás como se tivesse sido atingido por uma bala. Como prova, não podia ser melhor: um homem de consciência tranqüila não recuaria assim diante da polícia, e Gauche, sem mais nenhuma hesitação, segurou o marinheiro pela gola da capa de lona grossa encerada.

— Fico feliz que o anúncio de minha morte tenha produzido no senhor um efeito desses, rajá — declarou o comissário com uma voz melíflua, antes de soltar seu famoso: "Mãos para cima das orelhas! O senhor está preso!", célebre em toda Paris.

Geralmente, ao ouvir essas palavras, os bandidos mais ferozes desmaiavam.

A barra do leme parou nas mãos do timoneiro que se virou um pouco. Depois, o homem também levantou as mãos, e a roda girou ligeiramente para a direita.

— Segure o leme, idiota! — berrou Gauche. — Ei, você! — acrescentou apontando para um dos marujos de quarto. — Vá correndo buscar o primeiro-tenente para assumir o comando do navio. Enquanto isso, Fox, faça o que é necessário. E mais depressa, caramba! Envie uma ordem à sala de máquinas: "Tudo atrás", ou "Parem as máquinas", o que quiser, mas não fique aí plantado feito um pau!

— Temos que ver — disse o piloto debruçando-se sobre a carta. — Talvez não seja tarde demais para virar a bombordo.

---

* O tira francês deu um tiro na cabeça!

Do lado de Reynier, tudo estava claro. O rapaz nem tentava fingir indignação, contentava-se em ficar em pé, cabeça baixa. Suas mãos erguidas eram agitadas por ligeiros tremores.

— E agora, nós dois vamos ter uma conversinha — disse Gauche num tom meloso. — Uma boa conversinha.

Renata Kléber

Renata chegou ao café da manhã depois de todo mundo e foi, portanto, a última a ser informada dos acontecimentos da noite. Era ver quem seria o primeiro a lhe contar as novidades, tão espantosas quanto monstruosas.

Então, o capitão Reynier não era mais capitão.

Então, Reynier não era Reynier.

Então, ele era filho do rajá.

Então, ele é quem havia matado todo mundo.

Então, à noite, o navio não naufragara por um triz.

— Estávamos dormindo um sono pacífico em nossas cabines — murmurou Clarice Stamp, olhos arregalados de medo —, ao mesmo tempo em que *aquele homem* estava levando o navio direto para as pedras. Imagina o que poderia vir a seguir? Um rangido de rasgar a alma, o choque, o estalo do casco rachando! O tranco joga a gente para fora da cama e a gente se vê no chão, primeiro sem entender nada. Depois, são os gritos, os barulhos de passos no corredor. O chão que aderna cada vez mais. E o mais assustador de tudo, enquanto até então ia navegando regularmente, o navio agora está parado! Todos os passageiros correm para o convés em trajes menores...

— *Not me!* — protestou vigorosamente a Sra. Truffo.

— ... Os marujos tentam botar os botes na água — prosseguia a impressionável Clarice, com aquela sua mesma voz abafada com sotaques místicos, sem fazer caso do comentário da mulher do médico. — Mas a multidão de passageiros transtornados que invadiu o convés não os deixa fazer isso. A cada novo vagalhão, o navio se deita um pouco mais sobre o flanco. Começamos a ter dificuldade de ficar em pé, temos de nos agarrar a alguma coisa. A noite está escura, o mar uiva, no céu ronca a trovoada... Finalmente, conseguiram botar um bote na água, mas, enlouquecidas de medo, as pessoas estão tão amontoadas lá dentro que ele vira. As criancinhas...

— Talvez já b-baste — disse baixinho, mas com firmeza, Fandórin, interrompendo o vivo relato.

— A senhora deveria escrever histórias de mar — observou Truffo num tom de desaprovação.

Quanto a Renata, ela estava paralisada, mão no coração. Se estava pálida por causa da falta de sono, essas notícias todas a deixaram decididamente verde.

— Meu Deus! Meu Deus! — repetiu suspirando antes de criticar Clarice severamente: — Por que me conta esses horrores todos? Não sabe que isso é muito ruim no meu estado?

O Totó não estava na mesa. No entanto, não era do feitio dele pular o café da manhã.

— E onde se meteu o Sr. Gauche? — perguntou Renata.

— Continua intelogando o detido — respondeu o japonês.

Há alguns dias, este havia parado de fazer cara feia e de olhar com irritação para Renata.

— Será possível que o Sr. Reynier tenha confessado todas essas coisas inimagináveis? — disse ela suspirando. — Ele está se condenando! Deve confessar simplesmente não estar bom da cabeça. Sabe, há muito tempo, eu já tinha notado que havia qualquer coisa nele que não estava certa. Foi ele mesmo quem disse que era filho do rajá? Ainda bem que não acha que é filho de Napoleão Bonaparte. O coitado pirou, é óbvio!

— É bem possível, senhora, é bem possível — ressoou atrás dela a voz cansada do comissário Gauche.

Renata não ouviu quando ele entrou. O que nada tinha de surpreendente pois, embora a tempestade tivesse terminado, o mar continuava agitado, e havia constantemente algo rangendo, tilintando ou estalando. Quanto ao Big Ben, embora o vaivém do seu pêndulo tivesse parado desde que ele levara um tiro, o relógio continuava balançando na base. Mais cedo ou mais tarde, o monstro de carvalho ia se espatifar no chão — pensou Renata de passagem, depois se concentrou no Totó.

— Então, em que pé estamos, conte! — perguntou.

O policial dirigiu-se lentamente ao seu lugar e sentou-se. Fez sinal para que o garçom lhe servisse café.

— Pois bem, estou completamente exausto — queixou-se o comissário. — De fato, os passageiros? Estão sabendo?

— O navio todo está cheio de rumores, mas, por enquanto, pouca gente sabe dos detalhes — respondeu o médico. — *Mr.* Fox me contou tudo, e achei que era meu dever informar os presentes.

O Totó olhou para Fandórin, depois para o Biruta, e balançou a cabeça com espanto:

— Pode-se dizer que os senhores não são do tipo falador.

Renata compreendeu o sentido do comentário, mas não viu nenhuma relação imediata com o caso.

— Então, Reynier? — perguntou. — É verdade que ele confessou todos aqueles crimes horríveis?

O Totó bebeu com deleite um gole de café. Curioso, hoje, ele estava diferente. Não parecia mais um velho cão que late, mas que afinal não era mau. Aquele parecia capaz de morder. Você estava passeando tranqüilamente e, zás, ele lhe arrancava um pedaço de carne. Renata decidiu rebatizar o comissário de Buldogue.

— Delicioso, esse cafezinho — apreciou o Buldogue. — Ele confessou, claro que confessou. Não tinha muita escolha. É óbvio que me causou dificuldades, mas o velho Gauche não é um novato. Por ora, seu amigo Reynier está trancado, redigindo o depoimento dele. Agora que começou, não se pode mais interrompê-lo. Fui embora para não incomodá-lo.

— Por que "meu" amigo? — alarmou-se Renata. — Pare com isso. É simplesmente um homem educado, sempre disposto a fazer um favor para uma mulher grávida. E, pessoalmente, me recuso a acreditar que ele seja um monstro desses.

— De uma hora para outra, ele vai terminar a confissão dele, e deixarei que a senhora a leia — prometeu o Buldogue. — Em nome de nossa velha amizade. Passamos tantas horas sentados à mesma mesa. Mas agora acabou, o inquérito está encerrado. Espero, Sr. Fandórin, que o senhor não recomece a bancar o advogado. Esse cliente não vai escapar da guilhotina.

— Ou antes do asilo de loucos — disse Renata.

O russo também quis dizer alguma coisa, mas se absteve. Renata olhou-o com um interesse acentuado. Ele estava fresco como uma rosa, todo bonitinho, como se tivesse passado a noite inteira dormindo sossegadamente em sua caminha aconchegante. E, como sempre, arrumadíssimo: paletó branco, colete de seda salpicado de minúsculas estrelas. Um sujeito realmente espantoso. Renata nunca conhecera outro igual.

A porta se abriu com tanta brutalidade que quase se soltou das dobradiças. No umbral, estava um marujo revirando os olhos esgazeados. Ao ver Gauche, correu para ele e cochichou-lhe algo no ouvido, fazendo gestos desesperados.

Renata prestou atenção, mas só distinguiu "*bastard*" e "*by my mother's grave*".*

O que ainda pode ter acontecido?

— Doutor, vamos até o corredor — disse o Buldogue empurrando a omelete, contrariado. — Traduza o que esse garoto diz.

Saíram os três.

— O quê?!!! — ouviu-se o comissário gritar. — E para onde você estava olhando, seu boçal?!

Ruído de passos se afastando. Silêncio.

— Eu não arredo o pé daqui, enquanto o Sr. Gauche não voltar — disse Renata com firmeza.

Os outros, aparentemente, eram da mesma opinião.

Um silêncio tenso pairou sobre o salão Windsor.

O comissário e Truffo voltaram meia hora depois. Vinham com o semblante carregado.

— Aconteceu o que deveria acontecer — disse triunfantemente o médico, sem esperar as perguntas. — Um ponto final acaba de encerrar esta trágica história. E foi o próprio criminoso que o colocou.

— Ele morreu? — perguntou Renata, levantando-se de um pulo.

— Suicidou-se? — quis saber Fandórin. — Mas como? Será possível que o senhor não tenha tomado nenhuma medida de precaução?

— Caramba, claro que tomei — disse Gauche abrindo os braços desamparado. — Na cela onde o interroguei, a mobília toda se resumia a uma mesa, duas cadeiras e uma cama. Com todos os pés aparafusados no chão. Mas se um

---

* Filho da mãe... No túmulo da minha mãe.

homem põe na cabeça acabar com a própria vida, podemos fazer o que quisermos, mas nada vai segurá-lo. Reynier arrebentou o crânio batendo-o numa quina saliente da parede. Nessa cela, realmente há um... E ele se saiu tão bem que o guarda não ouviu nada. Quando abriram a porta para lhe levar o café da manhã, ele jazia no chão, em meio a uma poça de sangue. Dei ordens para que ninguém tocasse nele, por ora, ele deve ficar onde está.

— Posso ir lá dar uma espiada? — perguntou Fandórin.

— Vá, se lhe aprouver. Pode admirar o quadro o quanto quiser, enquanto isso, termino meu café da manhã.

E, com uma calma olímpica, o Buldogue puxou para si sua omelete fria.

Foram quatro a sair para ver o suicida: Fandórin, Renata, o japonês e, por incrível que pareça, a mulher do médico. Quem haveria de esperar uma curiosidade dessas da parte daquela velha cabra metida a besta?

Por cima do ombro de Fandórin, batendo queixo, Renata olhou para dentro da cela. Reconheceu, deitado atravessado, o vulto quadrado de Reynier, a cabeça morena encostada na quina da parede. Ele estava de cara no chão, a mão direita virada de forma pouco natural.

Renata absteve-se de entrar, já vira o suficiente assim. Os outros entraram e se agacharam em volta do corpo.

O japonês levantou a cabeça do morto e, por uma razão qualquer, encostou o dedo em sua testa ensangüentada. Mas sim, é verdade, ele era médico.

— *Oh Lord, have mercy upon this sinful creature** — disse piedosamente a Sra. Truffo.

— Amém — respondeu Renata antes de se virar para fugir desse espetáculo doloroso.

---

* Ai, meu Deus, tenha piedade dessa criatura pecadora.

Eles voltaram ao salão sem dizer uma palavra.

E chegaram na hora certa: tendo terminado a refeição, o Buldogue limpou a boca engordurada com um guardanapo e puxou para si sua pasta preta.

— Eu havia prometido mostrar-lhes o depoimento do falecido nosso vizinho de mesa — disse imperturbável, pousando à sua frente três folhas de papel (duas inteiras e uma pela metade) preenchidas com uma letra apertada. — Assim, parece que não se trata apenas de uma confissão, mas também de uma carta de despedida. O que não muda nada na essência. Querem ouvi-la?

Não precisou repetir a proposta. Todos se reuniram em volta do comissário, com a respiração em suspenso. O Buldogue pegou a primeira folha, afastou-a dos olhos e começou a ler:

> ***Ao representante da polícia francesa***
> ***senhor comissário Gustave Gauche***
>
> ***19 de abril de 1878, 6h15m da manhã***
> ***a bordo do* Leviatã**
>
> *Eu, Charles Reynier, faço a confissão a seguir de livre e espontânea vontade e sem qualquer coerção, com a única preocupação de aliviar minha consciência e explicar os motivos que me levaram a cometer crimes atrozes.*
>
> *O destino sempre foi cruel comigo...*

— Essa história eu já ouvi mil vezes — comentou o comissário, interrompendo a leitura. — Não há um só indivíduo culpado de assassinato, roubo ou qualquer outro desvio menor que tenha dito, durante seu julgamento, que o destino o havia cumulado de bens, mas que ele, filho da mãe que era, não soubera se mostrar digno deles. Em resumo, vamos continuar.

O destino sempre foi cruel comigo, e, se me sorriu na aurora de minha vida, foi exclusivamente para me arrasar mais duramente ainda depois. Minha infância foi passada num luxo indescritível. Eu era filho único e herdeiro de um rajá fabulosamente rico, um homem boníssimo, que aliava a sabedoria do Oriente à do Ocidente. Até os sete anos de idade, eu não soube o que eram o mal, o medo, a vergonha, um desejo não satisfeito. Minha mãe se consumia longe de sua terra natal e passava o tempo todo comigo, falando-me de sua maravilhosa França e da alegre Paris onde crescera. Meu pai a havia conhecido no clube de Bagatelle, onde ela era primeira bailarina, e se apaixonara perdidamente por ela. Françoise Reynier (este é o nome de solteira de minha mãe, o qual adotei quando obtive a nacionalidade francesa) não pôde resistir às tentações que lhe oferecia um casamento com um príncipe do Oriente e tornou-se sua mulher. Mas este casamento não a fez feliz, embora ela respeitasse sinceramente meu pai e até hoje permaneça fiel a ele.

Quando a onda sangrenta da revolta abateu-se sobre a Índia, meu pai pressentiu o perigo e mandou a esposa e o filho para a França. O rajá sabia que os ingleses há muito estavam de olho em sua preciosa caixa e que, inevitavelmente, iriam inventar alguma coisa torpe para se apoderar dos tesouros de Brahmapur.

Nos primeiros tempos, minha mãe e eu vivemos ricamente — num palacete, rodeados por uma multidão de criados. Estudei num liceu de ricos, tendo como colegas os filhos de cabeças coroadas e de milionários. Depois, tudo mudou, e bebi até a borda o cálice da pobreza e da humilhação.

Nunca hei de esquecer o dia negro em que minha mãe, em prantos, anunciou-me que eu não tinha mais pai, nem título, nem pátria. Foi só um ano depois que, por intermédio da embaixada britânica em Paris, me foi entregue a única herança legada por meu pai: um pequeno Corão. Nesta época, minha mãe já me batizara e eu ia à missa. No entanto, eu jurara a mim mesmo aprender a ler árabe a fim de decifrar as anotações escritas de próprio punho por meu pai, na margem do livro sagrado. Muitos anos depois, cumpri essa promessa, mas voltarei a isso depois.

— Paciência, paciência — disse Gauche com um sorriso malicioso. — Ainda não chegamos lá. Por ora, continuemos os vôos líricos.

Saímos do palacete tão logo recebemos a triste notícia. Instalamo-nos primeiro num palácio, depois num estabelecimento mais modesto, em seguida num apartamento mobiliado. O número de nossos criados foi diminuindo aos poucos, e, finalmente, ficamos os dois. Minha mãe nunca teve senso prático, nem na época de sua impetuosa juventude, nem mais tarde. As jóias que ela levara com ela para a Europa nos permitiram viver durante dois ou três anos, após o que nos vimos realmente passando necessidade. Eu estava numa escola pública, onde eu apanhava e era tratado de "tição". Esta vida fez de mim uma pessoa dissimulada e vingativa. Eu mantinha um diário secreto onde anotava o nome dos que me haviam ofen-

dido, com o fito de me vingar de cada um deles quando, cedo ou tarde, a oportunidade se apresentasse. O que não deixou de acontecer. Muitos anos depois, em Nova York, encontrei um de meus inimigos desta época dolorosa de minha juventude. Ele não me reconheceu: eu então havia mudado de nome e não tinha mais nada em comum com o garoto magrelo e perseguido, o "hinduzinho sujo", como eles diziam na escola para implicar comigo. Esperei meu velho conhecido uma noite, quando ele saía, bêbado, de uma boate. Apresentei-me com meu nome antigo e interrompi sua exclamação espantada com uma canivetada no olho direito, um procedimento que eu havia aprendido nas espeluncas de Alexandria. Confesso esse crime, porque é pouco provável que isso mude alguma coisa no meu destino.

— Exatamente — aprovou o Buldogue. — No ponto em que ele está, um cadáver a mais ou a menos...

Quando eu tinha 13 anos, deixamos Paris e fomos para Marselha, porque a vida era mais barata e minha mãe tinha família ali. Aos 16 anos, após ter cometido um ato que prefiro esquecer, fugi de casa e entrei como grumete numa escuna. Naveguei durante dois anos no Mediterrâneo. Foi uma experiência rústica, porém útil. Fiquei forte, implacável, ao mesmo tempo que flexível. Mais tarde, isso me permitiria ser o melhor aluno da Escola Marítima de Marselha. Saí de lá com a medalha de honra, e, desde então, só naveguei nos melhores navios da frota mercante francesa. Quando, no fim do ano passado, foi aberto um concurso para o posto de primeiro-tenente do prestigioso Leviatã, *minhas referências e minhas excelentes recomendações me garantiram a vitória. Mas aí, meu Objetivo já aparecera.*

Gauche pegou a segunda folha e anunciou:
— Pronto, chegamos ao mais interessante.

Em pequeno, eu tinha aulas de árabe. Mas, como meus professores eram muito complacentes para com o príncipe herdeiro, não aprendi muito. Mais tarde, quando estava na França com minha mãe, as aulas de árabe já estavam fora de cogitação, e eu esquecia depressa o pouco que sabia. Durante longos anos, o Corão anotado por meu pai me pareceu um livro encantado, cujos arabescos mágicos eram inacessíveis ao comum dos mortais. O quanto, depois, agradeci aos céus por não ter pedido a um arabista qualquer para ler as anotações marginais! Não, era preciso, custasse o que custasse, que fosse eu e mais ninguém que desvendasse esse segredo. Comecei novamente a estudar árabe quando navegava nas regiões do Magreb e do Levante. Pouco a pouco, o Corão começou a me falar com a voz de meu pai. Mas foram necessários longos anos antes que as notas manuscritas — aforismos floridos dos sábios, fragmentos de poemas e conselhos de um pai a seu filho bem-amado — me deixassem entrever o código que encerravam. Tomadas numa certa ordem, as anotações constituíam um conjunto de instruções precisas e detalhadas, que só quem tivesse decorado as notas, meditado muito sobre elas e as tivesse absorvido podia entender. Penei longamente acima de tudo em cima de uma frase extraída de um poema que eu não conhecia:

Um lenço, manchado de sangue paterno,
O mensageiro da morte lhe trará.

Foi somente há um ano, ao ler as memórias de um general inglês que se vangloriava de seus "feitos" durante o Grande Levante (meu interesse por esse tema é bem compreensível), que descobri um interessante detalhe sobre o presente que o rajá de Brahmapur dera antes de morrer a seu jovem filho. Assim, o Corão estava enrolado num lenço! Tive a impressão de que meus olhos se abriram. Alguns meses depois, lorde Littleby apresentou sua coleção ao Louvre. Fui o mais atento dos visitantes dessa exposição. Quando, finalmente, vi o lenço de meu pai, o sentido destas linhas me saltou aos olhos:

E por sua forma pontuda
É semelhante ao desenho e à montanha.

E também:

Mas da ave do paraíso, o olho sem fundo
É próprio para desvendar o mistério.

Será preciso explicar que, durante todos esses anos de exílio, eu não sonhava com outra coisa senão com a caixa de terracota que encerrava toda a riqueza do mundo? Quantas vezes vi em sonho a tampa de barro se levantar, enquanto, de novo, como em minha juventude distante, um brilho sobrenatural se derramava sobre o universo!

O tesouro é meu por direito, eu sou o herdeiro legal! Os ingleses me despojaram, mas não souberam aproveitar os frutos de sua perfídia. Aquele infame Littleby rapinante, que se gabava de suas "raridades", não passava de um vulgar receptador de objetos roubados. Não duvidei em nenhum momento de meu direito e só temia uma coisa: não concluir a tarefa que me impus.

E efetivamente cometi uma série de erros imperdoáveis e terríveis. O primeiro é a morte dos criados e, particularmente, das infelizes crianças. Naturalmente, eu não tinha nenhuma intenção de matar essas pessoas que não eram culpadas de nada. Como o senhor adivinhou, me fiz passar por médico, e ministrei-lhes uma injeção de ópio. Eu só queria fazê-los dormir, mas, por falta de experiência e por medo de que o narcótico não agisse suficientemente, avaliei mal a dose.

Um segundo choque me aguardava no primeiro andar. Quando quebrei a vitrine e, com as mãos tremendo de uma emoção impregnada de veneração, apertei no rosto o lenço de meu pai, uma das portas se abriu de repente, e, mancando, entrou o dono da casa. Segundo as informações que eu possuía, o lorde estava viajando, mas eis que ele surgia à minha frente, ainda por cima armado com uma pistola! Eu não tinha escolha. Peguei a estatueta de Shiva e, com toda a força, dei com ela na cabeça do lorde. Em vez de cair para trás, ele caiu para a frente, abraçando-se a mim e sujando minhas roupas de sangue. Por baixo de um jaleco branco, eu estava com meu uniforme de gala, cuja calça azul-marinho com vermelho vivo parece muito com a dos agentes sanitários municipais. Fiquei muito orgulhoso de minha esperteza, mas, afinal, ela acabou sendo minha perdição. Numa derradeira convulsão, embaixo de meu jaleco aberto, o infeliz me arrancou do peito o distintivo do Leviatã. *Só quando voltei ao navio é que percebi o sumiço do emblema. Consegui arranjar outro, mas, mesmo assim, deixara uma pista fatal.*

Não me lembro como fugi da casa. Em vez de sair pela porta, escolhi pular a cerca pelo jardim. Em seguida, só fui dar por mim depois que cheguei ao Sena. Numa das mãos, eu tinha a estatueta ensangüentada, na outra, a pistola. Não sei por que a peguei. Com um estremecimento de horror, joguei as duas dentro d'água. No bolso de minha túnica, embaixo do jaleco branco, o lenço me aquecia o coração.

E, no dia seguinte, soube pelos jornais que eu era o assassino não só de lorde Littleby, mas também de mais nove pessoas. Abstenho-me de falar sobre meus tormentos a esse respeito.

— Bem, vejamos — disse o comissário com um movimento de cabeça. — Dá vontade de chorar de tão comovente. Ele acha que está num júri popular: "Julguem por si mesmos, senhores jurados, eu poderia ter agido de outra maneira? Em meu lugar, vocês teriam feito o mesmo." Repugnante! — concluiu Gauche, e recomeçou a leitura:

O lenço me deixou louco. A ave encantada com esse furo no lugar do olho assumiu uma ascendência estranha sobre mim. Era como se eu não agisse por minha vontade própria, mas sim obedecesse à voz que, de agora em diante, me dirigia.

— Lá vem ele com a idéia dele de irresponsabilidade — observou o Buldogue sorrindo com um ar entendido. — Conhecemos essa conversa.

Quando descíamos o canal de Suez, o lenço sumiu da minha escrivaninha. Senti-me o joguete do destino. Não me ocorreu que o lenço havia sido roubado. Naquele momento, eu já estava de tal maneira influenciado por um sentimento místico que esse triângulo de seda me parecia um ser vivo e dotado de alma. Ele me achara indigno e me deixara. Eu estava inconsolável e, se não pus fim a meus dias, foi só na esperança de que o lenço tivesse piedade de mim e voltasse. Esconder meu desespero do senhor como de meus colegas exigiu de mim um esforço considerável.

Depois, na véspera de nossa chegada a Aden, aconteceu um milagre! Tendo ouvido o grito de pavor da Sra. Kléber, acorri à sua cabine, e ali, vi um negro surgido não se sabe de onde, usando no pescoço meu lenço misteriosamente desaparecido. Agora estava claro para mim que, dois dias antes, o selvagem entrara em minha cabine e simplesmente se apossara de um pedaço de pano de cores vivas. No entanto, naquele instante, eu sentia um medo irracional, sem comparação com coisa alguma que pude conhecer até então. Como se o anjo negro das trevas tivesse saído do inferno para me devolver meu tesouro!

Na luta que se seguiu, matei o negro e, aproveitando que a Sra. Kléber estava meio desacordada, tirei-lhe discretamente o lenço. Desde então, usei-o constantemente junto ao peito, sem me separar dele um só instante.

Quanto ao professor Sweetchild, matei-o friamente com uma determinação que me enche de admiração. Atribuo inteiramente à influência mágica do lenço a clarividência e presença de espírito excepcionais que demonstrei. Desde as primeiras palavras todavia confusas de Sweetchild, compreendi que ele acabara descobrindo o segredo do lenço e encontrando a pista do filho do rajá — minha pista. Era preciso calar o professor, e foi o que fiz. O lenço estava satisfeito comigo, eu sentia isso pela forma com que o tecido de seda esquentara, afagando meu coração extenuado.

Todavia, a eliminação de Sweetchild trouxe apenas uma trégua. O senhor, comissário, me cercava por todos os lados. Antes de chegar a Calcutá, o senhor e sobretudo seu perspicaz assistente Fandórin...

Gauche tossiu contrariado e olhou de soslaio para Fandórin.

— Meus parabéns. O senhor tem direito aos cumprimentos de um assassino. E ainda bem que ele o menciona como meu assistente e não o contrário.

Pode-se imaginar com que prazer o Buldogue teria riscado essa linha para que ela não chamasse a atenção de seus chefes parisienses. Infelizmente, se as palavras voam, os escritos permanecem. Renata olhou o russo. Este puxou a pontinha pontuda do bigode e, com um gesto, convidou o policial a prosseguir.

... seu assistente Fandórin teriam eliminado uns após os outros todos os suspeitos, e só teria restado eu. Bastaria um simples e único telegrama ao serviço de naturalizações do Ministério do Interior para estabelecer a atual identidade do filho do rajá Bagdassar. Sem contar que, consultando os registros dos antigos alunos da Escola Marítima, apareceria que entrei lá com um nome e saí com outro.

E entendi então que o olho vazio da ave do paraíso não era a via da felicidade terrestre, mas sim o caminho do Nada eterno. Tomei a decisão de desaparecer nas profundezas abissais, e de fazer isso não como um infeliz fracassado, mas como um grande rajá. Meus nobres ancestrais nunca morriam sozinhos. Depois deles, na pira de cremação, subiam seus criados, suas esposas e suas concubinas. Eu não vivera como um senhor, mas, em compensação, iria morrer como convém a um autêntico soberano — assim eu decidira. Para minha derradeira viagem, eu me faria acompanhar não de escravos e criados, mas da fina flor da sociedade européia. E como carro fúnebre, eu teria um gigantesco navio, maravilha do progresso técnico! A grandeza e a majestade desse projeto me encheram de exaltação. Não era ainda mais suntuoso que possuir uma riqueza fabulosa?

— Aí, ele mente — disse Gauche, num tom cortante. — Ele queria afogar era a nós. Para ele, ele tinha preparado um bote.

O comissário pegou a última folha ou, mais exatamente, meia folha.

A manobra com que iludi o capitão Cliff era torpe, confesso. Em minha defesa, direi que não havia previsto um fim tão triste. Tenho por Cliff um respeito sincero. E, ao me apoderar do Leviatã, *eu desejava também poupar a vida desse homem excelente. Decerto, aflito com sua filha, ele sofreria um pouco, mas logo saberia que tudo estava bem com ela. Infelizmente, o azar me persegue em tudo. Poderia eu prever que o capitão seria derrubado por uma embolia? Maldito lenço, é ele o responsável por tudo!*

O dia em que deixamos o porto de Bombaim, queimei o triângulo de seda colorido. "Queimei" as pontes.

— Queimou! — exclamou Clarice Stamp. — Então, não há mais lenço?

Renata perscrutou o Buldogue com o olhar. Este ergueu os ombros com indiferença e disse:

— E graças a Deus! Que vão para o diabo com aquele lenço, eis o que tenho a lhes dizer, minhas senhoras e meus senhores. Isso só vai nos deixar melhor.

Ah, mas é que, há pouco, ele achava que era Sêneca. Renata esfregou o queixo, pensativa.

Custa-lhe acreditar? Pois bem, como prova de minha sinceridade, vou lhe revelar o segredo do lenço. De agora em diante, não preciso mais escondê-lo.

O comissário se interrompeu e olhou maliciosamente para o russo.

— Ao que me lembro, o senhor se gabou de ter desvendado esse segredo. Então conte-nos o que descobriu, e poderemos verificar se é tão perspicaz quanto afirma o falecido.

Fandórin nem pestanejou.

— Isso não é muito complicado — respondeu negligentemente.

Pretensioso, pensou Renata, mas assim mesmo bonito. Será possível que ele tenha realmente desvendado o mistério?

— Portanto, o que sabemos do lenço? Primeiro, ele é t-triangular, com um lado reto e dois outros ligeiramente sinuosos. Segundo, nele está representada uma ave cujo olho constitui um furo. Terceiro, vocês se lembram, naturalmente, da descrição do palácio de Brahmapur, particularmente do andar superior: uma cadeia de montanhas no horizonte, afrescos que a refletem como num espelho.

— Bom, nós lembramos, e então? — perguntou o Biruta.

— Mas, afinal, *Sir* Reginald — fingiu espantar-se o russo. — O senhor e eu vimos o desenho de Sweetchild! Tudo que era necessário para descobrir o segredo estava ali: o lenço triangular, uma linha quebrada, a palavra "palácio".

Ele tirou um lenço do bolso, dobrou-o em diagonal, o que dava um triângulo.

— O lenço é o truque usado para indicar onde está escondido o t-tesouro. Sua forma corresponde ao contorno de uma das montanhas representadas nos afrescos. Basta simplesmente aplicar o ângulo superior do l-lenço ao cume dessa montanha. Assim.

Ele pousou o triângulo na mesa e desenhou seu contorno com o dedo.

— Então, o olho de Kalavinka indicará o ponto exato onde convém procurar. Obviamente, não na montanha desenhada, mas na verdadeira. Deve haver aí uma gruta ou algo do gênero. Comissário, tenho razão ou me engano?

Todos se viraram para Gauche. Este inflou as bochechas, mexeu as sobrancelhas grossas, o que acabou de deixá-lo parecido com um velho buldogue mal-humorado.

— Eu me pergunto como o senhor faz — resmungou. — Li essa carta ali, na cela, e não a larguei um segundo... Enfim, em resumo, ouçam.

No palácio de meu pai há quatro salas onde se realizavam as cerimônias oficiais: ao norte, as de inverno, ao sul, as de verão, a oeste, as de primavera e, a leste, as de outono. Se está bem lembrado, o falecido Sweetchild mencionou-as. Há ali efetivamente um mural representando uma paisagem de montanhas que podem ser vistas na realidade pelas janelas altas que vão do chão ao teto. Muitos anos se passaram, mas basta eu fechar os olhos para ver na minha frente essa paisagem. Viajei muito, vi muita coisa e posso dizer que em nenhum lugar do mundo existe um espetáculo mais grandioso! Meu pai escondera a caixa embaixo de um bloco de pedra marrom que havia na vertente de uma das montanhas. Para saber qual era entre a quantidade de picos montanhosos que se oferecem ao olhar, bastava aplicar o lenço às montanhas representadas no mural, uma de cada vez. Aquela cujo contorno correspondesse exatamente ao lenço era a que escondia o tesouro. O local onde procurar a pedra era indicado pelo olho vazio da ave do paraíso. Naturalmente, até um indivíduo que soubesse em que setor procurar precisava de muitas horas, se não dias, para descobrir a pedra, pois a zona de busca cobre centenas de metros. Mas aí não poderia haver confusão. Há muitos blocos de pedra marrom nas montanhas, mas, no local indicado da vertente, só uma é dessa cor. "Como um cisco no olho, uma pedra marrom, única entre as pedras cinzentas", dizia uma anotação do Corão. Quantas vezes eu me imaginei armando minha tenda na montanha sagrada e, sem pressa, o coração palpitando, percorrendo a encosta da montanha à procura desse "cisco". Mas o destino decidiu de outra maneira.

Pois bem, as esmeraldas, as safiras, os rubis e os diamantes estavam visivelmente destinados a permanecerem escondidos ali até um tremor de terra deslocar o bloco errático. Mas, mesmo em 100 mil anos, isso não afetaria em nada as pedras preciosas — elas são eternas.

E para mim, terminou. O maldito lenço esgotou todas as minhas forças e toda a minha razão. Minha vida perdeu o sentido. Estou derrubado, fiquei louco.

— E, nesse ponto, ele está certíssimo — concluiu o comissário, empurrando a meia página. — Tudo termina com essa carta.

— Pois bem, Leynier-san agiu bem — disse o japonês. — Ele viveu na indignidade, mas moleu com honla. Pol isso, muita coisa lhe selá peldoada e, em sua plóxima vida, uma nova chance de coligi seus elos lhe selá ofelecida.

— No que diz respeito a uma próxima vida, eu não sei — disse o Buldogue dobrando cuidadosamente as folhas e guardando-as na pasta preta —, mas o que é certo é que, graças a Deus, meu inquérito terminou. Vou descansar um pouco em Calcutá e, em seguida, volto a Paris. O caso está encerrado.

Foi então que o diplomata russo reservou uma surpresa para Renata.

— Como, encerrado? — perguntou num tom de voz elevado. — O senhor anda muito depressa, comissário. — Virou-se para Renata e apontou para ela, como dois canos de aço, seus frios olhos azuis. — A Sra. Kléber não tem mesmo nada para nos contar?

Clarice Stamp

A pergunta pegou todo mundo desprevenido. Aliás, não, nem todo mundo — Clarice notou com espanto que a futura mãe nem se perturbou. Decerto, ela empalideceu de modo apenas perceptível e mordeu furtivamente o lábio carnudo, mas respondeu com segurança, num tom de voz alto e quase de um jato só:

— O senhor tem razão, tenho algo a dizer. Só que não ao senhor, mas sim ao representante da lei.

Com um ar desarmado, ela olhou o comissário e disse com uma voz suplicante:

— Pelo amor de Deus, eu queria lhe fazer minha confissão em particular.

Aparentemente, para Gauche os acontecimentos acabavam de tomar um rumo completamente inesperado. O policial se mostrou aturdido, olhou Fandórin com desconfiança e, empinando orgulhosamente o queixo duplo, disse entredentes:

— Muito bem, vamos à minha cabine, já que a senhora parece fazer questão.

Clarice sentiu que o policial não tinha a mínima idéia do que a Sra. Kléber se preparava para lhe confessar.

Sendo assim, não se podia recriminar muito o comissário por isso; a própria Clarice não chegava a acompanhar o curso impetuoso dos acontecimentos.

Mal a porta se fechou atrás de Gauche e da Sra. Kléber, Clarice lançou um olhar interrogativo para Fandórin, aparentemente o único a saber exatamente o que estava havendo. Era a primeira vez do dia que ela se atrevia a olhar para ele assim, de frente, e não de lado ou de soslaio, baixando as pálpebras.

E ela nunca havia visto Eraste (sim, sim, para si mesma, ela podia chamá-lo pelo nome de batismo) manifestar tamanha perplexidade. Sua testa estava franzida, uma inquietude persistente transparecia em seu olhar, seus dedos tamborilavam na mesa. Seria possível que até aquele homem seguro de si, capaz de reagir com a rapidez de um raio, tivesse perdido o controle da situação? A noite passada, Clarice o vira perturbado, mas só por um instante. Muito depressa, ele então se recompusera.

E eis em que circunstâncias.

Após o desastre de Bombaim, ela ficara três dias enclausurada. Fingira-se de doente para a camareira, fazia as refeições na cabine e não saía para dar uma volta senão protegida pela escuridão da noite, como uma ladra comum.

No que dizia respeito à saúde, tudo ia bem, mas como enfrentar as testemunhas de sua vergonha, *ele* em particular? O ignóbil Gauche a havia exposto ao ridículo, a havia humilhado, coberto de lama. E o pior de tudo era que nem se podia acusá-lo de estar mentindo: tudo era verdade, da primeira à última palavra. Sim, desde que entrara oficialmente na posse de sua herança, ela correra para Paris, sobre a qual lera e ouvira tantas coisas. Jogara-se ali como uma mariposa na chama. E queimara as asas. Como se não bastasse essa história humilhante lhe ter tirado o pouco que lhe restava de amor-próprio, foi necessário que todo mundo ficasse sabendo: *Miss* Stamp era uma devassa de uma credulidade idiota, vítima desprezível de um gigolô profissional!

Por duas vezes, a Sra. Truffo viera se informar sobre sua saúde. Obviamente queria se deleitar com o espetáculo de sua humilhação: fingira ficar com pena, queixara-se do calor, mas em seus pequenos olhos baços brilhava uma chispa de triunfo. Então, menina, parecia dizer, quem de nós duas é a verdadeira *lady*?

O japonês também passara para vê-la explicando que, em seu país, usava-se fazer "uma visita de compaixão", quando alguém estava sofrendo. Ele propusera seus serviços terapêuticos. Olhara-a com simpatia.

Depois, enfim, fora a vez de Fandórin vir bater à sua porta. Clarice trocara palavras secas com ele e não o deixara entrar, alegando uma enxaqueca.

Pouco importa, dissera ela a si mesma, comendo tristemente seu bife na mais completa solidão. Só faltam nove dias para agüentar até Calcutá. E o que eram nove dias para ficar trancada quando ela passara quase um quarto de século presa? Não muito, a bem da verdade. Aqui, ela ainda estava melhor que em casa de sua tia. Sozinha, numa confortável cabine, com bons livros. Quando chegasse a Calcutá, ela abriria uma nova página de sua vida, uma página virgem.

Mas, na noite do terceiro dia, pensamentos de outra ordem completamente diferente se impuseram à sua mente. Ah, como o poeta tinha razão ao escrever:

Il y a le plaisir de recouvrer la liberté,
Quand on a perdu tout ce à quoi l'on tenait! *

---

* Há o prazer de recobrar a liberdade, / Quando perdemos tudo o que prezávamos! (N. da T.)

Em suma, ela não arriscava nada tentando a sorte. Tarde da noite (já mais de meia-noite), Clarice resolutamente deu um jeito no penteado, empoou ligeiramente o rosto, enfiou aquele vestido marfim comprado em Paris que lhe ficava tão bem e saiu no corredor. O balanço a jogava ora de encontro a uma parede, ora a outra.

Esforçando-se para não pensar em nada, parou diante da porta da cabine 18, sua mão erguida ficou paralisada — mas só por um breve instante —, e ela bateu.

Eraste abriu quase imediatamente. Vestia uma jaqueta de andar em casa com galões de um azul-escuro, bem aberta sobre uma camisa branca.

— Preciso lhe falar — anunciou Clarice peremptoriamente, esquecendo até o cumprimento de praxe.

— B-boa-noite, *Miss* Stamp — disse ele rapidamente. — Aconteceu alguma coisa?

E, sem esperar a resposta, acrescentou:

— Espere um minuto por favor, enquanto eu me troco.

Quando a fez entrar, estava de sobrecasaca e gravata com um nó impecável. Com um gesto, convidou-a a sentar-se.

Clarice se instalou e, olhando-o nos olhos, disse essas palavras:

— Sobretudo, não me interrompa. Se eu perder o fio da meada, será pior ainda... Eu sei, sou muito mais velha que você. Quantos anos tem? Vinte e cinco? Menos? Não importa. De qualquer forma, não lhe peço para se casar comigo. Dito isso, você me agrada. Estou apaixonada por você. Toda a minha educação foi orientada para que eu não dissesse uma coisa dessas a um homem em nenhuma circunstância, mas, agora, para mim, tanto faz. Não tenho mais tempo a perder. Murcho, sem ter conhecido a floração. Se eu lhe agrado um pouquinho que seja, me diga. Se não, me diga também. Após a vergonha que acabo de sofrer, não vejo o que poderia me tornar um pouco menos amarga. E saiba de uma coisa: minha aventura parisiense foi um pesadelo, mas não me arrependo. Mais vale um pesadelo que o torpor embrutecedor em que passei a vida inteira. Pois bem, responda, não fique calado!

Meu Deus, será possível que ela tenha dito isso em voz alta? Em um sentido, ela poderia se orgulhar de seu feito.

No primeiro momento, Fandórin ficou boquiaberto e piscou com um ar aturdido, muito pouco romântico. Depois, decidiu responder, lentamente, gaguejando muito mais que de hábito:

— *Miss* Stamp... C-Clarice... Você me agrada. Me agrada muito. Eu a admiro. E a invejo.

— Me inveja? Mas por quê? — perguntou ela, surpresa.

— Por sua audácia. Porque não tem medo de ser rejeitada e parecer ridícula. Sabe que, no fundo, sou um homem muito tímido e inseguro.

— Você? — espantou-se ainda mais Clarice.

— Sim. Tenho muito medo de duas coisas: de me encontrar numa situação absurda ou ridícula e... de abrir a guarda.

Não, ela decididamente não entendia.

— Que guarda?

— Veja bem, aprendi muito cedo o que era a perda da pessoa querida, e conheci o medo que, sem dúvida, nunca me deixará. Enquanto estou só, minha defesa face à adversidade é sólida, não tenho medo de nada nem de ninguém. Para um homem como eu, o melhor é ficar sozinho.

— Eu já lhe disse, *Mr.* Fandórin — respondeu severamente Clarice —, que absolutamente não tenho pretensão a um lugar em sua vida nem mesmo em seu coração. E tenho ainda menos intenção de atentar contra a sua "defesa".

Ela se calou, pois tudo já fora dito.

E alguém teve de bater à porta bem naquela hora. Do corredor, chegou a voz transtornada de Milford-Stoakes.

— *Mr.* Fandórin! O senhor não está dormindo? Abra! Depressa! É um complô!

— Fique aqui — murmurou Eraste. — Já volto.

Ele saiu no corredor. Clarice ouviu vozes abafadas, mas não conseguiu distinguir o que se dizia.

Cerca de cinco minutos depois, Fandórin voltou. De uma gaveta, tirou um objeto pequeno, mas aparentemente pesado, que enfiou no bolso. Depois, de uma maneira bizarra, pegou uma elegante bengala e disse, preocupado:

— Espere aqui um pouco, então volte para sua cabine. O caso está perto do desfecho.

Eis então o desfecho que ele tinha em mente... Mais tarde, de volta ao seu camarote, Clarice ouviu um ruído de passos no corredor, um alvoroço de vozes inquietas, mas, naturalmente, não poderia lhe ocorrer que, acima dos mastros do bravo *Leviatã,* a morte espreitava.

— A Sra. Kléber quer confessar o quê? — perguntou nervosamente o Dr. Truffo. — Sr. Fandórin, explique para nós o que está se passando. Ela tem alguma coisa a ver com essa história toda?

Mas Fandórin permaneceu calado, contentando-se em exibir uma cara cada vez mais preocupada.

Jogando no ritmo regular das vagas, o *Leviatã* dirigia-se a todo o vapor para o norte, rasgando as ondas do estreito de Palk, agitadas pela tempestade. Ao longe, a costa do Ceilão desenhava uma linha verde. A manhã estava triste, mas sufocante. Pelas janelas expostas ao vento, entravam baforadas de um ar quente e insalubre, mas, não encontrando saída, o fluxo caía, impotente, apenas fazendo estremecer as cortinas.

— Obviamente, cometi um erro — balbuciou Eraste dando um passo em direção à porta. — Estou sempre um tempo ou meio atrasado em relação a...

Quando espocou o primeiro tiro, Clarice não entendeu do que se tratava — um estalo qualquer, pensou. Não faltava o que pudesse estalar num navio enfrentando um mar agitado. Mas logo se ouviu um segundo ruído seco.

— Tiros! — exclamou *Sir* Reginald. — Mas onde?

— Isso vem da cabine do comissário — disse rapidamente Fandórin correndo para a porta.

Todos foram atrás dele.

Depois, houve um terceiro disparo e, quando faltavam apenas uns 20 passos até a cabine de Gauche, ouviu-se um quarto.

— Fiquem aqui! — gritou Eraste sem se virar, tirando um pequeno revólver do bolso traseiro.

Os outros diminuíram o passo, mas Clarice não sentia medo algum, não ia abandonar Eraste assim.

Este empurrou a porta da cabine e esticou à frente a mão armada com o revólver. Clarice pôs-se na ponta dos pés e olhou por cima de seu ombro.

Uma cadeira virada, esta foi a primeira coisa que ela notou. Em seguida, viu o comissário Gauche. Ele jazia de costas, do outro lado da mesa redonda envernizada que ocupava a parte central do aposento. Clarice espichou o pescoço para ver melhor e se arrepiou de tão horrorizada: a cara de Gauche estava monstruosamente deformada e, no meio de sua testa, borbulhava um sangue púrpura que escorria em dois filetes até o chão.

Renata Kléber achava-se encolhida num canto oposto do camarote. Estava mortalmente pálida, dava soluços histéricos, batia o queixo. Em sua mão, balançava um grande revólver preto com o cano ainda fumegando.

— A-ah! O-oh! — uivou a Sra. Kléber, e apontou um dedo trêmulo para o corpo sem vida. — Eu... eu o matei!

— Eu tinha adivinhado — disse secamente Fandórin.

Sempre apontando o revólver para ela, ele aproximou-se rapidamente e, com um gesto ágil, arrancou-lhe a arma da mão. Ela nem pensou em resistir.

— Doutor Truffo! — gritou Eraste acompanhando cada gesto de Renata. — Venha!

Com um misto de curiosidade e medo, o doutor correu os olhos pelo aposento enfumaçado pelos tiros.

— Examine o corpo — disse Fandórin.

Resmungando em italiano, Truffo ajoelhou-se perto do cadáver de Gauche.

— Ferimento letal na cabeça — anunciou. — Morte instantânea. Mas não é tudo... O cotovelo direito foi transpassado por uma bala. E o punho direito também. Três ferimentos ao todo.

— Procure melhor. Houve quatro disparos.

— Não vejo mais nada. Aparentemente, uma das balas passou do lado. Mas, não, espere! Olhe, está aqui. No joelho direito!

— Vou lhes contar tudo — balbuciou Renata, o corpo agitado por soluços. — Mas, por favor, me levem para qualquer outro lugar que não este camarote horrível.

Fandórin guardou o pequeno revólver no bolso e pousou o grande na mesa.

— Pois bem, vamos. Doutor, informe ao oficial de serviço o que acaba de acontecer, que ele ponha um guarda a postos na frente da porta. E venha nos encontrar. Fora nós, não há mais ninguém para dirigir o inquérito.

— Ah, que viagem desgraçada! — lamentava-se Truffo, trotando no corredor. — Pobre *Leviatã*!

No Windsor, as pessoas se acomodaram da seguinte maneira: a Sra. Kléber sentou-se à mesa, em frente à porta, os outros, sem ter combinado, instalaram-se do lado oposto. Só Fandórin optou por uma cadeira ao lado da assassina.

— Senhores, não me olhem assim — disse a Sra. Kléber com uma voz queixosa. — Eu o matei, mas, na verdade, não tive culpa. Vou contar tudo, tudinho, e vocês vão ver... Mas, por favor, me dêem um pouco d'água.

Sempre caridoso, o japonês lhe serviu uma limonada — a mesa do café da manhã ainda não fora tirada.

— Então, o que aconteceu? — perguntou Clarice.

— *Translate everything she says* — ordenou num tom severo *Mrs.* Truffo ao marido, que voltava justo na hora. — *Everything: word for word.**

O médico fez que sim com um movimento de cabeça, enxugando com o lenço a calva coberta de suor após aquela corrida.

— Não tenha medo, minha senhora. Diga toda a verdade — aconselhou *Sir* Reginald, encorajando Renata. — Este senhor não é um cavalheiro, ele não sabe se portar com as senhoras, mas a senhora será tratada com o maior respeito, eu garanto.

Essas palavras foram acompanhadas por um olhar na direção de Fandórin, um olhar carregado de um ódio tão feroz que faltou ar a Clarice. O que podia ter acontecido entre Eraste e Milford-Stoakes desde a véspera? De onde vinha essa hostilidade?

— Obrigada, caro Reginald — disse Renata num soluço.

Ela bebeu a limonada devagar, fungando e choramingando. Depois deixou correr um olhar suplicante sobre quem estava à sua frente e começou:

---

* Traduza tudo que ela diz. Tudo, palavra por palavra.

— Gauche não é um guardião da lei coisa nenhuma! É um criminoso, um louco! Todo mundo aqui perdeu a cabeça por causa desse lenço horroroso! Até o comissário de polícia!

— Você disse que queria lhe confessar algumas coisas — lembrou Clarice com fel. — O quê?

— Sim, eu escondi um fato... Um fato essencial. Naturalmente, eu teria confessado tudo, mas queria primeiro desmascarar o comissário.

— Desmascará-lo? Mas por quê? — perguntou *Sir* Reginald, cheio de comiseração.

A Sra. Kléber parou de chorar e anunciou triunfalmente:

— Reynier não se suicidou. Foi o comissário Gauche quem o matou! — E, vendo o choque que sua declaração acabava de produzir em seus ouvintes, continuou em ritmo acelerado. — É evidente! Tentem dar impulso para quebrar a cabeça contra a parede numa sala pequena de seis metros quadrados! É simplesmente impossível. Se quisesse acabar com a própria vida, Charles teria dado uma laçada na gravata em volta do pescoço, amarrado a gravata na grade do ventilador e pulado da mesa. Não, foi Gauche quem o matou! Deu com alguma coisa pesada na cabeça dele e depois mascarou o crime de suicídio; foi quando Reynier já estava morto que o comissário bateu com a cabeça dele na quina da parede.

— Mas que interesse o comissário tinha em matar Reynier? — perguntou Clarice sacudindo a cabeça com um ar cético. — É um verdadeiro absurdo o que a Sra. Kléber acaba de nos apresentar.

— Mas estou lhe dizendo que a ganância o deixou ruim da bola! O lenço é o responsável por tudo! Ou Gauche estava furioso com Charles porque ele havia queimado o lenço, ou não acreditou, não sei. Mas que o matou é evidente. E quando eu lhe disse isso na lata, em nenhum momento, o comissário pensou em negar. Pegou a pistola e começou a brandi-la na minha cara, me ameaçando. Dizia que, se eu não guardasse a língua na boca, eu iria me juntar a Reynier...

Renata recomeçou a fungar ruidosamente e, oh, milagre!, o baronete lhe deu seu lenço.

Como explicar essa misteriosa metamorfose, ele que sempre fugira de Renata como o diabo da cruz?

— ... E pronto, depois ele pousou a pistola na mesa e começou a me sacudir pelos ombros. Fiquei com medo, muito medo! Nem me lembro como fiz para empurrá-lo e pegar a arma em cima da mesa. Foi um horror! Eu corria em volta da mesa, e ele tentava me pegar. Várias vezes, não sei mais quantas, eu me virei e apertei aquela espécie de gancho. Afinal, ele caiu... Depois, o Sr. Fandórin entrou.

E Renata desatou a soluçar. Milford-Stoakes afagou-lhe o ombro com cuidado, como se tocasse numa cobra cascavel.

No silêncio, ecoou um aplauso sonoro. Surpresa, Clarice sobressaltou-se.

— Meus parabéns! — exclamou Fandórin com um sorriso zombeteiro, continuando a bater palmas. — M-meus parabéns, Sra. Kléber. A senhora é uma grande atriz.

— Como se atreve! — protestou *Sir* Reginald, sufocado de indignação.

Mas Fandórin deteve-o com um gesto.

— Fique sentado e ouça. Vou lhe contar como tudo aconteceu. — Fandórin estava calmíssimo e parecia não duvidar em nenhum momento de que tinha razão. — A Sra. Kléber é não só uma atriz extraordinária, mas também, falando de modo mais geral, uma pessoa excepcional e talentosa em tudo, de uma envergadura que só se iguala à sua imaginação. O que é triste é que ela coloca seus dons essencialmente a serviço da ação criminosa. A senhora é cúmplice de toda uma série de crimes. Ou antes, não cúmplice, não, mas sim a mentora, a personagem principal. Reynier é que era seu cúmplice.

— Mais essa — disse Renata com uma voz queixosa, tomando *Sir* Reginald por testemunha. — Mais um que divaga. E ele que era tão calmo, tão sossegado.

— O m-mais assombroso na senhora é essa presença de espírito realmente sobre-humana — prosseguiu Fandórin como se nada fosse. — A senhora nunca defende, ataca primeiro, Sra. Sanfon. Permite que eu a chame por seu nome verdadeiro?

— Sanfon?! Marie Sanfon?! Aquela mesma!? — exclamou o Dr. Truffo.

Clarice surpreendeu-se tanto que ficou boquiaberta. Quanto a Milford-Stoakes, ele se apressou em tirar a mão do ombro de Renata. Esta, por seu lado, olhava Fandórin com comiseração.

— Sim, diante de vocês está a lendária Marie Sanfon, genial e implacável aventureira internacional. Seu estilo: os empreendimentos de grande envergadura, a engenhosidade, a audácia. E também sua capacidade de não deixar provas nem testemunhas. E, *last but not least,** seu total desprezo pela vida humana. As declarações de Charles Reynier, às quais teremos oportunidade de voltar, contêm tanto de verdade quanto de mentira. Não sei quando nem em que circunstâncias a senhora conheceu esse homem, mas duas coisas são certas. Reynier a amava sinceramente e, até o último minuto, esforçou-se para desviar as suspeitas da senhora. E segundo, foi a senhora que incitou o filho do rajá de Esme-

* Por fim, mas não por último.

ralda a ir atrás da herança dele, do contrário não se entende p-por que ele teria esperado tantos anos. A senhora conheceu lorde Littleby, conseguiu todas as informações necessárias e preparou seu p-plano. Evidentemente, no início, a senhora contava se apoderar do lenço por astúcia, usando seus encantos. Afinal, o lorde desconhecia a importância daquele pedaço de pano. No entanto, a senhora logo viu que a tarefa era inexeqüível: Littleby era simplesmente louco pela coleção dele e por nada no mundo aceitaria desfazer-se de uma peça que fosse. Roubar o lenço também era impossível, já que havia dois guardas armados postados ao lado da vitrine. A senhora então resolveu agir na certa: com o mínimo de risco e, como gosta, sem deixar pistas. Diga-me, sabia que, na noite fatídica, o lorde estaria em casa, e não viajando? Tenho certeza que sim. A senhora precisava ter Reynier na mão por um crime de sangue. Pois não foi ele que matou os criados, mas sim a senhora.

— Impossível! — reagiu o Dr. Truffo levantando a mão. — Sem uma sólida formação médica aliada a uma grande experiência, como uma mulher poderia aplicar nove injeções em três minutos? Isso está descartado.

— Primeiro, nada impedia que fossem preparadas nove seringas já carregadas. Segundo... — Com um gesto elegante, Eraste pegou uma maçã na taça de frutas e cortou um pedaço dela. — O Sr. Reynier podia efetivamente não ter experiência, mas este não era o caso de Marie Sanfon. Não esqueçam sua infância passada num convento de irmãs de São Vicente de Paulo, as irmãs de caridade. É sabido que um dos objetivos dessa ordem é a assistência médica aos pobres, e que, desde jovens, as futuras religiosas são preparadas para servir em hospitais, leprosários e asilos de velhos. Todas essas irmãs são enfermeiras altamente qualificadas, e a jovem Marie, lembrem-se, era uma das melhores de todas.

— Efetivamente, eu tinha esquecido. O senhor tem razão! — reconheceu o médico inclinando a cabeça, compungido. — Mas continue. Não hei de interrompê-lo mais.

— Estamos então em Paris, na *rue* de Grenelle, na tarde de 15 de março. Duas pessoas se apresentam no palacete de lorde Littleby: um jovem médico de tez morena e uma irmã de caridade com uma pelerine cinza e um capuz caído nos olhos. O médico exibe um documento c-com o carimbo da prefeitura, manda reunir rapidamente todas as pessoas presentes na casa. Sem dúvida, explica que é tarde, e eles ainda têm muito trabalho. É a religiosa que aplica as injeções, depressa, com habilidade e sem machucar. Mais tarde, o anatomopatologista não descobrirá nenhum hematoma no lugar das injeções. Marie Sanfon não havia esquecido o que aprendera quando jovem como irmã de caridade. A continuação é clara, não vou me deter nos detalhes: os criados adormecem, os dois criminosos sobem ao primeiro andar, luta rápida entre Reynier e o dono da casa. Os assassinos não vêem que, na mão, o lorde guardou a insígnia de ouro do *Leviatã*. Mais tarde, a senhora foi levada a dar seu próprio distintivo a seu cúmplice. De fato, era mais fácil para a senhora do que para o p-primeiro-tenente do capitão desviar as suspeitas. E suponho também que a senhora tinha mais confiança em si do que nele.

Clarice que, até então, fitava Eraste fascinada, olhou furtivamente para Renata. Esta ouvia atentamente, o semblante paralisado numa expressão de espanto ultrajado. Se era realmente Marie Sanfon, por ora, não deixava transparecer nada.

— Comecei a suspeitar da senhora desde sua pretensa agressão pelo infeliz africano — confiou a Renata o narrador, antes de arrancar um pedacinho da maçã com seus dentes brancos e regulares. — Aí, é verdade, a culpa é de Reynier: ele se apavorou, se descontrolou. A senhora imaginaria algo de mais sutil. Vou recapitular o encadeamento dos fatos, corrija-me se eu me enganar sobre alguns detalhes. Certo?

Renata sacudiu a cabeça com um ar aflito e apoiou a bochecha redonda na mão.

— Reynier acompanhou-a até o camarote: vocês tinham o que discutir pois, como declara seu cúmplice na confissão, pouco antes, o lenço sumira misteriosamente. A senhora entra na cabine, encontra um negro enorme remexendo suas coisas e, num primeiro momento, sem dúvida, fica com medo, se é que esse sentimento não lhe é totalmente estranho. Mas, logo depois, seu coração começa a palpitar de alegria. A senhora vê o precioso lenço amarrado no pescoço do selvagem. Tudo se explica então: fuxicando a cabine de Reynier, o escravo fugido se apaixonou por um pedaço de pano colorido e resolveu enfeitar com ele seu pescoço forte. Ao ouvir seu grito, Reynier acorre, vê por sua vez o lenço e, sem conseguir se controlar, pega a faca... Aí, a senhora precisou inventar uma pretensa agressão com todas as peças, deitar no chão, cobrir-se com o corpo p-pesado e ainda quente do morto. Não deve ter sido agradável, não é?

— Me desculpe, mas isso tudo é só uma seqüência inacreditável de invenções! — objetou *Sir* Reginald com veemência. — Naturalmente aquele negro agrediu a Sra. Kléber, é evidente! O senhor está mais uma vez se deixando levar pela imaginação, seu diplomata russo!

— De jeito nenhum — respondeu Eraste sem sombra de hostilidade olhando o baronete com um misto de tristeza e piedade. — Eu lhe disse que t-tive oportunidade de conhecer escravos da tribo n'danga, em cativeiro na Turquia. Sabe por que eles valem tanto no Ocidente? Porque ao mesmo tempo que têm uma força e uma resistência extraordinárias, caracterizam-se pela doçura e pela total ausência de agressividade. Tribo de agricultores e não de caçadores, essa gente nunca esteve em guerra com ninguém. Um n'danga não podia de jeito algum atacar a Sra. Kléber, mesmo por medo. E, aliás, o Sr. Aono achou estranho os dedos do selvagem não terem deixado nenhuma marca na pele macia de seu pescoço. Não é, de fato, esquisito?

Renata inclinou a cabeça com um ar sonhador, como se também estivesse espantada com um fenômeno daqueles.

— Agora, vamos nos lembrar do assassinato do professor Sweetchild. Mal ficou claro que o indianista estava prestes a resolver o enigma, a senhora lhe pediu que não se apressasse, que contasse tudo com detalhes, começando do início, enquanto mandava seu cúmplice supostamente buscar o seu xale, só que, na verdade, era para ele preparar o assassinato. Seu acólito a compreendeu sem que fosse necessário dizer nada.

— Mentira! — reagiu Renata com uma voz sonora. — Senhores, vocês são testemunhas! Reynier se ofereceu espontaneamente! Lembram-se? Sr. Milford-Stoakes, eu não estou dizendo a verdade? Primeiro eu me dirigi ao senhor, lembra?

— Exatamente — confirmou Reginald. — Foi assim mesmo que aconteceu.

— Um pequeno blefe para ingênuos — replicou Fandórin cortando o ar com sua faca de fruta. — A senhora sabia p-perfeitamente que o baronete não a suportava e nunca cedia a seus caprichos. A senhora conduziu a operação com habilidade, como sempre, mas dessa vez, infelizmente, sem muito cuidado. Não conseguiu pôr a culpa no Sr. Aono, embora tenha chegado muito perto do objetivo.

Aí, Eraste baixou modestamente os olhos, dando à platéia a oportunidade de se lembrar quem, exatamente, desmontara o feixe de provas dirigidas contra o japonês.

O orgulho não lhe é estranho, pensou Clarice. Ela achou porém esse traço de personalidade absolutamente encantador e, curiosamente, isso só tornou o jovem mais atraente. Como sempre, foi a poesia que a ajudou a resolver esse paradoxo:

Et même la faiblesse, chez l'être tant aimé
Aux beaux yeux de l'amour est digne d'être adorée.[*]

Ah, seu diplomata, o senhor não conhece bem as inglesas. Acho que vai ter de fazer uma escala prolongada em Calcutá.

Fandórin fez uma pausa e, sem desconfiar que "a pessoa tão amada" que ele era chegaria depois do previsto a seu posto, prosseguiu:

— Desde aí, sua situação tornou-se realmente perigosa. O que Reynier expõe com uma certa eloqüência na carta. A senhora toma então uma terrível decisão, mas genial à sua maneira: afundar o navio ao mesmo tempo em que o rabugento comissário de polícia, as testemunhas e, de quebra, mais de mil passageiros. O que é a vida de mil pessoas, se elas a impedem de se tornar a mulher mais rica do mundo? E, mais grave ainda, se elas ameaçam sua vida e sua liberdade?

Clarice olhou Renata tão apavorada quanto se estivesse na frente do capeta. Será possível que essa jovem meio ordinária, mas, no conjunto, completamente comum, fosse capaz de uma tal monstruosidade? Impossível! E no entanto, como não acreditar em Eraste? Ele era tão convincente e tão bonito!

Pelo rosto de Renata, correu uma lágrima enorme, do tamanho de uma fava. Seu olhar paralisou-se numa oração muda: por que você me tortura assim? Eu lhe fiz alguma

---

* E até a fraqueza no ser tão amado / Aos olhos do amor merece ser adorada. (N. da T.)

coisa? As mãos da pobre mártir deslizaram para sua barriga, seu rosto se contraiu de dor.

— Não adianta desmaiar — avisou Fandórin, imperturbável. — Nada melhor que umas boas bofetadas na cara para fazer alguém voltar a si. E não tente bancar a mulher fraca e indefesa. O Dr. Truffo e o Dr. Aono estimam que a senhora seja mais forte que um búfalo. Fique sentado, *Sir* Reginald! — A voz de Eraste estalou como uma chicotada. — O senhor terá todo o tempo do mundo para assumir a defesa de sua bela dama. Depois, quando eu tiver terminado com isso... Por sinal, minhas senhoras e meus senhores, devemos todos agradecer a *Sir* Reginald por ter salvado nossas vidas. Sem seu... seu hábito singular de verificar as coordenadas de três em três horas, a refeição desta manhã não teria se realizado aqui, mas sim no fundo do mar. E nós é que serviríamos de café da manhã.

— "Onde está Polonius?" — disse o baronete com uma risada abrupta. — "Não em uma ceia onde come, mas sim em uma em que é comido." Muito engraçado.

Clarice apertou os braços em volta do corpo. Uma vaga mais forte que as outras bateu no costado do navio, fazendo tilintar a louça na mesa, enquanto o volumoso Big Ben oscilava de novo.

— Para a senhora, as pessoas são figurantes, e a senhora não tem nenhuma p-pena dos figurantes. Ainda mais quando há 50 milhões de libras em jogo. Difícil resistir. O pobre Gauche, por exemplo, não agüentou. Como o nosso fino policial foi desastrado para cometer o crime dele! A senhora naturalmente tem razão, o infeliz Reynier não se suicidou. Eu aliás teria chegado a essa conclusão sozinho, mas sua tática ofensiva me desarmou momentaneamente. Para que uma "carta de despedida"? O tom, obviamente, não é o de alguém que se prepara para morrer. Na verdade, Reynier esperava ainda ganhar tempo, passar por louco. E sobretudo, contava com a senhora, Sra. Sanfon, estava habituado a confiar totalmente na senhora. Gauche, com toda a tranqüilidade, cortou a terceira página no local mais conveniente, segundo ele, para a conclusão. Erro imperdoável! O tesouro de Brahmapur fez o nosso comissário perder a cabeça totalmente. Pensem: 300 mil anos do salário dele! — lembrou Fandórin, rindo. — Lembram-se com que concupiscência ele contava a história do jardineiro que vendeu a reputação muito caro ao banqueiro?

— Mas pol que ele devia matá o Sr. Leynier uma vez que o lenço havia sido queimado? — perguntou o japonês.

— Era nisso que Reynier queria muito fazer o comissário acreditar e, como prova, até revelou o segredo do lenço. Mas Gauche não acreditou nele. — Fandórin fez uma pausa antes de acrescentar calmamente: — E tinha razão.

Um silêncio sepulcral abateu-se sobre a sala. Clarice, que acabava de inspirar, ficou com a respiração em suspenso. Ela não entendeu imediatamente de onde vinha esse peso que, de repente, a oprimia, depois, compreendendo, expirou o ar que ficou em seu peito.

— O que quer dizer que o lenço continua existindo? — perguntou prudentemente o médico, como se receasse fazer voar um pássaro raro.

— Esse pedacinho de seda mudou três vezes de proprietário desde hoje de manhã. Primeiro esteve com Reynier. Não acreditando nas afirmações contidas na carta, o comissário revistou o prisioneiro e a-achou o lenço com ele. Foi exatamente aí que, enlouquecido com essa fortuna que lhe caía nas mãos, cometeu o assassinato. A tentação era forte demais. E tudo se combinava tão bem: a carta indicava que o lenço havia sido queimado, o assassino fizera confissões completas, o navio logo estaria em Calcutá e, dali, Brahmapur estava ao lado! Então, Gauche joga ou tudo ou nada. Pegando um objeto pesado, bate na cabeça do preso, que não duvida de nada, depois se apressa em mascarar seu crime de suicídio antes de vir para cá, para o salão, esperando que o guarda descubra o corpo. Mas aí a Sra. Sanfon entra em cena e enrola a nós dois, o policial e a mim. A senhora é uma mulher assombrosa! — disse Eraste, dirigindo-se a Renata. — Eu esperava vê-la justificar-se e pôr a culpa toda em seu cúmplice, dado que ele estava morto. Isso teria sido tão simples! Mas, não, a senhora escolheu agir de outra maneira. Pelo comportamento do comissário, a senhora adivinhou que o lenço estava com ele, e não foi em se defender que pensou, ah, não! A senhora precisava buscar o meio de ter acesso ao tesouro, e buscou!

— Em nome de que eu deveria continuar a ouvir esse tecido de absurdos? — exclamou Renata, entre soluços. — Para início de conversa, o senhor não é nada! Não passa de um estrangeiro! Exijo que meu caso seja tratado por um dos oficiais superiores do navio!

De repente, o médico se levantou, alisou os raros cabelos que salpicavam sua calva cor de oliva e disse com gravidade:

— Há aqui um oficial superior, minha senhora. Considere o interrogatório como sancionado pelo comandante do navio. Prossiga, Sr. Fandórin. O senhor declarou que esta mulher conseguiu tomar o lenço do comissário?

— Tenho certeza. Não sei como ela fez para lhe tomar o revólver. Sem dúvida, o infeliz se descuidou. Seja como for, ela apontou a arma para o comissário exigindo que ele lhe desse imediatamente o lenço. Quando o velho quis reagir, ela lhe deu um tiro primeiro num braço, depois no outro, depois no joelho. Ela o torturou! Onde aprendeu a atirar tão bem, minha senhora? Quatro balas, e todas acertaram o alvo. Me perdoe, mas é difícil imaginar Gauche correndo atrás da senhora em volta da mesa com um tiro na perna e os dois braços feridos. Depois do terceiro tiro, não agüentando mais de dor, ele lhe deu o lenço, e a senhora acabou com o infeliz metendo-lhe uma última bala no meio da testa.

— *Oh, my God!** — exclamou *Mrs.* Truffo à guisa de comentário.

Mas agora uma outra questão preocupava Clarice:

— Então é ela que está com o lenço?

— É — concordou Eraste.

— Louco! Delirante! Vocês estão todos loucos! — gritou Renata (ou Marie Sanfon?) com uma risada histérica. — Ai, meu Deus, que absurdo!

— É fácil sabê — disse o japonês. — Basta levistá a Sra. Klébel. Se o lenço estivé com ela, tudo é veldade. Se não, é que o Sr. Fandólin se enganou. Em casos como esse, no Japão, a gente rasga a própria barriga.

— Na minha frente, mãos de homem nunca revistarão uma dama! — disse Reginald levantando-se com um ar ameaçador.

— E mãos de mulher? — perguntou Clarice. — A Sra. Truffo e eu revistaremos essa pessoa.

— *Oh yes, it would take no time at all*** — aceitou feliz da vida a mulher do médico.

— Façam o que quiserem comigo — disse Renata juntando as mãos qual uma vítima destinada ao sacrifício. — Mas depois morrerão de vergonha...

---

* Ó meu Deus!

** Ah, sim, não vai demorar nada.

Os homens foram esperar do lado de fora, enquanto a Sra. Truffo revistava a detida com uma habilidade incrível. Virou-se para Clarice e sacudiu a cabeça.

Clarice alarmou-se pensando no pobre Eraste. Será possível que ele se tivesse enganado?

— O lenço é muito fino — disse ela. — Deixe, eu mesma procuro.

Apalpar o corpo de outra mulher tinha algo de estranho e vergonhoso, mas Clarice agüentou firme e examinou cuidadosamente cada costura, cada prega das roupas, e até o menor babado das anáguas. O lenço não estava ali.

— Você vai precisar se despir — declarou num tom decidido.

Era terrível, mas mais terrível ainda era a idéia de que o lenço pudesse não ser encontrado. Que golpe para Eraste! Ele não agüentaria!

Renata levantou docilmente o braço para facilitar a retirada do vestido, depois perguntou timidamente:

— Pelo amor de Deus, Srta. Stamp, não faça mal ao meu filho.

Sem abrir a boca, Clarice começou a desabotoar-lhe o vestido. Estava no terceiro botão, quando bateram à porta e ouviu-se a voz alegre de Eraste:

— Minhas senhoras, podem parar a busca! Pode-se entrar?

— Sim, sim, entre — gritou Clarice, fechando depressa o vestido.

Os homens vinham com um ar enigmático. Colocaram-se em silêncio em volta da mesa e, num gesto de mágico, Eraste fez surgir sobre a toalha da mesa um pedaço de pano triangular, que se derramou num arco-íris multicor.

— O lenço! — exclamou Renata.

— Onde o achou? — perguntou Clarice, sentindo-se no auge da confusão.

— Enquanto revistavam a Sra. Sanfon, nós não estávamos perdendo tempo — explicou Fandórin, satisfeito. — Me ocorreu que essa pessoa previdente podia ter escondido essa prova arrasadora na cabine do comissário. Não tendo mais que alguns segundos, ela não poderia ter escondido o lenço muito longe. E, efetivamente, a descoberta foi rápida. Depois de tê-lo embolado, ela enfiou o pedaço de seda embaixo de um canto do tapete. De tal maneira que vocês podem agora admirar a famosa ave Kalavinka.

Clarice aproximou-se da mesa e, como os outros, contemplou, maravilhada, o pedaço de pano que custara tantas vidas humanas.

Pela forma, o lenço lembrava um triângulo isósceles. Aparentemente, cada um dos lados deveria medir pouco mais de 55 centímetros. O desenho espantava por seu colorido primitivo: sobre um fundo de árvores e de frutos de todas as cores, um ser meio pássaro, meio mulher de peito proeminente e parecido com as antigas sereias, abria as asas. Tinha a cara de perfil, e os longos cílios revirados emolduravam o pequeno furo que representava o olho, debruado com um fio de ouro finíssimo. Clarice disse a si mesma que, em toda a vida, nunca vira nada mais lindo.

— Sim, é incontestavelmente o famoso lenço — disse *Sir* Reginald. — Mas seu achado prova a culpabilidade da Sra. Kléber?

— E o saco de viagem? — disse baixinho Fandórin. — Lembra-se do saco de viagem que nós dois descobrimos no bote do capitão? Entre várias coisas, encontrei uma capa que vimos mais de uma vez nos ombros da Sra. Kléber. O saco de viagem foi acrescentado a outras provas concretas. Sem dúvida, encontraremos ali outros objetos pertencentes à nossa boa amiga.

— Que resposta tem para isso, minha senhora? — perguntou o médico virando-se para Renata.

— A verdade — respondeu ela, enquanto seu rosto se transformava até ficar irreconhecível.

Reginald Milford-Stoakes

...e na expressão de seu rosto operou-se uma mudança que me impressionou. A ovelha frágil e sem defesa arrasada pela sorte acabava, como por um toque de vara de condão, de se transformar em loba. Seus ombros se endireitaram, seu queixo se levantou, seus olhos se inflamaram com um brilho ameaçador, enquanto suas narinas punham-se a palpitar, como se tivéssemos diante de nós um carnívoro — mas não uma loba, não, antes um felino, uma pantera ou uma leoa farejando sangue fresco. Instintivamente, recuei. Já mais ninguém aqui precisava de minha ajuda!

Transfigurada assim, a Sra. Kléber lançou um olhar incendiário a Fandórin, carregado de tanto ódio que até esse homem que, no entanto, nada parece poder atingir estremeceu.

Compreendo perfeitamente os sentimentos desta mulher estranha. Mudei completamente de opinião em relação a esse desprezível russo. Esse indivíduo ignóbil, um louco maldoso dotado de uma imaginação monstruosa e perversa. Como pude sentir por ele confiança e respeito? É incompreensível!

Mas não sei como lhe dizer isso, doce Emily. Minha caneta treme na mão tamanha é a minha indignação... A princípio, quis lhe esconder isso, mas conto assim mesmo, do contrário, você custaria a entender por que minha atitude em relação a Fandórin mudou tanto.

Esta noite, após as turbulências e as emoções que lhe descrevi aqui, Fandórin e eu tivemos uma conversa bastante estranha, que me deixou com raiva e cheio de uma perplexidade doída. Aproximando-se de mim, o russo me agradeceu por ter salvado o navio e, fingindo compaixão, gaguejando a cada palavra, engrenou uma conversa com uma série de inépcias inconcebíveis, monstruosas. Eis exatamente o que ele me disse, lembro-me de palavra por palavra: "Estou a par de sua infelicidade, Sir *Reginald. O comissário Gauche me contou tudo há muito tempo. Naturalmente, não tenho nada a ver com isso, e hesitei muito antes de me decidir a abordar o assunto com o senhor, mas vejo o quanto está sofrendo e não posso ficar indiferente. Se me permito dizer tudo isso, é só porque já tive de enfrentar um desgosto semelhante. Como o senhor, estive ameaçado de enlouquecer. Se fui salvo, e até afiei minhas faculdades mentais, foi à custa de um grande pedaço do meu coração. Pode acreditar, em sua situação, não há outra saída. Não fuja da verdade, por mais terrível que ela seja, não se esconda atrás de uma ilusão. E, sobretudo, não se sobrecarregue de recriminações. O senhor não teve culpa se os cavalos dispararam, se sua mulher, então grávida, foi cuspida da carruagem e morreu. Esse drama é a dura prova que o destino lhe reservou. Não sei para que pode servir uma provação tão cruel infligida a um ser humano, mas sei uma coisa: é indispensável superar essa prova. Do contrário, é o fim, a decadência do espírito."*

Não compreendi imediatamente a que esse patife se referia. Depois, entendi! Ele imaginava que você, minha preciosa Emily, havia morrido! Que, quando estava grávida, você havia caído da carruagem ferindo-se mortalmente! Se não tivesse ficado tão escandalizado, eu teria caído na gargalhada na cara desse diplomata perturbado das idéias! Dizer uma coisa dessas quan-

do você está me esperando com impaciência sob o céu azul de ilhas paradisíacas! Cada hora me aproxima um pouco mais de você, minha doce Emily. Agora, nada nem ninguém me deterá.

Contudo, é estranho, não consigo de jeito algum me lembrar por que e como você foi parar no Taiti, ainda por cima, sozinha, sem mim. Mas sem dúvida há uma sólida razão para isso. Pouco importa. Vamos nos rever e você me explicará tudo, minha querida amiga.

Mas volto a meu relato.

Levantando-se toda empertigada (de repente, ela ficou bem mais alta: é surpreendente ver a que ponto o porte e a postura da cabeça são fundamentais), a Sra. Kléber disse, dirigindo-se principalmente a Fandórin:

"Tudo o que acaba de contar é só pura divagação. Não há nenhuma prova, nenhum fato concreto. Somente suposições e conjecturas sem nenhuma base. Sim, meu nome verdadeiro é Marie Sanfon, mas nem um único tribunal no mundo até hoje foi capaz de provar minha culpabilidade. É verdade, muitas vezes me caluniaram, meus numerosos inimigos fizeram muitos complôs contra mim, mais de uma vez o próprio destino me foi adverso, mas tenho nervos sólidos, e não é fácil abater Marie Sanfon. Só sou culpada de uma coisa: ter amado loucamente um criminoso e um louco. Nos casamos em segredo e trago seu filho no ventre. Foi ele, Charles, que fez questão de que mantivéssemos nosso casamento em segredo. Se meu erro é um crime, pois bem, estou pronta a comparecer perante um tribunal, mas pode estar certo, seu policial improvisado, que qualquer bom advogado logo aniquilará todas as suas fantasias. No fundo, por que o senhor me recrimina? Por eu ter passado a juventude num convento e ter aliviado o sofrimento dos outros? Sim, me aconteceu de, às vezes, aplicar injeções, e daí? Por causa das torturas mentais infligidas por minha clandestinidade, por causa de um início difícil de gravidez, comecei a usar morfina, mas agora

encontrei em mim forças para me livrar desse hábito pernicioso. Meu marido secreto, mas, não se esqueça, perfeitamente legítimo, insistiu para que eu fizesse essa viagem com um nome emprestado. Foi assim que nasceu o mito do banqueiro suíço chamado Kléber. Essa farsa era muito penosa para mim, mas será que eu poderia recusar alguma coisa a meu bem-amado? É preciso saber que eu não desconfiava nem da vida dupla, nem da paixão, nem dos planos insensatos dele!

"Charles me explicou que, na qualidade de imediato do navio, não lhe era possível levar a mulher com ele, mas que ele também não teria coragem de suportar nossa separação, que se preocupava com a saúde de nosso querido bebê e portanto seria melhor eu fazer a viagem sob uma identidade falsa. O que há nisso de criminoso, eu lhe pergunto?

"Eu via que Charles não estava em seu estado normal, que estava sob a influência de uma febre misteriosa, mas, naturalmente, mesmo em meus piores pesadelos, eu não podia imaginar que ele é que havia cometido o monstruoso crime da rue *de Grenelle! E nem me passou pela cabeça que ele poderia ser filho de um rajá hindu. Foi um choque para mim saber que meu futuro filho tem um quarto de sangue hindu. Coitadinho, filho de um demente!"*

Aí, Fandórin interrompeu-a e, com um odioso sorrisinho irônico, perguntou: "E sua capa cuidadosamente dobrada no saco de viagem?"

Mrs. *Kléber, não,* Miss *Sanfon, quer dizer, a Sra. Reynier... Ou a Sra. Bagdassar? Não sei como se deve chamá-la. Bom, vamos dizer* Mrs. *Kléber, já que estamos acostumados a isso. Então, ela respondeu a seu inquisidor com uma grande dignidade: "Obviamente meu marido havia arrumado tudo para nossa fuga e se preparava para me acordar no último minuto."*

Fandórin não desistiu. "No entanto, a senhora não dormia", disse com altivez. "Quando passávamos pelo corredor, eu a vi. A senhora estava toda vestida e até tinha um xale nos ombros."

"Sim, uma angústia inexplicável não me deixava dormir", respondeu a Sra. Kléber. "Eu sentia no íntimo que alguma coisa estava errada... Eu tinha uma estranha sensação de frio e não conseguia me esquentar, foi por isso que pus um xale. Isso é crime?"

Adorei ver o promotor benévolo perder um pouco da empáfia. A acusada prosseguiu serena e segura: "Quanto ao fato de que eu teria torturado o outro louco, o Sr. Gauche, isso supera qualquer fantasia. Eu lhe disse a verdade. A ganância enlouqueceu aquele velho cretino que me ameaçou de morte. Nem sei como minhas quatro balas acertaram no alvo. Mas foi puro acaso. Sem dúvida foi a Providência que guiou a minha mão. Não, daí também o senhor não vai tirar nada."

Da presunção de Fandórin, não restava mais vestígio. "Me permita", disse, começando a se afligir. "Mas assim mesmo a senhora encontrou o lenço! Foi a senhora que o escondeu embaixo do tapete!"

"Outra afirmação gratuita", cortou-o Mrs. *Kléber. "O lenço, evidentemente, foi Gauche quem escondeu depois de tê-lo roubado de meu marido. E, apesar de suas insinuações torpes, eu lhe agradeço por me ter devolvido o que era meu."*

Dito isso, levantou-se tranqüilamente, aproximou-se da mesa e pegou o lenço!

"Sou a esposa legítima do não menos legítimo herdeiro do rajá de Esmeralda", disse essa mulher surpreendente. "Tenho minha certidão de casamento comigo. Carrego no ventre o neto de Bagdassar. Sim, meu falecido marido cometeu uma série de crimes muito graves, mas o que isso tem a ver comigo e com nossa herança?"

Foi então que Miss *Stamp pulou da cadeira e tentou arrancar o lenço de* Mrs. *Kléber.*

"Os bens móveis e imóveis do rajá de Brahmapur foram confiscados pelo governo britânico!", disse minha compatriota da maneira mais decidida, enunciando uma verdade que é impossível não endossar. "O que significa que o tesouro pertence à Sua Majestade, a Rainha Vitória!"

"Um momentinho!", interveio nosso bom Dr. Truffo, pulando também. "Apesar de italiano de nascimento, sou cidadão da França, país cujos interesses represento aqui! Os tesouros do rajá constituíam a fortuna pessoal da família dele e não pertenciam senão ao principado, sendo assim, seu confisco é ilegal! Charles Reynier optou por vontade própria tornar-se cidadão francês. Perpetrou um crime extremamente grave dentro do país dele. Segundo as leis da República Francesa, um crime desses, ainda por cima cometido com uma intenção torpe, é punido com o confisco em proveito do Estado de todos os bens pessoais. Devolva o lenço, minha senhora! Ele pertence à França!" E, com um gesto agressivo, pegou a outra ponta do lenço.

Seguiu-se uma situação de pate, que o pérfido Fandórin aproveitou. Com a astúcia bizantina peculiar à sua nação, disse com uma voz autoritária: "Trata-se de uma questão séria que exige ser debatida. Permita que, na qualidade de representante de uma potência neutra, eu confisque temporariamente o lenço para que a senhora não o rasgue em pedacinhos. Vou depositá-lo aqui, a uma certa distância das partes em conflito."

Enquanto dizia essas palavras, ele pegou o lenço e foi colocá-lo em cima de uma mesa lateral que havia do lado do salão protegido do vento, onde as janelas estavam fechadas. Depois, você compreenderá, amada Emily, por que eu lhe dou todos esses detalhes.

Assim o pomo da discórdia, triângulo colorido faiscante de ouro, repousava agora sobre a mesa. Em pé, de costas para o lenço, Fandórin parecia fazer o papel de sentinela e ao mesmo tempo de guarda de honra. Tornamos a nos reunir todos, à exceção dele, ao redor da grande mesa. Acrescente a isso a agitação das cortinas do lado exposto ao vento, a luz pálida desse dia triste e o balanço irregular do chão sob nossos pés. Eu lhe exponho agora a cena final.

"Ninguém tomará do neto do rajá Bagdassar o que pertence a ele por direito!", disse Mrs. *Kléber, mãos nas cadeiras. "Sou de nacionalidade belga e o caso será julgado em Bruxelas. Basta eu prometer que um quarto da herança será depositado em favor dos organismos belgas beneficentes para que os jurados se pronunciem a meu favor. Um quarto da herança dá onze bilhões de francos belgas, a renda nacional do reino da Bélgica durante cinco anos!"*

Miss *Stamp caiu na gargalhada na cara dela: "Você subestima a Grã-Bretanha, minha querida. Não acredita que permitiremos que sua triste Bélgica decida o destino de 50 milhões de libras! Por uma soma dessas, construiremos 100 couraçados potentes e triplicaremos nossa frota, já a número um do mundo! Vamos botar ordem no planeta todo!"*

Uma mulher inteligente, Miss *Stamp. Efetivamente, a civilização só teria de se felicitar pelo fato de uma soma tão fantástica vir encher as caixas de nosso Tesouro. A Grã-Bretanha não é o país mais avançado e mais livre do mundo? E os povos só teriam a ganhar se vivessem segundo o modelo britânico.*

Mas Mr. *Truffo era de outra opinião. "Esse um bilhão e meio de francos franceses permitirá à França não só se recuperar das conseqüências trágicas da guerra contra a Alemanha, mas também criar o exército mais moderno e mais equipado de toda a Europa. Vocês, ingleses, nunca foram europeus. São ilhéus! Os interesses da Europa lhes são estranhos e incompreensíveis. O Sr. de Périer, até pouco tempo segundo-tenente do capitão e atualmente comandante do* Leviatã *a título provisório, não permitirá que o lenço caia nas mãos dos ingleses. Vou imediatamente mandar chamar o Sr. de Périer para que ele ponha o lenço no cofre da cabine do capitão!"*

Depois, todos levantaram a voz: era ver quem gritava mais alto. Completamente exacerbado, o médico teve até a impertinência de me dar um soco no peito, enquanto a Sra. Kléber dava uma canelada em Miss *Stamp.*

Então, Fandórin pegou um prato na mesa e quebrou-o no chão. Todos ficaram olhando para ele espantados, e o esperto bizantino disse: "Não vamos resolver nosso problema assim. Vocês estão muito esquentados, minha gente. Proponho arejar o salão, o ambiente está meio abafado, de repente."

Fandórin aproximou-se então das janelas fechadas e começou a abri-las uma atrás da outra. Quando puxou os dois batentes daquela que havia em cima da mesa onde estava o lenço, aconteceu algo completamente inesperado: quando a corrente de ar o atingiu, o pano fino ondulou, tremeu e de repente saiu voando. Sob os gritos do grupo, o triângulo de seda atravessou o convés, vacilou por duas vezes em cima da amurada como em sinal de despedida, depois, descendo num movimento harmonioso, foi-se embora. Como que enfeitiçados, todos os presentes acompanharam com os olhos essa trajetória lenta até ela terminar em algum ponto no meio das vagas preguiçosas e encarneiradas.

"Como sou desastrado", disse Fandórin no silêncio sepulcral que se abateu sobre a sala. "Todo esse dinheiro na água! Agora, nem a Grã-Bretanha nem a França poderão ditar sua vontade para o mundo. Que tristeza para a civilização! Sem contar que isso equivalia a meio bilhão de rublos. Essa soma teria bastado à Rússia para pagar integralmente sua d-dívida externa."

Em seguida, eis o que aconteceu.

Mrs. *Kléber emitiu um som insólito, uma espécie de assobio sibilante que me deu um arrepio nas costas. Pegou a faca de frutas e, com uma agilidade indescritível, jogou-se sobre o russo. Inesperado, o ataque o pegou desprevenido. A grossa lâmina de prata rasgou o ar e se enterrou na carne de Fandórin bem em-*

baixo da clavícula, mas, ao que parece, não muito fundo. A camisa branca do diplomata tingiu-se de sangue. Minha primeira idéia foi: assim mesmo existe um Deus, e ele pune quem não presta. Perplexo, o desprezível bizantino se esquivou, mas a fúria espumando de raiva não tinha intenção de ficar só nisso. Apertando com mais força o cabo da faca, levantou o braço, prestes a dar mais um golpe.

Foi então que o japonês espantou a nós todos, pois não havia participado da discussão e se mantivera discretamente de lado. Deu um pulo quase até o teto, gritou com uma voz gutural como uma águia e, antes de chegar ao chão, com a ponta do sapato golpeou o punho da Sra. Kléber. Eu nunca vira uma acrobacia semelhante nem mesmo no circo italiano!

A faca de fruta voou mais longe, o japonês aterrissou de cócoras, e, com uma careta de dor, a Sra. Kléber recuou, segurando o punho ferido com a mão esquerda.

Mas nem por isso ela se decidira a renunciar a suas intenções sanguinárias! Tendo batido com as costas no relógio (já lhe descrevi esse monstro), ela se dobrou bruscamente em dois e levantou o vestido. Eu estava aturdido com o turbilhão de acontecimentos, mas aí era demais! Vi (desculpe, querida Emily, eu lhe falar disso) seu tornozelo envolvido em seda preta e um babado de seu calção cor-de-rosa, mas, logo depois, Mrs. *Kléber se levantou e, em sua mão esquerda, surgiu, não se sabe de onde, uma pistola. Muito pequena, de cano duplo, incrustada de nácar.*

Não me atrevo a lhe repetir palavra por palavra o que essa pessoa disse a Fandórin, ainda mais que, sem dúvida, você nem conhece tais expressões. O sentido geral do discurso dela, particularmente enérgico e expressivo, era que o "infame depravado" (uso um eufemismo, pois Mrs. *Kléber exprimiu-se de modo mais grosseiro) pagaria com a vida sua manobra torpe. "Mas, para começar, vou deixar essa serpente amarela venenosa sem condições de fazer mal!", gritou a futura mãe e, dando um passo à frente, atirou em* Mr. *Aono. Este caiu de costas e pôs-se a gemer em silêncio.*

Mrs. *Kléber deu mais um passo e mirou a pequena pistola na cara de Fandórin. "Realmente, eu nunca erro o alvo", murmurou ela entredentes. "E vou meter chumbo no meio dos seus olhinhos bonitos."*

O russo estava em pé, apertando com a mão a mancha vermelha que aumentava em sua camisa. Não posso dizer que tremesse de medo, mas estava pálido.

Um vagalhão fez o navio adernar mais, e aquele Big Ben horrendo e colossal se inclinar, se inclinar e... tombar em cima de Mrs. *Kléber! Um barulho surdo de madeira dura no crânio, e a turbulenta mulher caiu de cara no chão, esmagada sob o peso da torre de carvalho.*

Todos correram para Mr. *Aono, que jazia no chão, o peito transpassado por uma bala. Ele estava consciente e se esforçava para se levantar, mas o Dr. Truffo se agachou ao lado do ferido e, segurando-o pelos ombros, obrigou-o a ficar deitado. Depois de ter cortado sua roupa, o médico examinou o orifício pelo qual a bala entrara e franziu o cenho.*

"Não é glave", disse baixinho o japonês entre os dentes cerrados. "O pulmão foi atingido muito de leve."

"E a bala?", perguntou Truffo, aflito. "O caro confrade a sente? Onde ela está?"

"Acho que a bala está alojada em minha omoplata dileita", respondeu Mr. *Aono e, com um sangue-frio que me encheu de admiração, acrescentou: "Na palte infeliô esquelda. O senhô vai tê que desbastá o osso. É muito difícil. Lhe peço desculpas por esse inconveniente."*

Foi então que Fandórin disse uma frase enigmática. Debruçando-se sobre o ferido, disse baixinho: "Pois bem, Aono-san, seu sonho se realizou; de agora em diante você é meu ondzin. *As aulas grátis de japonês, infelizmente, não têm mais razão de ser."*

Todavia, parece que Mr. *Aono entendeu perfeitamente essas palavras estapafúrdias, pois esticou os lábios brancos num sorriso pálido.*

Quando os marujos levaram numa maca o cavalheiro japonês, tratado e enfaixado, o médico foi cuidar de Mrs. *Kléber.*

Para nosso imenso espanto, pareceu que a caixa de madeira não lhe havia quebrado a cabeça, mas apenas feito um galo. Mal e mal, conseguimos retirar a criminosa desacordada de baixo do célebre monumento londrino e transportá-la até uma poltrona.

"Receio que a criança não sobreviva a um choque desses", suspirou Mrs. *Truffo. "No entanto, o pobrezinho não é responsável pelos crimes da mãe."*

"Não há nada a temer pela criança", assegurou-lhe seu marido. "Esta pessoa... singular tem tanta vitalidade que, sem dúvida, dará à luz uma criança perfeitamente sadia e, ainda por cima, num parto fácil e a termo."

Com um cinismo que me chocou profundamente, Fandórin acrescentou: "É lícito esperar que o parto se realize na enfermaria da prisão."

"Pensar a quem sairá essa criança dá medo", disse Miss *Stamp com um arrepio.*

"Em todo caso, sua gravidez lhe poupará a guilhotina", observou o médico.

"Ou então a forca", brincou Miss *Stamp, lembrando-nos da virulenta discussão que há algum tempo opusera o comissário Gauche e o inspetor Jackson.*

"No máximo, ela corre o risco de pegar uma pequena pena de prisão por ter atentado contra a vida do Sr. Aono", disse com amargura Fandórin. "E ainda, vão lhe encontrar circunstâncias atenuantes: a emoção, o choque e, como sempre, o fato de ela estar grávida. Não se poderá provar mais nada, ela nos demonstrou de forma brilhante. Podem acreditar, Marie Sanfon logo estará em liberdade."

Curiosamente, nenhum de nós falava do lenço, como se ele nunca tivesse existido, como se, na esteira do pedaço de seda de cores vivas, o vento tivesse levado para o nada não só os couraçados britânicos e a revanche francesa, mas também aquela embriaguez doentia que envolvia os corações e as mentes.

Fandórin parou perto do Big Ben virado e, de agora em diante, bom para o lixo: vidro quebrado, mecanismo inutilizado, painel de carvalho rachado de alto a baixo.

"Relógio maravilhoso", disse o russo, confirmando mais uma vez que os eslavos, fato universalmente conhecido, são totalmente desprovidos de gosto artístico. "Vou sem falta mandar consertá-lo e ficar com ele."

A potente sirene do Leviatã *ecoou, sem dúvida para saudar um navio que vinha ao nosso encontro, e pus-me a pensar que, em breve, muito em breve, em umas duas ou três semanas, chegarei ao Taiti e a encontrarei, minha mulherzinha adorada. É a única coisa que tem sentido e que importa. O resto é só fumaça, bruma e quimera.*

Estaremos juntos e seremos felizes, lá, nessa ilha paradisíaca onde sempre faz sol.

Esperando esse dia feliz,
aquele que a ama com ternura,

Reginald Milford-Stoakes.

OBRAS DE BORIS AKUNIN

RAINHA DO INVERNO

Na Rússia de 1876, a poucas décadas da revolução, o jovem detetive Erast Fandórin é chamado a investigar uma série de mortes. A princípio, essas mortes parecem suicídios – o trágico resultado do jogo da roleta-russa. Mas elas são, na realidade, assassinatos políticos. Fandórin mergulha no mundo da diplomacia internacional em busca de pistas, viajando de Moscou a São Petersburgo, por toda a Europa e, finalmente, aos Estados Unidos e ao Brasil – 288 págs.

A JOGADA TURCA

1877 – a guerra russo-turca envolve quase todos os países da Europa num conflito sangrento. O detetive Erast Fandórin é destacado para desvendar um nebuloso caso de espionagem dentro do exército russo. A seu lado, disposta a tudo para descobrir o culpado, está a jovem e bela Vária. Mulher à frente do seu tempo, Vária enfrenta uma longa viagem para encontrar-se com seu noivo no *front* búlgaro. Quando seu amado é preso acusado de espionagem, ela precisa se unir a Fandórin para provar sua inocência – 280 págs.

A MORTE DE AQUILES

Fandórin volta à sua terra terra natal e imediatamente se envolve em uma investigação de um assassinato político que busca subverter a ordem nacional estabelecida. O motivo do assassinato é a cruel colonização do Cáucaso e da Chechênia pelos russos na primeira metade do século XX – A sair.

#LIT38196

Leviatã

Este livro foi impresso na
LIS GRÁFICA E EDITORA LTDA.
Rua Felício Antonio Alves, 370 – Jd. Triunfo – Bonsucesso
CEP 07175-450 – Guarulhos – SP – Fone: (011) 6436-1000
Fax.: (011) 6436-1538 – E-Mail: lisgraf@uninet.com.br